Als der Krieg zu Ende war, fing für die 14-jährige Anna der Kampf erst an. Ihre Mutter war tot, ihr Vater von den Russen verhaftet worden. Sie flüchtete nach Westen in ein Dorf in der sowjetischen Besatzungszone, wurde Magd auf einem Bauernhof und heiratete einen Knecht – einen gebrochenen Mann, der lange in sowjetischer Gefangenschaft war.
Die Ehe war unglücklich, die drei Töchter litten unter der Kälte der Mutter.
»Ich habe etwas über deinen Großvater herausgefunden«: Mit diesem Satz beginnt die Spurensuche, auf die sich Sabine Rennefanz sechzig Jahre später begibt, um ein Familiengeheimnis zu enthüllen. Sie lernt Erschreckendes über ihre Großeltern, ihre Herkunft und eine Gewalttat, über die niemand reden will.

Sabine Rennefanz, 1974 in Beeskow geboren, arbeitet als Redakteurin für die »Berliner Zeitung« und wurde für ihre Arbeit u.a. mit dem Theodor-Wolff-Preis und dem Deutschen Reporterpreis ausgezeichnet. Ihr erstes Buch, »Eisenkinder«, stand mehrere Wochen auf der SPIEGEL-Bestsellerliste.

SABINE RENNEFANZ

Die Mutter meiner Mutter

btb

Folgende Erzählung beruht auf einer wahren Geschichte. Namen, Orte und Personenbeschreibungen wurden auf Wunsch der Lebenden geändert. Aus Rücksicht auf die Toten wird die Handlung so wahrheitsgetreu wie möglich wiedergegeben.

FSC
www.fsc.org
MIX
Papier aus verantwortungsvollen Quellen
FSC® C014496

Verlagsgruppe Random House FSC® N001967

2. Auflage
Genehmigte Taschenbuchausgabe Oktober 2017
btb Verlag in der Verlagsgruppe Random House GmbH,
Neumarkter Straße 28, 81673 München

Umschlaggestaltung: semper smile, München
Covermotiv: © plainpicture/BY
Druck und Einband: GGP Media GmbH, Pößneck
SK · Herstellung: sc
Printed in Germany
ISBN 978-3-442-71540-4

www.btb-verlag.de
www.facebook.com/btbverlag

Für K., G., I.
und vor allem
Elfriede.

I hear the roar of a big machine
Two worlds and in between
Hot metal and methedrine
I hear empire down.

Sisters of Mercy,
Lucretia My Reflection

1

Ich habe etwas über deinen Großvater herausgefunden, flüstert meine Mutter. Ihre Stimme klingt anders als sonst, heiser, als habe sie geweint oder vielleicht eine Erkältung. Vielleicht liegt es auch an der Leitung. Meine Mutter klingt weit weg.

Sie wohnt in einem abgelegenen Dorf. Kosakenberg heißt das Dorf, obwohl es weder einen Berg noch Kosaken dort gab, nur eine kleine Erhebung. Meine Mutter wohnt in Kosakenberg, ich wohne in der Stadt. Die Stadt hat einen Namen, aber für meine Mutter und die anderen dreihundert Kosakenberger ist es nur *die Stadt*. Als könne es nur diese eine geben, und das ist nicht als Kompliment gemeint. Die Stadt ist groß, schmutzig und verdirbt die Kinder.

Die Kosakenberger sind überzeugt davon, dass die Städter auf sie herabschauen, ihre Traditionen, ihre Sprache und Essgewohnheiten belächeln; deshalb können die Kosakenberger besonders abweisend zu den Städtern sein. Da kommt die Städterin, pflegt meine Mutter in spöttischem Ton zu sagen, wenn ich sie besuche.

Ich habe etwas über deinen Großvater herausgefunden, sagt sie am Telefon.

Mein Großvater.

Ich könnte viel von meinem Großvater erzählen. Als Kind habe ich ihn verehrt und bewundert. Ich war überzeugt davon, dass er kommen würde, um mich zu retten, sollte mir etwas Schlimmes zustoßen.

Mein Großvater war mittelgroß, hatte ein ovales, glattes Gesicht, eine kräftige Nase, breite Schultern, starke Arme und einen kleinen Bauch über dem Hosenbund. In dem Land meiner Kindheit standen überall Skulpturen aus Bronze herum, die kräftige, stolze Arbeiter zeigten, mit geballter Faust und stolzem Blick. Mein Großvater hätte für eine dieser Skulpturen Modell stehen können. Er gehörte zur Genossenschaft »Felsenfest«, Zweig Pflanzenproduktion. Er arbeitete mit seiner Brigade viel draußen, so dass sein Gesicht und Nacken schon im Frühsommer braungebrannt waren. Wenn er lachte, legte sich die Haut um seine Augen in viele kleine Fältchen, die ich sehen konnte, wenn er mich hochhob. Zur Erntezeit, wenn er auch an heißen Tagen zwölf, vierzehn Stunden am Tag arbeitete, sammelte sich in den Lachfältchen der Staub vom Feld.

Zu Hause trug er eine Schiebermütze, eine dunkle, abgewetzte Joppe, und seine Hände waren von der Plackerei mit Schwielen bedeckt. Ich hielt das für ein Zeichen dafür, wie stark er sein musste.

Die meisten Männer damals achteten nicht auf ihr Äußeres, und sie waren stolz darauf. Den Körper zu pflegen, auf sich zu achten, sich gut anzuziehen, das hatte etwas Ungehöriges, Schwaches, Weibisches. Wenn mein

Großvater in die Stadt zum Einkaufen fuhr, machte er sich fein, mit Anzug, Krawatte und einer Weste über dem weißen Hemd. An der linken Hand trug er dann einen goldenen Ring mit einem tiefroten Stein. Der Ring war protzig, fast vulgär, kein anderer Mann im Dorf hätte so etwas getragen, aus Angst, sich lächerlich zu machen. Mein Großvater liebte seinen Ring.

Ich erinnere mich nicht genau an ihn, nur an Details, Fragmente. Sein linkes Augenlid hing ein wenig schief, was seinem Gesicht einen leicht melancholischen Ausdruck gab. Er ließ mich auf seinem Schoß reiten und pfiff dazu auf vier Fingern ein Lied. Ich habe nie gelernt, auf vier Fingern zu pfeifen. Ich erinnere mich an den Geruch seiner Hemden, er trug karierte Flanellhemden, wie man sie heute an jungen Männern aus New York wieder sieht. Sie rochen würzig, nach Holz und Nelken.

Kaum dass ich laufen konnte, nahm er mich mit zu den Pferden, die der Genossenschaft gehörten. Im Stall zeigte er mir, wie man Pferde anfasst, wie man sie füttert, wie man ihr Fell mit einer Bürste striegelt. Als ich in die Schule kam, setzte er mich auf den Rücken einer gutmütigen Stute namens Grete, und wir ritten gemeinsam zur Schule. Ich war das einzige Kind, das auf dem Pferd zur Schule kam.

Unser Haus stand am Ende einer langen Straße, in dem Teil des Dorfes, für den die Laternen nicht mehr gereicht hatten. Hinter dem Haus verwandelte sich die Straße in einen sandigen Feldweg, er führte durch ein kleines Waldstück zum Fluss, der an dieser Stelle besonders schmal war und im Sommer oft austrocknete. Es gab eine schmale Holzbrücke über den Fluss, die für Autos gesperrt war. Weil der kürzeste Weg in die Kreisstadt über die kleine Holzbrücke führte, fuhren trotzdem alle darüber. Reparaturen dauerten damals ewig, weil man auf Ersatzteile lange warten musste, aber die Planken für die kleine Holzbrücke wurden immer schnell ersetzt. Im Frühling und im Herbst blieben die Autos oft auf dem Feldweg im Schlamm stecken, dann musste jemand mit dem Traktor kommen und sie herausziehen.

Wenn man von dem Ende der Straße, an dem unser Haus stand, zum anderen Ende des Dorfes lief, kam man am Gasthaus, am Friseursalon und an der Kirche mit dem quadratischen Dachturm vorbei. In der Mitte des Dorfes stand ein mit Efeu umranktes Denkmal für die Gefallenen des Ersten Weltkriegs, es war so schmutzig, dass man die eingravierten Namen nur schwer lesen konnte. Niemand machte es sauber. Es sollte abgerissen werden, weil es an eine böse Zeit erinnerte, an die niemand erinnert werden wollte, aber es wurde nie abgerissen.

Das Lauteste im Dorf waren die Kolonnen sowjetischer Lastwagen, die jeden Tag in einer Schnelle vorbeidonnerten, als müssten sie gefährliches Material abgeben. Russenkolonnen nannten wir sie. Oft sah man auf der Pritsche die Soldaten nebeneinanderhocken, blutjung, mit kahlen weißen Köpfen. Wenn man zu nah an der Straße stehen blieb, hing der Gestank der Autoabgase noch Stunden später in den Kleidern.

Am Ende des Dorfes gabelte sich die Straße irgendwann, die rechte Abzweigung führte zum Bahnhof, die linke führte über die Felder auf eine Straße, die abrupt an einem Schild und einem Stacheldraht endete. Achtung, verboten! Wnimanije, saproschjonnij! Hinter der Absperrung, mitten im Wald, geschützt vor den Blicken der Dorfbewohner, lag eine sowjetische Kaserne. In gewisser Weise gab es in Kosakenberg also doch Kosaken.

Wenn die Erwachsenen über die Kaserne redeten, sprachen sie von der »Muna«, das klang wie eine geheime Abkürzung. Erst später erfuhr ich, dass die »Muna«, die Abkürzung für Munitionslager, viel älter war als die sowjetische Kaserne. Im Zweiten Weltkrieg kamen die Waffen für die Ostfront von der »Muna«. Nur wenige Menschen hatten die »Muna« jemals von innen gesehen. Es gab das Gerücht, dass dort Atomwaffen gelagert wurden. Der Dritte Weltkrieg hätte also in Kosakenberg beginnen können. Das wurde aber erst nach dem Ende des Kalten Krieges erzählt und war wahrscheinlich erfunden.

Die Rote Armee hatte in der »Muna« für mehrere hundert Soldaten ihre eigene Stadt errichtet, die größer war als Kosakenberg selbst, mit Geschäften, einem Krankenhaus, einer Schule, einem Friseur und einem eigenen Zugang zur Autobahn. Kontakt zu den Einheimischen war den Soldaten verboten, trotzdem kamen sie jedes Wochenende, um sich in der Kneipe zu betrinken. Manchmal trank mein Großvater mit ihnen und probierte die russischen Redewendungen aus, die aus der Kriegsgefangenschaft hängengeblieben waren. Er war 1949 zurückgekommen, als der neue Staat gegründet wurde, der keinen Namen hatte, nur drei Buchstaben. Sein zweites Leben, nannte er es.

Es gibt ein Porträt von ihm, das ihn als Soldaten zeigt. Er steht vor einer weißen Wand, er blickt direkt in die Kamera. Mich haben am meisten die Augen erschreckt, wie hart sie sind, wie dunkel und undurchschaubar.

Mein Großvater hatte grüne Augen, aber auf diesem Schwarz-Weiß-Foto sehen sie schwarz aus. Es ist nicht klar, wann das Foto aufgenommen wurde, wahrscheinlich im Wehrkreisbüro im Dezember 1941. Er hat noch dieselbe Frisur wie als Zehnjähriger, nur weniger Haare. Die Unterlippe wirkt etwas breiter als die Oberlippe, sein Mund ist geschlossen. Er trägt eine schlichte graue Feldbluse, auf der rechten Brust prangt ein Hakenkreuz.

In meiner Erinnerung hat mein Großvater viel über den Krieg und seine Gefangenschaft geredet, doch wenn ich genauer darüber nachdenke, waren es die gleichen Themen, die gleichen Wendungen, die er immer wiederholte. Am eindrücklichsten sind mir die Namen der Orte in Erinnerung, von denen er sprach: Omsk, Tomsk, Irkutsk, Nowosibirsk, Tschita. Ich mochte den Klang der Namen, sie hörten sich an wie Musik, sie hallten länger in meinem Kopf nach als die Geschichten. Es waren Namen, die sich exotisch anhörten, die in einem zehnjährigen Mädchen, das in einem kleinen halben Land festsaß, das Fernweh wecken konnten.

Über die Sowjets redete er nie schlecht. Er lobte die sowjetischen Ärzte und Schwestern, die ihm im Lazarett das Leben gerettet hätten. Er erzählte von eisigen Nächten. Im Dunkeln kamen die Wölfe und schauten durch die Fenster in die Baracke, in der mein verwundeter Großvater auf einer Pritsche lag. In seinen Geschichten kamen die Sowjetmenschen als verschrobene, aber liebenswerte Figuren vor, die den ganzen Tag Wodka tranken, abends in ihren Hütten auf den Öfen tanzten und ihr letztes Brot mit den Deutschen teilten. Es klang, als sei die Gefangenschaft die beste Zeit seines Lebens gewesen.

Ich erinnere mich, dass ich seinen Geschichten gern zugehört habe, dass sie mich an die russischen Märchen erinnerten, die im Fernsehen liefen.

Ich habe etwas über deinen Großvater herausgefunden.

Ich sitze auf dem Sofa in meinem Wohnzimmer und höre die entfernte Stimme meiner Mutter. Wie immer hatte sie zu Beginn des Telefonats erschrocken gefragt: Hab ich dich etwa geweckt?

Ich arbeite von zu Hause aus, was für meine Mutter ein feineres Wort für Arbeitslosigkeit ist. Unsere Gespräche folgen einem Ritual: Wenn das Telefon klingelt, weiß ich, dass meine Mutter dran ist, ohne auf die Nummer zu schauen, weil niemand sonst auf dem Festnetz anruft. Sie fragt, ob ich wach bin, ich sage ja. Dann folgt ein Nachrichtenblock. Sie hält es für ihre Pflicht, mich darüber zu informieren, was zu Hause passierte, auch wenn dieses Zuhause längst nicht mehr meines war.

Diesmal holt sie etwas weiter aus. Sie sei als Kind sehr neugierig gewesen, sagt sie. Im Hintergrund höre ich das Schlagen der Standuhr. Ich sehe meine Mutter vor mir, in dem etwas düsteren Wohnzimmer, das sie von den Wendlers unverändert übernommen hat, auf einem der schweren, mit Leder bezogenen Stühle am Eichentisch sitzend, daneben die Jugendstiluhr.

Einmal, sagt meine Mutter, sie sei vielleicht zehn Jahre alt gewesen, hätte sie allein im Wohnzimmer ihrer Eltern gesessen und in einer Schublade zwischen den Papieren herumgekramt, aus Langeweile vielleicht, in der Hoffnung, etwas Interessantes zu finden. Fotos von ihren Eltern vielleicht oder auch ein paar Geldstücke.

Ich sage nichts, ich habe keine Ahnung, warum meine Mutter über meinen Großvater reden will. Wir haben lange nicht über meinen Großvater geredet. Manchmal benutzen wir seinen Namen, wie man die Namen berühmter Könige oder Kaiser benutzt, um eine bestimmte Zeit zu markieren, wir sagen »zu Opas Zeiten« oder »als Opa noch lebte«. Als habe mit seinem Erscheinen auf der Erde eine neue Zeitrechnung, eine neue Ära begonnen. Es ist klar, dass es sich bei »Opas Zeiten« um gute Zeiten gehandelt haben muss, bessere, gerechtere. Eine Zeit des Aufstiegs, des Aufbruchs, in einem Land, das die Antwort auf zwei Weltkriege gefunden zu haben glaubte.

Ich hatte als Kind oft Albträume, ich weiß nicht, warum. Vielleicht haben alle Kinder eine solche Phase. Ich träumte, dass unser Dorf von Soldaten überfallen und geplündert würde. Im Traum tauchte eine Gruppe Soldaten aus dem Nichts auf dem Feldweg hinter unserem Haus auf, nicht in ihren grünen Pritschenwagen, sondern auf

Pferden, ihre dunklen Kleider hoben sich zunächst kaum von den Tannen ab, doch dann kamen sie näher, sie steuerten unser Dorf und speziell unser Haus an. Sie trugen schwere Waffen und schwarze Uniformen, sie schrien in einer unbekannten, nach Tierlauten klingenden Sprache, und statt Augen klafften Löcher in ihren Gesichtern. Ich war allein im Haus, saß hinter den Gardinen, und sah die Reiter auf mich zukommen, ich wusste, dass ich allein war, ich wollte mich verstecken, doch ich war wie gelähmt. Eingefroren. Ich wachte auf, geweckt von einer schrillen Stimme, die meine eigene war.

Um mich zu beruhigen, stellte ich mir vor, wie mein Großvater die Reiter vom Pferd warf, einen nach dem anderen, mit seinen bloßen Fäusten. Er schien mir übermenschlich stark, unverwundbar, immun gegen alle Krankheiten. Wie ein Mann aus den amerikanischen Western. Einer gegen den Rest der Welt. Einer, vor dem die düsteren Reiter in Staub zerfielen. Ein ostdeutscher John Wayne. Wir schauten seine Filme, die am Sonntagnachmittag im Fernsehen liefen, mein Großvater war ein Mann wie er, einer, der nicht viele Worte machte, einer, der wusste, was er wollte.

Vor ein paar Jahren habe ich in Kalifornien John Waynes Grab besucht. Ich habe das auch für meinen Großvater gemacht, der zu Lebzeiten nicht nach Amerika reisen konnte. Ich erinnere mich an die Inschrift auf seinem Grabstein: »Tomorrow is the most important thing in life. Comes into us at midnight very clean. It's perfect when it arrives and it puts itself in our hands. It hopes we've learned something from yesterday.« Auf Deutsch klingt es nicht ganz so gut. »Der morgige Tag ist der Wichtigste im Leben, er kommt zu uns nach Mitternacht, ganz rein. Er ist perfekt, wenn er zu uns kommt und sich in unsere Hände begibt. Er hofft, dass wir etwas vom Gestern gelernt haben.« Komischerweise erinnerte dieser Slogan in der kalifornischen Sonne an das Land meiner Kindheit, das John Wayne nicht persönlich gekannt und wahrscheinlich sogar gehasst hatte, als guter Republikaner, aber das auch geglaubt hatte, aus der Vergangenheit gelernt zu haben. Es war eine andere Art zu sagen, dass es keinen Schlussstrich in der Geschichte gibt.

Mein Großvater schien mir einer jener Männer zu sein, der mit sich und seiner Zeit im Einklang lebte. Ich sah ihn vor mir, wie er auf der Treppe vor dem Haus saß, eine Tasse Kaffee in der Hand, in die Sonne blinzelte, vor sich hin pfiff und glücklich war. Es schien, als konnte er den Himmel lesen, er konnte anhand der Form der Wolken das Wetter voraussagen. Vielleicht entdeckte er einen Bussard, vielleicht einen Marienkäfer. Neben seinem Haus gab es einen großen Stall, in dem die Genossenschaft ihre Pferde hielt. Auch wenn der Fortschritt der Gesellschaft unaufhaltsam war, wollte sich die Genossenschaft »Felsenfest« nicht ausschließlich auf Maschinen verlassen. Mein Großvater war für die Pferde zuständig. Es machte ihn glücklich, Zeit mit seinen Tieren zu verbringen. Er wirkte wie jemand, der alles im Griff hatte und nichts in seinem Leben bereute.

Ich war sein erstes Enkelkind, er war stolz auf mich, das spürte ich. Während der Erntezeit, wenn er den ganzen Tag Stroh drosch, saß ich am Nachmittag geduldig auf der Treppe vor dem Haus in der Sonne. Das Feld lag am Fluss hinter dem Wald, der Nachbar mit dem Traktor nahm ihn jeden Morgen mit dorthin und brachte ihn abends wieder zurück, und ich wartete darauf, dass ich sein verstaubtes Gesicht entdeckte, wenn er das letzte Stück auf das Haus zulief. Ich lief ihm entgegen, er lachte und übergab mir mit einer bedeutungsvollen Miene seine Aktentasche. In der Tasche lagen keine Akten, sondern nur eine Brotbüchse aus Aluminium und eine Thermoskanne. Er ließ mir etwas gesüßten Tee und ein Schmalzbrot übrig, das besser schmeckte als die Stullen, die meine Mutter mir schmierte, allein, weil mein Großvater es den ganzen Tag mit sich herumgetragen hatte.

Ich sah gern mit ihm fern, er guckte am liebsten Unterhaltungssendungen, nichts Politisches. Er mochte die Rosenmontagsumzüge und alles, wo Schlagersänger auftraten – Männer mit blondem geföntem Haar, die von der unsterblichen Liebe und der Unergründlichkeit des deutschen Waldes sangen.

»Du weißt doch, dass wir uns immer vor dem Dachboden gefürchtet haben«, sagt meine Mutter am Telefon, »wir haben geglaubt, dass es dort spukt.«

Wenn meine Mutter von »wir« spricht, dann meint sie ihre zwei Schwestern, meine Tanten. Meine Großeltern wohnten in einem schlichten, kleinen Haus, zwei Zimmer und eine Kammer im Erdgeschoss, ein Zimmer unter dem Dach. Es war das sonnigste im Haus, doch keine der Schwestern wollte als Kind freiwillig dort schlafen.

Meine Mutter erzählt am Telefon von einem Dokument, das sie beim Wühlen in der Schublade gefunden habe, ihre Geburtsurkunde, ein vergilbtes Papier mit den Symbolen des untergegangenen Landes, Hammer, Zirkel und Ährenkranz. Sie war eines der ersten Kinder gewesen, die im damals neu gegründeten Staat geboren wurden. Die neue Generation. Alles habe gestimmt, Geburtsort, Geburtsdatum, nur eines war falsch. Sie trug darin einen falschen Namen, den Mädchennamen ihrer Mutter. Ich brauchte eine Weile, bis ich verstand, dass die Entdeckung, von der mir meine Mutter erzählte, fast fünfzig Jahre zurücklag. Sie hatte ihre Geburtsurkunde gefunden, als sie zehn war, ein Kind und aus heutiger Sicht unaufgeklärt. Den Schrecken vergaß sie nie, sie habe bis dahin geglaubt, dass Frauen nur Kinder bekommen könnten, wenn sie verheiratet wären. Warum waren die Eltern nicht verheiratet, als sie geboren wurde? Es hätte eine harmlose Erklärung geben können, wir waren verliebt, es lief nicht alles perfekt, so ist das Leben, mein Kind, doch die Eltern sagten nicht, dass sie verliebt waren und dass nicht alles perfekt gelaufen war. Sie legten ein Tuch des Schweigens über die Sache mit dem Namen in der Geburtsurkunde.

»Keiner hat mir damals was erklärt«, sagt meine Mutter.

Unter den Dielen meiner Wohnung dröhnt es, wumm, wumm, wumm. Vier Uhr nachmittags, die Nachbarn sind aufgestanden.

Ich warte darauf zu erfahren, was die Geburtsurkunde meiner Mutter mit dem Großvater zu tun hat. Ich versuche mich auf ihre Stimme zu konzentrieren. Ich hatte gelernt, dass es besser ist, sie nicht zu drängen oder zu unterbrechen.

Mein Großvater starb, als ich zwölf Jahre alt war. Er bekam ein Ehrengrab auf dem Friedhof.

Friedrich Stein
1910–1989

Ich rechne nach, wie alt mein Großvater wäre. Fast einhundert Jahre. Er könnte heute noch leben, einhundert ist heute doch kein Alter mehr.

Seine Mutter Auguste war in Kosakenberg als einarmige Schneiderin bekannt. Sie wurde mit einem verkrüppelten rechten Arm geboren. Ich habe keine Ahnung, wie sie das mit dem Schneidern hinbekommen hat, aber sie muss ziemlich geschickt gewesen sein. Sie nähte für die Kleinbauern, die Tagelöhner, die sich die feineren Arbeiten der Schneiderinnen aus der Stadt nicht leisten konnten, aber auch für den Pastor, der die Schlichtheit ihrer Stickereien zu schätzen wusste.

Auguste blieb unverheiratet, sie wohnte bei ihren Eltern und hatte die dreißig schon lange überschritten, als sie ihren einzigen Sohn auf die Welt brachte. Friedrich nannte sie ihn, nach dem Kaiser, den sie verehrte. Über den Vater ihres Sohnes verlor sie kein Wort.

Als mein Großvater geboren wurde, gab es noch Ritter und Prinzessinnen. Er erzählte gern die Geschichte, dass er von einem Ritter vom benachbarten Rittergut abstamme, jener Ritter sei in seine Mutter verliebt gewesen. Er hätte sie heimlich besucht, daraus sei er, mein Großvater, entstanden. Mein Großvater flüsterte mir zu, er und damit auch seine Nachkommen seien in gewisser Weise adelig. In unseren Adern flösse blaues Blut. »Du bist eine Prinzessin«, sagte er zu mir. Ich wusste auch, dass die Flüssigkeit, die nach meinem letzten großen Fahrradsturz aus der Wunde geflossen, eher hellrot und auf jeden Fall nicht blau gewesen war.

Ich war sieben Jahre alt und traute mich nicht zu sagen, dass ich lieber Jungpionier als Prinzessin sein wollte. Mein Großvater erzählte gern Geschichten, von denen man nie genau wusste, ob sie stimmten oder erfunden waren.

Er hatte eine Frau geheiratet, die er nach seiner Rückkehr aus der Sowjetunion in Kosakenberg kennengelernt hatte. Sie war zwanzig Jahre jünger als er und kam aus einem Dorf im Osten. Also aus Polen.

Mein Großvater stand morgens am liebsten mit der Sonne auf, seine Frau schlief lange, oft lag sie mittags noch unter der Decke, über seinen Tatendrang machte sie sich lustig, die Genossenschaft hielt sie für einen Witz: »Wie kann es sein, dass ihr von morgens bis abends schuftet – und im Laden gibt es trotzdem keine Wurst?«

Der Fleischer kam nur einmal in der Woche ins Dorf –

die Waren, die er mitbrachte, reichten nie aus. Wenn das Fleischauto kam, schloss der Laden für ein, zwei Stunden. Die Verkäuferinnen waren dann damit beschäftigt, die besten Stücke für sich und ihre Stammkundinnen zurückzulegen. Die berufstätigen Frauen, auch die Arbeitskolleginnen meines Großvaters, wurden bevorzugt behandelt, sie durften sich so viel Wurst und Fleisch zurücklegen lassen, wie sie wollten. Wenn der Laden wieder öffnete, und die normale Kundschaft hineingelassen wurde, lagen nur noch Leberwurstenden in den Auslagen.

Ich habe als Kind längst nicht alles verstanden, aber ich bekam früh mit, dass zwischen meinen Großeltern etwas nicht stimmte. Mein Großvater und meine Großmutter sprachen einander nie mit ihren Namen an, sondern redeten voneinander als »der Mann« und »die Frau«. Er besuchte oft Bekannte, tanzte gern, trank Schnaps. Seine Frau hatte keine Freunde, sie verabscheute Alkohol und blieb am liebsten zu Hause. Er liebte Schlagersendungen, sie sah Nachrichten. Mein Großvater schlief im Doppelbett, seine Frau auf dem Sofa, neben sich den Hund, einen Schäferhund namens Harras.

Wenn meine Großmutter ins Bett ging, zog sie nur den Rock aus, Strümpfe und Pullover behielt sie an, auch das bunt bedruckte Kopftuch trug sie nachts. Sie machte sich absichtlich hässlich. Dabei waren ihre Haare das Schönste an ihr, kräftig, lockig und schwarz. Sie verhüllte sich, als wollte sie nicht erkannt werden. Als wollte sie unsichtbar werden. Wie ein Geist. Meinen Großvater bewunderte ich, über meine Großmutter wunderte ich mich nur.

Ich habe viel Zeit bei meinen Großeltern verbracht, meistens kümmerte sich mein Großvater um mich, doch manchmal ließ er mich mit seiner Frau allein. Sie wirkte oft traurig, aber ich sah sie nie weinen. Sie saß in der Küche, hörte Radio und schmierte nebenher ein Leberwurstbrot für Harras, den Hund. Manchmal saß sie nur da und starrte auf den Küchenschrank. Ich hatte mal einen Kanarienvogel, den mein Vater gekauft und mir geschenkt hatte, weil er glaubte, ich sei in einem Alter, in dem man ein Haustier haben sollte. Weil ich damals ein Buch namens *Die Vögel der Welt* besaß, dachte er, mich würden Vögel besonders interessieren. Er brachte mir einen Kanarienvogel mit, gelb-grün. Dieser Vogel deprimierte mich, sein hektisches Herumgehopse ging mir auf die Nerven, ich gab ihm nicht mal einen Namen, sondern nannte ihn nur Vogel und hatte den Eindruck, Vogel würde im Käfig langsam durchdrehen. Ich stellte den Käfig in mein Bücherregal, zwischen zwei Bände einer mehrbändigen Ausgabe von *Grimms Märchen*. Eines Tages lag der Vogel tot auf dem Boden des Käfigs. Ich machte mir Vorwürfe, dass ich ihn nicht freigelassen hatte.

Der Blick meiner Großmutter erinnerte mich an diesen Kanarienvogel.

Es war ihr wichtig, dass man nichts im Haus anfasste oder bewegte. Manchmal hatte ich ein Ausmalbuch dabei oder Buntstifte, und wenn mir die Tischdecke beim Malen ein wenig verrutschte, stand sie plötzlich neben mir und zog den Stoff gerade. Es fehlte nicht viel, dass sie mit einem Lineal gekommen wäre.

Wenn ich Hunger hatte, kochte sie mir ein Ei. Meine Großmutter ernährte sich von Eiern, trockenem Brot und rohem Knoblauch, den sie selbst im Garten anbaute. Lange dachte ich, das habe mit ihrer Sparsamkeit zu tun und damit, dass im Konsum die gute Wurst schnell ausverkauft war, doch sie änderte ihre Gewohnheiten auch später nicht, als der Konsum längst in *Karin's Frischeparadies* umgewandelt worden war und sie sich so viel Wurst hätte leisten können, wie sie wollte. Es musste einen anderen Grund geben.

Mein Großvater schien Angst vor ihr zu haben. Wenn er mir in der Stadt ein Eis kaufte, bat er mich, Oma davon nichts zu sagen. Am späten Nachmittag, wenn er von der Arbeit kam, war er es, der aufräumte, selbst der Frühstückstisch stand noch so da, wie er ihn verlassen hatte. Er fuhr gern in die Stadt zum Einkaufen und brachte Taschen voller Köstlichkeiten mit, Bockwurst in Gläsern, eingelegte Gurken, russisches Konfekt. Dinge, die es im Dorf nicht gab. Statt sich zu freuen, schimpfte seine Frau über die Geldverschwendung. Mein Großvater in seinem Anzug und mit seinem Siegelring an der Hand stand still daneben und schwieg.

Ich spielte manchmal ein Spiel, das im Rückblick grausam klingen mag. Ich stellte mir vor, wie es wäre, wenn meine Großeltern sterben müssten, und fragte mich, wer zuerst sterben sollte, wer mir weniger fehlen würde.

Es war immer die Frau meines Großvaters, meine Großmutter.

Ich konzentriere mich auf die Stimme meiner Mutter, die jetzt den Namen einer Bekannten erwähnt. Hildegard Perlbach, genannt Hildchen. Ich versuche mir ein Bild von Hildchen in Erinnerung zu rufen. Ich sehe eine große, schlanke Frau mit leuchtend rotem Haar vor mir, die oft bei uns vorbeikam, nach Parfum roch und fein angezogen war. Sie war viele Jahre lang Serviererin in einem Ausflugslokal in der kleinen Stadt gewesen.

Meine Mutter klingt auf einmal anders, sehr ernst, als müsse sie eine schlechte Nachricht übermitteln, als wäre ein tragisches Unglück geschehen und als wollte sie den Zeitpunkt, zu dem ich es erfahre, so lange wie möglich herauszögern, weil danach nichts mehr so sein würde wie zuvor. Ich sage mir, dass meine Mutter einen Hang zum Melodram hat. Wie alle Frauen in unserer Familie.

Ich kam oft an das Grab meines Großvaters und erzählte ihm, was ich erlebt hatte. Es war normal für mich, mit den Toten zu sprechen. Sie waren anwesend, keine Zombies, aber Seelen, die zuhören konnten.

Später, als ich das Dorf längst verlassen hatte, wurden die Abstände größer, an denen ich ihn besuchte. Ich ging aus Kosakenberg fort, wollte die Welt sehen. Doch soweit es mich auch forttrug, ich kehrte immer wieder zu ihm zurück. Ich wechselte die Städte, die Frisuren, die Bücher, die Musik, die Männer, aber mein Großvater blieb ein Fixpunkt, ein Anker. Ich stand an seinem Grab und erzählte von meinem Leben. Er antwortete nie, aber es beruhigte mich, mit ihm zu reden. Das Land, in dem ich aufgewachsen war, war untergegangen, aber mein Großvater war immer da.

Ich habe etwas über deinen Großvater herausgefunden, flüstert meine Mutter am Telefon. Es sei alles durch Tante Marion herausgekommen, fügt sie hinzu.

Meine Tante Marion, die jüngere Schwester meiner Mutter, hatte seit Jahren Schmerzen, Schmerzen im Rücken, in den Knien, in den Füßen. Sie ging zu vielen Ärzten, aber kein Arzt konnte ihr helfen. Schließlich gab ihr jemand die Nummer einer Frau in Thüringen, die ausgebildete Ärztin war, aber inzwischen nur noch als Medium arbeitete. Sie schlug eine Familienaufstellung vor. Ich hatte davon gelesen, diese Therapie galt als eine bizarre, auch unter Fachleuten umstrittene Maßnahme. Man stellt dabei wie im Rollenspiel die Familie nach und soll so auf ungesunde Beziehungsmuster stoßen, die auch schon lange zurückliegen können. Wenn eine junge Frau zum Beispiel an Brustkrebs erkrankt, könnte das an einem Urgroßvater liegen, der die Urgroßmutter verlassen hat.

Psychologen mögen ihre Studien betreiben, aber dieses Rollenspiel klang für mich absurd, nach Magie, Kult. Wie die moderne Variante einer Séance, bei der man um einen Tisch herumsitzt, sich an den Händen fasst, und wenn dann ein Glas wackelt, muss es der alte Onkel Emil gewesen sein, dem im Jenseits eingefallen ist, dass er noch eine wichtige Botschaft loswerden muss. Was sollte das mit meinem Großvater zu tun haben, bitte?

Obwohl ich skeptisch bin, höre ich weiter zu.

Am Ende, als meine Mutter aufgelegt hat, stehe ich auf und schließe die Gardinen, obwohl es noch hell ist. Ich fühle mich erschöpft, von einer Müdigkeit, die wehtut.

Das Medium sagte, dass die Schmerzen meiner Tante mit ihrem Vater zusammenhingen. Das Medium sagte, es hinge ein Schatten über meinem Großvater. Ein Geheimnis.

Meine Tante Marion hatte nach der Wende angefangen, lange Gewänder zu tragen, heilende Steine zu sammeln und zum Schamanen zu gehen. Ich hatte mich immer ein wenig lustig gemacht über ihre neu entdeckte Spiritualität, nun sollte ich selbst glauben, dass ein lange gehütetes Geheimnis meiner Großeltern über ein esoterisches Ritual bekannt wird? Nun würde ich mir mein Bild von meinem Großvater von einem Medium kaputt machen lassen? Was kommt als Nächstes? Gläserrücken? Voodoo? Dreiäugige Raben mit Botschaften aus der Vergangenheit?

Ich denke darüber nach, was meine Mutter gesagt hatte. Sie sprach von einem Mann, einer Frau und einer dunklen Nacht.

Ein Russe und eine Deutsche.

Nein, kein Russe. Ein Deutscher, der bei den Russen war.

Besonders ein Wort ist hängengeblieben, ich höre es in meinem Kopf, als würde es eine innere Stimme immerzu wiederholen, aber es macht keinen Sinn, es scheint nicht zu passen. Es ist ein brutales Wort, das, einmal ausgesprochen, peinliche Stille hervorruft.

Wo sind die Belege? Beweise?

Ich halte den Hörer noch in der Hand, lange nachdem meine Mutter aufgelegt hat. Ich sitze in meiner Wohnung, unter mir dröhnt immer noch die Musik, aber ich höre sie kaum. Was soll ich mit dieser Information anfangen?

Sie kommt aus einem anderen Land, aus einer anderen Zeit, sie könnte genauso gut aus einem anderen Universum kommen. Ich sollte entsetzt sein, wütend vielleicht, aber ich spüre nichts. So sehr ich auch versuche, mich zu konzentrieren, nach einer Verbindung zu suchen, da ist nichts. Ich wünschte, ich würde irgendetwas verstehen, aber ich verstehe nichts. Mir ist das Gespräch mit meiner Mutter auf einmal unangenehm. Das, was sie am Telefon beschrieben hat, war ein Verbrechen, auch wenn sie es nicht so nannte. Ein Verbrechen, für das man ins Gefängnis gesperrt wurde.

Ich stelle mir vor, wie mein Großvater aussah, aber ich bekomme kein Gesicht mehr zusammen. Mein Westernheld verschwindet, er löst sich auf. Er kommt mir ganz fremd vor. Soll ich von diesem verbrecherischen Menschen abstammen?

Ich lege den Hörer auf und schaue aus dem Fenster, meine Glieder sind schwer, ich fühle mich unfähig aufzustehen.

Ich fahre den Computer hoch, der neben mir auf dem Bett liegt, und suche nach etwas. Ich fange an durch das Netz zu wandern und nach einer Stunde weiß ich nicht mehr, wonach ich gesucht habe. Gefunden habe ich »Tarquinius und Lucretia«.

Die Prinzen des Hauses der Tarquinier saßen zusammen in der Stadt Ardea nahe Rom. Der Mond schien durch das Fenster, der Wein floss, die Männer lachten. Es ging um Frauen, und niemand sagte die Wahrheit. Bis auf Collatinus. Er rühmte seine Frau Lucretia, sie sei nicht nur die Schönste im ganzen Land, sondern auch die Tugendhafteste. Statt zu tanzen, saß sie am Spinnrad. Die Schilderung schlug die Zuhörer dermaßen in den Bann, dass sie noch am selben Abend aufbrachen, um sich diese Madonna anzusehen. Es war ein Sonnabend; während die meisten Römerinnen sich beim Tanz vergnügten, saß Lucretia, umringt von ihren Mägden, zu Hause in ihrer Kammer am Spinnrad. Die Männer blieben an der Tür stehen und betrachteten sie. Besonders ein Mann, Sextus Tarquinius, der Sohn des etruskischen Königs, konnte den Blick nicht von ihr abwenden. Ihr Arm und Nacken schimmerten weißlich im Kerzenschein. Lucretia sah noch viel schöner aus als in seiner Fantasie.

Noch in der gleichen Nacht, als Lucretia allein war, schlich er sich zu ihr ins Schlafzimmer. Er öffnete lautlos die Tür, hielt kurz inne und starrte sie an. Sie stand am Feuer und entkleidete sich. Das rote Kerzenlicht spielte in ihrem weißen bleichen Gesicht. Forderte sie ihn nicht heraus mit ihrer Schönheit? Sextus Tarquinius schlich näher, er griff an seinen Gürtel, wo er ein Messer trug. Lucretia war eine Frau von hohem Rang, verheiratet mit einem Prinzen, angesehen im Reich. Sie war keine Magd, die man mit bloßen Händen in die Ecke drängte und danach nicht wieder ansah. Sextus Tarquinius brauchte ein Messer.

Die Klinge des Messers glänzte im Kerzenlicht. Er stand plötzlich hinter ihr, Lucretia drehte sich um und erschrak. Die Frau hatte Angst, sie sah in seinen Augen ein rotes Brennen, doch sie hielt dem Blick stand. Wenn sie sich wehre, rief er, werde er sie nicht nur töten, sondern er werde neben ihren Körper einen toten Sklaven legen, um ein Verbrechen aus Leidenschaft vorzutäuschen. Er lachte voll Wut und Hohn. Die Frau schlug ihre Hände schützend vor das Gesicht, doch das Rote war stärker als das Weiße.

Am nächsten Morgen berichtete Lucretia ihrem Mann und ihrem Bruder von der Tat. Mann und Bruder waren entsetzt, sie versicherten ihr, dass sie unschuldig sei, ihr Ruf weiterhin makellos, doch Lucretia glaubte ihnen nicht. Mit einem Dolch stieß sie sich ins eigene Herz. Vorher nahm sie ihrem Mann das Versprechen ab, ihre Ehre zu rächen.

Und die Männer um Collatinus töteten Sextus Tarquinius und den König und bauten die neue Republik.

»Tarquinius und Lucretia« heißt das Gemälde von Tizian, das die Szene im Schlafzimmer der Lucretia zeigt.

Ich betrachte das Bild lange, etwas hält mich daran fest, es erinnert mich an etwas Verdrängtes, Versunkenes. »Die Geschichte der Lucretia wurde zum Gründungsmythos der römischen Republik«, lese ich. Die römische Republik, Lucretias Tochter.

In dem Land, in dem ich aufwuchs, gab es keine Könige – und Lucretia war keine Prinzessin, sondern eine Magd.

2

Ich habe meine Großmutter nie gefragt, wie sie meinen Großvater kennengelernt hat. Es war schwierig, ihr nahezukommen und mit ihr in ein tatsächliches Gespräch zu kommen. Wie die Politiker in dem untergegangenen Land, in dem ich aufgewachsen bin, redete sie oft in Versatzstücken, in unpersönlichen Sätzen, die mit »man muss« oder »man darf nicht« begannen. Ein »Ich« gab es in ihrem Wortschatz nicht. Sie hatte die Angewohnheit, Fragen zu stellen, aber nicht zuzuhören, wenn man ihr antwortete. Es war keine Seltenheit, dass sie in dem Moment, in dem man ihr antworten wollte, aufsprang, als sei ihr plötzlich etwas Wichtiges eingefallen, das sie unbedingt zu erledigen hatte und das keinen Aufschub duldete. Wenn man sie umgekehrt etwas fragte, reagierte sie oft gar nicht, als sei sie von plötzlicher Taubheit betroffen. Selten äußerte sie Freude oder Zufriedenheit.

Wenn sie redete, ging es oft um etwas, was sie in den Nachrichten aufgeschnappt hatte, eine neue Steuer, eine ungünstige Bildungsstudie, die jüngsten Arbeitslosenzahlen. Sie war davon überzeugt, dass die Politik das Land zugrunde richte, und bekam einen verbitterten, enttäuschten Zug um den Mund, als sei sie um etwas betrogen worden, das ihr zugestanden hätte. Aber das fiel mir lange nicht auf, so waren viele in ihrem Alter in Kosakenberg.

Sie hatte auch eine andere, humorvolle Seite. Als ich älter wurde, neckte sie mich damit, dass meine Ausbildung viel länger dauerte als bei den Gleichaltrigen im Dorf.

Immer noch in der Schule?, sagte sie in einem spöttischen Ton, wenn ich von der Universität nach Hause kam. Hört diese Ausbildung denn nie auf? Willst du kein Geld verdienen?

Sie klang streng, obwohl ich wusste, dass sie insgeheim stolz darauf war, dass niemand anders in Kosakenberg so lange zur Schule ging wie ich. Die meisten gingen nach zehn Jahren ab, um einen Beruf zu erlernen, ich brauchte zwölf und dann fünf weitere fürs Studium.

Nach dem Tod meines Großvaters lebte sie allein im Haus. Bevor man das Haus betreten konnte, musste man sich durch einen Schutzwall leerer Verpackungen, Hunde- und Katzenfutterschachteln, Spinnweben und schmutzigem Geschirr kämpfen. Meine Räuberhöhle nannte sie ihr Haus, das sie mit einem Schäferhund teilte, den sie der Einfachheit halber wieder Harras genannt hatte. Es muss inzwischen Harras der Dritte gewesen sein.

Den Eingang ihres Hauses zierten Hunde- und Katzennäpfe, aufgereiht wie Schuhe. Sie hatte zwei Zimmer, in einem schlief sie, im anderen sah sie fern. In beiden Zimmern hielt sie die Gardinen tagsüber zugezogen. Sie bewegte sich am liebsten durchs Halbdunkel, nur wenn

Gäste kamen, knipste sie das Licht an. Sie sagte, damit schütze sie die Tapeten vor dem Ausbleichen durch die Sonne.

Die meiste Zeit verbrachte sie in der Küche, einem schmalen Schlauch, in den nichts weiter als ein alter Herd, ein Kühlschrank, ein Küchenschrank, ein Tisch und ein Waschbecken passten. Dahinter gab es eine kleine Kammer, die einmal zum Badezimmer ausgebaut werden sollte. Solange ich die Kammer kannte, stand darin aber nur eine Badewanne, ohne Wasseranschluss, die nie zum Baden, sondern zur Lagerung von Katzen- und Hundefutter genutzt wurde. Sie zog es vor, sich im Waschbecken in der Küche zu waschen.

Im Küchenschrank standen Salz, Haferflocken, Mehl und Zucker, aber der meiste Platz wurde von Medikamentenpackungen eingenommen. Mehrere Regale waren mit den Packungen vollgestopft. Pillen, die ihr Herz reparieren sollten. Gegen Bluthochdruck. Zur Verlangsamung des Herzschlages. Zur Erhöhung des Herzschlages. Zur besseren Durchblutung des Herzens. Ein aufmerksamerer Beobachter, als ich es war, hätte merken können, dass mit ihrem Herzen etwas nicht in Ordnung war. Und zwar nicht nur mit dem Muskel.

Es wurden mit jedem Jahr mehr Pillen, weil sie die, die ihr verschrieben wurden, nicht nahm, sich gleichzeitig aber auch nicht traute, eine Packung wegzuwerfen. Da war sie abergläubisch.

Die Hausärztin ahnte, dass meine Großmutter trickste. Wenn sie in ihre Sprechstunde kam, achtete sie darauf, dass Anna die erste Dosis sofort nahm. Sie stellte ihr ein Glas Wasser hin und sah zu, wie die Pillen im Mund verschwanden. Anna schluckte heftig. Dann stand sie auf, bedankte sich überschwänglich bei der Ärztin und verabschiedete sich von der Sprechstundenhilfe, um die lange Strecke bis ans Ende der Straße nach Hause zu radeln, wo sie das Tor öffnete und das Rad im Schuppen verstaute. Sie begrüßte Harras und ging in die Küche, um sich einen Kaffee aufzusetzen. Erst wenn das Wasser brodelte, setzte sie sich hin, nahm eine Untertasse und spuckte die Pillen aus, die sie unter der Zunge versteckt hatte.

Auf dem Tisch stand ihr Tauchsieder, den sie benutzte, während sie den Wasserkocher, den die Töchter ihr geschenkt hatten, noch nicht mal ausgepackt hatte. Ihre Töchter füllten ihren Kühlschrank, doch sie aß wenig. Sie war mit den Jahren immer stiller und schmaler geworden.

Sie hörte dauernd die Nachrichten im Radio, gleichzeitig war sie merkwürdig weltfremd.

Als ich einmal für längere Zeit nach England reiste, machte sie sich Sorgen, ob ich auch genug zu essen bekäme. Sie habe gehört, dass die Menschen in Großbritannien hungerten und in ihrer Verzweiflung Ratten verzehrten. Das sei eine Folge der harten Reformen von Premierministerin Thatcher, erläuterte sie mir. Ich versicherte ihr, dass sich die Lage seit Thatchers Rücktritt vor mehr als zehn Jahren verbessert habe, aber sie schaute mich skeptisch an und verschwand in der Speisekammer, um ein Essenspaket zusammenzustellen.

Berührungen vermied sie. Zur Begrüßung gaben wir

uns die Hand. Unser Handschlag sah so aus, dass ich die Hand meiner Oma ergriff und sie ihre Finger schnell wegzog. Es war eine Art Wettbewerb, wer schneller war. Wenn ich versuchte, meine Großmutter zu umarmen, duckte sie sich weg. Ich verstand sehr früh, dass meine Großmutter nicht den Vorstellungen einer typischen Oma entsprach. Das war nur ein Grund, warum ich lange dem Irrtum aufsaß, sie sei eine gefühllose Frau.

Besonders deutlich ist mir ein Ereignis in Erinnerung geblieben, es war vor einigen Jahren, als ich schon nicht mehr in Kosakenberg lebte und nur noch zu Besuch kam. Eines Vormittags hörte ich einen Schrei.

Ein Brüllen, ein Hilfeschrei wie von einem kleinen Kind, das mit dem Leben rang. Er kam von der Hauptstraße, die ins Dorf führte, meine Mutter hatte ihn auch gehört, wir rannten hinaus. Wir sahen, dass meine Großmutter schon am Straßenrand stand. Sie starrte auf ein Bündel, das vor ihr lag.

Katzen gehören in Kosakenberg nicht ins Haus, sie werden auch nicht gestreichelt. Sie haben, wie alles auf dem Land, eine Aufgabe, eine Funktion, sie sollen Ratten und Mäuse jagen und dürfen sich höchstens zwischendrin mal eine Pause auf der Treppe des Hauses gönnen.

Die Katzen lernten schnell, dass sie Abstand zu Menschen zu halten hatten, und wenn sich eine Katze streicheln ließ, war das ein Zeichen, dass sie alt oder krank wurde. Oder beides. Hörten die Dorfmenschen, dass es in der Stadt Katzen gab, die ihr ganzes Leben in Wohnungen verbrachten, bestätigte das ihre Vorurteile über die

Stadtmenschen. Katzen waren Tiere, und Tiere hatten in Wohnungen nichts zu suchen. Die Katzensterblichkeit in Kosakenberg war hoch. Die größte Gefahr ging von der Straße aus, die seit einiger Zeit stärker als vorher befahren war. Die Dorfmenschen antworteten darauf mit Pragmatismus, sie hielten sich nicht nur eine, sondern mehrere Katzen. Überfahren zu werden – das war der Preis, den eine Katze für ein Katzenleben auf dem Dorf zu zahlen hatte, dafür waren sie freie Kreaturen.

Meine Großmutter starrte auf das golden getigerte Bündel. Sie hatte drei Katzen, die jüngste und schönste lag vor ihr, ihr Bauch war aufgerissen, etwas Rosafarbenes quoll heraus. Das kleine Tier zitterte und schrie. Ich sah meine Großmutter an und wartete darauf, dass sie losrennen würde, um den Tierarzt zu rufen. Doch sie stand unbeweglich da, als wäre sie festgeklebt. Meine Oma stand wie unter Schock, ihre Pupillen waren geweitet und das Gesicht blass, als hätte sie etwas Schreckliches gesehen. Wir müssen den Tierarzt rufen, sagte meine Mutter.

Oma reagierte nicht. Das Tier brüllte vor Schmerz. Ich beugte mich herunter, um seinen Kopf zu streicheln, doch es fauchte und biss um sich. Die Schreie des Tiers bohrten sich in meinen Kopf.

Ich machte etwas, was ich nie getan hatte, ich schrie sie an, wie sie so kalt sein könne, und sie schaute mich auf eine Weise an, die mich erschreckte. Ich wusste, dass sie herzlos sein konnte, aber so hatte ich sie noch nie gesehen. In ihrem Blick lag etwas Verstörendes, Dunkles, was ich nie vergessen würde. Ihr Blick machte mir Angst.

Ich trat einen Schritt zurück und sagte nichts mehr. Dann, als hätte sie begriffen, dass sie zu viel von sich preisgegeben hatte, drehte sie sich um und lief mit kleinen schnellen Schritten weg. Sie kam nicht zurück.

Meine Mutter und ich packten das wimmernde und um sich schlagende Bündel und legten es in einen Sack. Dann fuhren wir zum Tierarzt in die Kreisstadt. Das Kätzchen war nicht mehr zu retten. Vielleicht hatte meine Großmutter das nicht hören wollen.

Ich sah sie während dieses Besuches nicht mehr, und wir sprachen nie wieder über das gelbgoldene Kätzchen.

Als ich das nächste Mal zu Besuch nach Kosakenberg kam, tat ich so, als habe es den Vorfall nicht gegeben. Doch etwas hatte sich in unserem Verhältnis geändert. Ich sah sie plötzlich mit anderen Augen. Es mag widersprüchlich klingen: Ihre Kälte hatte mich erschreckt, aber sie hatte meine Oma auch interessanter gemacht.

Es war, als ob ich lange eine Ahnung hatte, dass meine Großmutter etwas verbarg, ohne dass ich imstande gewesen wäre, diese Ahnung zu formulieren.

Meine Oma lebte in einem Haus, das so aussah, als wollte es kein Aufsehen erregen, alles an ihm war geduckt und grau, selbst die Fensterläden waren hellgrau gestrichen. Ich öffnete die Tür, die wie immer einen Spalt offen stand, und tastete mich durch den Flur ins Wohnzimmer. Meine Oma hielt die Fensterläden auch tagsüber geschlossen, sie bewegte sich am liebsten im Halbdunkel, wie ein kleines Nachttier. Sie lief mit flinken, lautlosen Schritten über den Holzboden, so dass ich gar nicht merkte, dass sie plötzlich hinter mir stand, bis sie das Licht anknipste. Setz dich, sagte sie ohne Überraschung in der Stimme, als habe sie auf mich gewartet.

Auf einer Anrichte standen Fotos, die ich zuvor noch nicht gesehen hatte. Vielleicht waren sie mir auch nur nicht aufgefallen. Ich zog meinen Stuhl heran und schaute auf das größte Bild, das gleichzeitig das einzige war, das in Farbe aufgenommen war. Es zeigte eine Siedlung, nicht mehr als zwei, drei Häuser. Es war nicht zu sehen, wo das Foto aufgenommen war, die Häuser wirkten mitteleuropäisch. Ein Haus war größer als die anderen, vielleicht war es das Wohnhaus. Es hatte kleine gardinenlose Fenster, einen weiß gestrichenen Erker aus Holz und ein spitzes, mit dunklen Ziegelsteinen bedecktes Dach. Dahinter floss ein kleiner Bach, drum herum sah man Wald. Keine Menschen, kein Auto, kein Kinderspielzeug. Das Haus wirkte verlassen. Es war von oben fotografiert, nicht aus der Luft, sondern schräg, wie von einem benachbarten Haus, das man aber nicht sehen konnte.

Ich fragte meine Oma, wo das Bild aufgenommen worden war. Sie schaute mich überrascht an, als wunderte sie sich über die Frage. »Zu Hause«, sagte sie, und ihre Augen verschwammen.

Ich verstand, dass sie nicht Kosakenberg meinte, wo sie sechzig Jahre verbracht hatte, sondern ihr Dorf im Osten, aus dem sie als Vierzehnjährige vor den sowjetischen Soldaten geflohen war. Das war ihr Zuhause.

Auf einem kleineren Foto sieht man eine Frau, vielleicht Ende zwanzig, Anfang dreißig, schwarzes welliges

Haar, das auf die Schultern fällt, ein rundes Gesicht, eine kräftige Statur. Es ist nicht ganz klar, wo das Foto aufgenommen wurde, die Frau steht draußen in einem Garten, hinter ihr könnte ein Bach fließen. Sie wirkt, als habe sie sich fein gemacht, sie trägt ein bodenlanges, einfach geschnittenes weißes Kleid, das mit einer Kordel an der Hüfte locker zusammengehalten wird. An ihrem rechten Arm baumelt ein goldener Armreif.

Die Frau schaut unsicher in die Kamera, sie versucht zu lächeln, aber es gelingt nur so halb. Vielleicht fühlt sie sich in dem Sonntagskleid nicht wohl, vielleicht ist sie nicht der Typ, der sich gern herausputzt, vielleicht mag sie es nicht, fotografiert zu werden. Ihre Hände sind kräftig, man sieht ihnen nicht an, ob sie rau oder rissig sind, aber man sieht, dass die Frau gewohnt ist, hart zu arbeiten.

Die Frau ist meine Urgroßmutter Clara. Ich habe sie nie kennengelernt, sie starb 1934, kurz nachdem das Foto aufgenommen wurde.

Auf einem anderen Bild sieht man ein Bauernmädel mit dicken langen Zöpfen, Wollstrümpfen und einer schlichten Schürze. Sie ist etwa zehn Jahre alt und sitzt auf einer Bank vor einem Backsteinhaus. Sie lächelt weich und neugierig in die Kamera.

Das ist Anna, meine Großmutter.

Ich kannte diesen Blick auf dem Foto an ihr nicht. Die Offenheit, die Sanftheit, die Neugier. Wo war dieses Mädchen hin? Was war mit ihm passiert? Was hatte es mit der Frau zu tun, der Verbitterung und Enttäuschung ins Gesicht geschrieben standen?

3

Meine Großmutter Anna ist vier, als ihre Mutter stirbt. In ihrer Erinnerung sieht sie sich auf einem Friedhof, an der Hand ihres Vaters. Sie steht vor einem geöffneten Sarg, in dem ihre tote Mutter liegt. Sie sieht ihre Mutter, meine Urgroßmutter, zum letzten Mal an, ihre gefalteten Hände, die auf dem Bauch ruhen, ihr rundes, weiches Gesicht, die kräftigen, aber blassen Lippen und ihre geschlossenen Augen. Die tote Mutter sieht nicht tot aus, sondern so, als würde sie sich ausruhen, als könnte sie jeden Moment die Augen wieder öffnen. Anna berührt die gefalteten Hände ihrer Mutter, sie sind überraschend kalt. Ihr Vater, Wilhelm, muss das Kind vom Sarg wegziehen. Auf dem Grab von Annas Mutter werden Stiefmütterchen gepflanzt, Anna, meine Großmutter, wird ihr Leben lang keine Stiefmütterchen mehr ertragen können.

Nachts liegt sie als Kind oft wach in ihrem Bett und lauscht den Zügen, die vor ihrem Haus über die Gleise rasen. Sie ist sich damals sicher, dass sie den Nachtzug Nummer 45 von Paris nach Moskau, der kurz nach eins, ohne anzuhalten, ihren Bahnhof passiert, am Geräusch erkennen kann. Ihr Vater, gelernter Müller, hat sich bei der Reichsbahn zum Vorsteher hochgearbeitet. Mit seiner Familie lebt er unweit des Bahnhofsgebäudes in einem Ort östlich der Oder. Die Bahn hat ihrem Angestellten einen kleinen Kredit gezahlt, damit er sich ein Grundstück leisten und ein Haus bauen kann. Er baut es mit seinen eigenen Händen. Im Stall halten sie sich zwei Schweine, eine Kuh und ein paar Hühner. Wilhelm ist geschäftstüchtig. Neben der Arbeit auf dem Bahnhof baut er in seinem Garten Leinen an, das er zu Öl verarbeitet und auf Märkten in der ganzen Region verkauft. Selbst auf der Messe in Berlin loben die Kunden sein schlesisches Leinöl. Mein Urgroßvater ist ein Abenteurer, er träumt davon, eines Tages nach Amerika oder Kanada auszuwandern. Aber der weiteste Ort, den er je erreicht, ist Hamburg. Er steht am Hafen, beobachtet die Schiffe und hört die vielen fremden Sprachen. Von der Reise bringt er den Kindern exotisches Obst mit fester gelber Schale mit. Die Kinder beißen in die Schale und spucken sie angewidert aus. Bananen kennen sie nicht.

Der Höhepunkt der Jugend meiner Großmutter scheint die Begegnung mit einer feinen, blondgelockten Dame gewesen zu sein, die sich später als berühmte Filmregisseurin aus Berlin entpuppt. Sie kommt regelmäßig zum Kurzurlaub in ihr Dorf an der Grenze zwischen Schlesien und der Neumark und hinterlässt einen bleibenden Eindruck. Noch Jahrzehnte später, als Leni Riefenstahl längst zu einer umstrittenen Figur geworden war, schwärmt meine Großmutter von ihr.

Dass sich überhaupt eine Begegnung zwischen der Tochter des Bahnhofsvorstehers und der Dame aus Berlin ergibt, ist nur der Gnädigen zu verdanken, einer Freundin der Filmregisseurin. Die Gnädige, so hieß bei meiner Oma die Frau, die das Schloss bewohnte. Die Gnädige braucht keinen Namen, keinen Titel, es ist ganz klar, dass sie zu einer anderen, überlegenen Spezies gehört, den sogenannten höheren Leuten, denen meine Großmutter ihr ganzes Leben lang Respekt erweisen wird.

Die Gnädige interessiert sich sehr für das Leben des Bahnhofsvorstehers Wilhelm. Sie besucht ihn öfter in seinem Kabuff im Bahnhof und plaudert mit ihm. Wilhelm hat eigentlich keine hohe Meinung von Frauen, sie sind entweder zum Arbeiten oder zum Vergnügen da, nicht als gleichberechtigte Partner. Nur bei der Gnädigen verhält er sich anders. Er redet mit ihr über Dinge, die er sonst mit niemandem bespricht. Manchmal, wenn seine Tochter bei den Hausaufgaben nicht weiterweiß, bittet er die Gnädige, Anna zu helfen. Als nun die berühmte Filmregisseurin aus Berlin zu Besuch kommt, um den Sommer im Schloss im Seengebiet zwischen der Kurmark und Schlesien zu verbringen, ruft die Gnädige Anna zu sich, als sie auf dem Weg von der Schule nach Hause am Schloss vorbeikommt.

Anna, ruft sie.

Anna dreht sich um und geht mit vorsichtigen Schritten durch das Tor des Schlosses. Die Damen liegen im Garten.

Die Gnädige ist vornehm, aber neben ihrer Besucherin, die ihren Körper dekorativ im Liegestuhl drapiert hat und Anna als berühmte Filmregisseurin aus Berlin vorgestellt wird, wirkt sie provinziell. Anna starrt die Frau im Liegestuhl an wie ein Fabelwesen aus dem Märchen. Alles an ihr wirkt leuchtend, als sei sie nicht aus Fleisch und Blut, sondern aus Licht gemacht.

Die blonden, frisch frisierten Locken, die vornehm weiße Haut, der exquisite rote Lippenstift. Sie duftet nach Lavendel und Karamell, die Haut ihrer Hände leuchtet wie Milch. Anna zwingt sich, den Blick nach unten zu richten, weil sie weiß, dass es sich nicht gehört, Damen aus Berlin so anzustarren. Doch während sie ihren Blick auf den Boden heftet, entdeckt sie, dass die Dame aus Berlin keinen Rock trägt, wie die Frauen im Dorf, sondern Hosen wie ein Mann. So etwas hat Anna noch nie gesehen, sie kann vor Aufregung kaum atmen.

Die Dame aus Berlin setzt sich auf, in einer ihrer milchigen Hände hält sie eine Zigarette, mit der anderen greift sie nach einem Buch im Gras. Hier, sagt sie zu Anna.

Anna ist verblüfft, wie normal ihre Stimme klingt, tief, fast rau, gar nicht feenhaft. Sie nimmt schnell das Buch, ohne auf den Titel zu schauen, steckt es in den Ranzen und hofft, dass der Dame aus Berlin der Dreck unter den Fingernägeln nicht aufgefallen ist. Sie knickst, weil sie gehört hat, dass man in Gegenwart von feinen Damen knicksen soll, weiß aber nicht, wie man formvollendet knickst und stolpert unbeholfen. Mit dem Geschenk unter dem Arm macht sie sich auf den Heimweg. »Grüß deinen Vater«, ruft ihr die Gnädige hinterher. Die Besucherin aus Berlin ist längst wieder in ihrem Liegestuhl versunken.

Ich weiß nicht, ob meine Oma die Filme der Regisseurin als Kind kannte, ob sie jemals im Kino in der Stadt gewesen ist, aber selbst wenn, wird sie eher eine jener schlicht gestrickten Romanzen gesehen haben, die damals bei jungen Mädchen beliebt waren. Ich kann mir vorstellen, dass sie später Bilder der Regisseurin im Fernsehen gesehen und sich dann an die Urlauberin ihrer Kindheit erinnert hat. Dann ist sie ihr sicher noch spektakulärer vorgekommen.

Das Buch, ein Band der Nesthäkchen-Reihe, hatte sie längst verloren, als sie die Frau aus dem Liegestuhl erkannte.

Fast alles, was ich über das frühe Leben von Anna weiß, habe ich von ihrer Tochter erfahren, meiner Mutter.

Wenn meine Mutter über das Leben ihrer Mutter spricht, dann als Abfolge kleinerer Katastrophen und Unglücke, die unweigerlich auf einen Super-Gau zulaufen müssen: der frühe Tod ihrer Mutter, eine schwierige Stiefmutter, der Krieg, die Flucht.

Es beginnt schon mit dem Namen ihres Heimatdorfes, der im Nachhinein wie ein ungünstiges Zeichen erscheint: Sorge.

Nach dem Tod seiner Frau will Wilhelm schnell wieder heiraten. Auswahl hat er genug. Den Bahnhofsvorsteher Wilhelm kennen alle, die Männer achten, die Frauen bewundern ihn. Jeden Abend steht eine andere vor seiner Tür und schmeichelt ihm: Komm, Wilhelm, auf ein Zigarettchen.

Selbst mit der berühmten Regisseurin aus Berlin, die sich die Lippen rot anmalt und im Liegestuhl liegt, soll er eine Zigarette geraucht haben. Am Ende nimmt er doch eine stille, fleißige Frau namens Hedwig aus dem Nachbardorf, von der er erwartet, dass sie ihm den Haushalt macht, Hosen näht und sich um das Vieh kümmert. Drei Söhne gebiert sie ihm nacheinander.

Es ist für meine Großmutter schwer zu ertragen, dass eine neue Frau ins Haus kommt, die sie erziehen will. Anna ist die Älteste, ihre Stiefmutter erwartet, dass sie sich nach der Schule um die Brüder kümmert, Essen kocht, füttert, wäscht.

Sie streiten sich, und Anna gibt so viele Widerworte, bis die Stiefmutter sich bei Wilhelm beschwert. Der Vater holt seinen Gürtel und legt Anna übers Knie, damals keine ungewöhnliche Methode zur Kindererziehung.

Die Schule liegt im Nachbardorf. Jeden Morgen muss Anna den Weg zu Fuß durch den Wald gehen, egal ob es regnet oder schneit, vier Kilometer hin, vier Kilometer zurück. Ein Fahrrad hat nur der Vater. Am Anfang geht sie allein, später mit ihren Brüdern.

Um sich die Zeit zu vertreiben, sagt sie Gedichte auf. Nur für sich. Sie mag den Erlkönig, am Ende, wenn das Kind gestorben ist, bekommt sie jedes Mal eine Gänsehaut, besonders wenn es im Wald neben ihr raschelt oder der Wind durch die Baumkronen fährt. Manchmal singt sie auch Lieder, die sie beim Mädelbund gelernt hat. Ihr Lieblingslied heißt »Hohe Tannen«, es geht um die Schönheit der deutschen Wälder, um Feuer und Sturm und darum, dass die deutsche Heimat befreit werden müsse. Wovon, ist nicht ganz klar, aber Anna mag das Kämpferische, Optimistische.

Der Weg führt aus dem Dorf hinaus, er gabelt sich am Friedhof, dort muss Anna nach links gehen. Ein Teil der Strecke führt an den Bahngleisen entlang. Sie betrachtet die vorbeirasenden Waggons, versucht Gesichter in den Fenstern zu erkennen. Sie winkt. Manchmal winkt jemand zurück.

Als Kind wird sie oft krank. Einmal bekommt sie eine schwere Lungenentzündung, als es ihr besser geht, verschreibt der Arzt eine Landverschickung ins Erzgebirge. Vor der Reise geht Wilhelm mit ihr in der Kreisstadt zum Einkaufen. Das muss etwas ganz Besonderes gewesen sein, weil sie meiner Mutter davon später oft erzählen wird. Von der Landverschickung wird sie nichts mehr wissen, aber an den Einkauf wird sie sich noch genau erinnern können.

Eine junge Verkäuferin hat sie bedient, sie wirft einen Blick auf Anna, dann auf die Kleiderstange, nimmt dann einen grünen, eng geschnittenen Mantel heraus und reicht ihn ihr. Der Mantel war etwas eng unter den Armen, aber er gefiel Anna. Die Verkäuferin musterte Annas blasses Gesicht. Da fehlt noch was, meint die Verkäuferin. Mein Urgroßvater Wilhelm war ein sparsamer Mann, ich stelle mir vor, dass er, während die Verkäuferin hinter dem Vorhang verschwindet, schnell auf das Preisschild des Mantels schaut und zusammenzuckt. Die Verkäuferin kommt mit einem roten Käppi wieder. Ein rotes Käppi zum grünen Mantel. Sie setzt es Anna auf den Kopf, ihre Zöpfe gucken hervor. »So, nun siehst du aus wie Rotkäppchen«, sagt die Verkäuferin zufrieden. Anna betrachtet sich im Spiegel. Sie sieht aus, wie sie sich Mädchen in Paris oder Berlin vorstellt. Großstadtmädchen.

Ihr Vater schimpft, dass das Käppi sie älter mache, aber er nimmt es dennoch mit zur Kasse und bezahlt alles, auch den teuren Mantel.

Anna, seine älteste und einzige Tochter, ist Wilhelms Liebling.

Gelegentlich holt er sie von der Schule ab, er fährt auf seinem Motorrad vor, sie nimmt auf dem Rücksitz Platz, sie genießt es, wie neidisch ihre Schulkameradinnen gucken. Niemand sonst hat ein Motorrad im Dorf, wenn der Vater losfährt, schmiegt sie sich an seinen Rücken, und ihre Zöpfe fliegen im Wind.

Fünfzig Jahre nachdem meine Großmutter mit dem Motorrad von der Schule abgeholt wurde, wird ihre Enkelin auf dem Pferd zur Schule gebracht werden. Vom Motorrad zum Pferd. Als ob sich die Geschichte rückwärts bewegt.

Weil ihre Noten in der Schule so gut sind, verspricht Annas Vater, dass er ihr eine Lehrstelle als Sekretärin bei der Bahn in Berlin besorgen wird.

Anna verehrt ihren Vater, aber sie ist inzwischen klug genug, um nicht alles zu glauben, was er sagt. Trotz seiner Reden, dass seine älteste Tochter etwas Besseres verdient hat, erwartet er, dass sie der Stiefmutter hilft, seine Wäsche wäscht, seine Socken stopft, sich um das Vieh kümmert und Essen zubereitet. Die schwere Arbeit auf dem Hof ist für ihn Frauensache.

Wilhelm verbringt wenig Zeit zu Hause, er steht lieber am Bach und angelt Forellen oder bastelt in seiner Werkstatt. Die Stiefmutter steht morgens um sechs auf, füttert die Schweine, melkt die Kühe, mistet den Hühnerstall aus, sie plackt sich den ganzen Tag, so dass sie manchmal schon beim Abendbrot einschläft, trotzdem bleibt viel Arbeit liegen.

Meine Großmutter träumt davon, das Dorf zu verlassen, sie hasst die Schufterei, das frühe Aufstehen, dass man nie Urlaub und nie Geld hat. Sie will lieber so leben wie die Gnädige.

Sie ist neun, als der Krieg beginnt. Ich habe aus ihren vagen Erzählungen nicht den Eindruck, dass sich dadurch an ihrem Leben viel geändert hat. Der Bahnhof von Sorge wird ausgebaut, aus fünf Gleisen werden neun. Neue Schilder werden angebracht: *Räder rollen für den Sieg*, steht auf ihnen.

Wilhelms Bahnhof gehört zu den Stationen, durch die die Todeszüge in die Vernichtungslager fahren. An manchen Tagen rollen Transporte mit bis zu fünftausend Menschen durch den Ort. Wegen seiner günstigen Lage auf der Strecke Paris-Moskau ist sein Bahnhof vom Ministerium als Knotenpunkt ausgewählt worden, an dem die Waggons oft über Nacht halten. Die Reichsbahn transportiert Millionen von Juden nicht nur in den Tod, sie verdient auch daran. Es wird kontrolliert, ob alle gültige Fahrscheine haben – dritte Klasse, einfache Fahrt, Kinder zahlen die Hälfte. Kleinkinder reisen kostenlos nach Auschwitz, Treblinka, Belzec. Der Vater meiner Großmutter hat sich das nicht ausgedacht, aber er gehört zu den vielen Reichsbahnern, die zu Komplizen werden, indem sie ihre sogenannte Pflicht erledigen. Vom Fronteinsatz wird er befreit, damit die Deportationen effizient und störungsfrei ablaufen können.

Eines Tages bringt Anna ihrem Vater sein Mittagessen zur Arbeit. Es wird der Tag, an dem sie das Schweigen lernt. Auf einem der äußeren Gleise steht ein Zug ohne Lok, als sei er vergessen worden. Güterwaggons reihen sich aneinander, doch ihre Fracht besteht nicht aus Kohle oder Holz. Davor lehnt ein Polizist, die Maschinenpistole baumelt an seiner Hüfte. Anna sieht, dass er die Mütze tief in das Gesicht gezogen hat, den Kopf lehnt er an die Waggonwand, er scheint zu schlafen. Anna schleicht sich herum auf die andere Seite des Zuges, die der Polizist nicht sehen kann, wenn er aufwacht. Zwischen den Spalten der Waggons entdeckt sie Gesichter, oder besser gesagt, Teile davon, Münder, Augenpaare, Nasen. Sie bleibt stehen und mustert den Wagen, der direkt vor ihr steht. Sie erkennt das Gesicht eines Mädchens, es ist höchstens fünf Meter entfernt. Ein rundes, weiches Gesicht mit neugierigen dunklen Augen. Anna kann sehen, dass das Mädchen zwei schwarze Zöpfe hat und etwa so alt ist wie sie selbst. Das Mädchen fixiert sie, und ihr wird unter dem Blick unwohl. Sie will weglaufen, aber sie bleibt stehen. Als könnte sie Annas Gedanken lesen, legt das Mädchen mit den Zöpfen ihren Zeigefinger auf den Mund und macht ein Zeichen, dann winkt sie Anna heran. Anna wird unwohl, sie krallt ihre Hände an dem Paket fest, das sie mit beiden Händen hält. Vielleicht hat das Mädchen Hunger, denkt sich Anna und schaut verstohlen auf ihr Stullenpaket. Dann schaut sie sich um, ob sie jemand beobachtet. Sie hat instinktiv das Gefühl, dass nichts Gutes von diesem Viehwaggon ausgeht. Vielleicht ist das Mädchen gefährlich, vielleicht haben ihre Eltern ein Verbrechen begangen? Warum würde man sonst Menschen in Viehwaggons transportieren?

Ihr fällt auf, wie unnatürlich still es ist. Auf den anderen Gleisen kommen und gehen die Pendlerzüge. Fahrgäste steigen ein, andere steigen aus, niemand betrachtet die stehenden Wagen voller Menschen auf dem äußersten Gleis.

Keiner fragt, keiner hilft, keiner greift ein.

Auch von den Passagieren in den Viehwaggons kommt kein Laut. Sie beschweren sich nicht, sie versuchen nicht auszubrechen oder wegzurennen.

Das Mädchen schaut nicht mehr, sie guckt weg oder sie tut zumindest so, sie kann das gut, so tun, als würde sie nichts um sie herum interessieren. Anna steht mit ihrem Stullenpaket für den Vater unschlüssig vor dem Wagen. Sie überlegt, ob das Paket durch die Schlitze passen würde. Sie könnte ihrem Vater neue Brote besorgen, wenn das Mädchen wirklich so hungrig wäre.

Plötzlich streckt das Mädchen eine schmale Hand heraus und lässt etwas fallen. Anna kann nicht genau erkennen, was es ist. Ein Stück Papier, ein Foto oder einen Brief? Anna starrt auf das Papier, es liegt nur zehn, zwölf Schritte entfernt, sie kann es aufheben. Sie ist durchaus neugierig, sie will gerne wissen, was das Mädchen geschrieben hat. Anna atmet durch, sie schaut nach links, sie schaut nach rechts, niemand achtet auf sie. Der Polizist ist nicht zu sehen. Sie macht einen Schritt auf das Papier zu, sie sieht, wie das Mädchen ihr zuwinkt und die Worte formt, komm, komm.

Abrupt bleibt sie stehen. Ihr kommt ein Gedanke: Würde sie bei dem Mädchen nicht vielleicht falsche Hoffnungen wecken? Es könnte denken, Anna werde ihm helfen. Wer weiß, was auf dem Zettel steht.

Plötzlich spürt sie einen festen Druck auf dem Oberarm, noch Tage später wird sie abends beim Ausziehen den blauen Fleck sehen können. Die Stimme ihres Vaters. »Hier gibt's nichts zu sehen«, sagt er und zieht sie hinter sich her. Anna dreht sich zu dem Waggon um, das Mädchen guckt enttäuscht, aber auch spöttisch. Dann winkt es. Annas Vater hat ihren rechten Arm gepackt, sie hebt den linken leicht an und deutet etwas an, was auch wie ein Winken aussieht.

Zurück in seinem Büro, fragt sie ihren Vater, wohin die Züge fahren, warum die Menschen bewacht werden. Ihr Vater blickt sie abwesend an, als habe er die Frage nicht gehört. Er bekommt einen düsteren, unheimlichen Gesichtsausdruck, den Anna noch nie bei ihm gesehen hat. Dann flüstert er, mehr zu sich selbst als zu seiner Tochter: »Wenn das mal rauskommt, was wir Deutschen gemacht haben, dann gnade uns Gott.« Nicht an die Ermordeten denkt er, sondern an den Ruf seines Vaterlandes.

Anna versteht an diesem Tag, dass es Dinge gibt, die so schrecklich sind, dass es keine Worte für sie gibt. Ihr Vater wird danach nie wieder über die Züge sprechen, er legt ein Totentuch über die Waggons. Denn das, worüber man nicht spricht, existiert auch nicht.

Als ich meine Großmutter später frage, ob sie etwas vom Holocaust, von der »Judenvernichtung« wusste, schüttelt sie energisch den Kopf, als müsse sie ein Insekt von ihrer Schädeldecke vertreiben. Dann erzählt sie diese Geschichte. Sie sagt, manchmal träume sie nachts von dem Mädchen mit den dunklen Zöpfen. Sie wiederholt den Satz, den ihr Vater damals gesagt hatte: »Wenn das mal rauskommt, was die Deutschen gemacht haben, dann gnade uns Gott.« Als sei sie immer noch die dreizehnjährige Anna, die vor dem Güterwaggon steht und nicht weiß, ob sie das Stück Papier aufheben soll.

Im sechsten Jahr des Krieges rückt die Front näher. Manche Nächte bleiben unheimlich still, weil keine Züge mehr fahren. In anderen wacht Anna vom Geschützdonner auf. Sie ist sich sicher, dass sie die deutschen Flieger am Klang erkennen kann wie die Züge am Bahnhof in Sorge. Die Schule ist geschlossen, seit sie von der Roten Armee zerstört wurde. Anna ist es egal, sie ist mit der Schule fertig. Zum Abschluss hat der Konrektor gesagt: »Ich wünsche euch, dass es euch einmal richtig dreckig geht. Damit ihr zeigen könnt, was ihr bei mir gelernt habt.«

Tagsüber rollen die Panzer über die große Straße. Die Flüchtlingstrecks kommen inzwischen regelmäßig durch das Dorf, beladen mit Frauen, Kindern und Greisen, immer mehr Dorfbewohner schließen sich ihnen an. Über Nacht tauchen Schilder auf, sie kleben an den Laternenpfählen: *Deutsche, bleibt. Wer flieht, verrät sein Vaterland!*

Wilhelm und seine Familie bleiben.

Eines Tages ist der Vater weg.

Es geht ganz schnell, plötzlich stehen die Russen in ihrem Vorgarten, ohne Motorenlärm, Stiefelschritte und dawai-dawai-Rufe. Anna versteckt sich auf dem Dachboden, sie beobachtet durch das Fenster, wie zwei Soldaten mit ihrem Vater in der Mitte das Haus verlassen. Die Soldaten sind sehr jung, höchstens neunzehn, an ihren Gürteln baumeln Maschinenpistolen.

Später erfährt sie, dass an dem Tag noch andere Männer abgeholt wurden. Wenn sie dann davon spricht, dann klingt sie unbeteiligt, als würde sie über einen entfernten Bekannten reden. Keine Träne, als würde immer noch der Konrektor hinter ihr stehen, der gehofft hat, dass es ihr mal dreckig geht. »Hier wird nicht rumgeflennt«, sagte sie zu mir, wenn ich als Kind weinte, weil ich mir das Knie aufgeschlagen hatte. Das Verschwinden ihres Vaters wird sie wie eine Naturkatastrophe beschreiben, gegen die man sich nicht wehren kann.

Die Soldaten tragen schlecht sitzende Mäntel, deren Saum am Boden durch den Schnee schleift. Sie haben es so eilig, dass der Vater keine Zeit hat, Jacke und Stiefel anzuziehen. Er trägt nur seine Joppe und Holzpantinen ohne Socken. Anna hört seine Schuhe klappern. Sie macht sich Sorgen, dass er frieren wird. Es ist Januar und eisig kalt.

Nach dem Ende des Kalten Krieges, als die sowjetischen Archive geöffnet werden, könnte meine Oma erfahren, was mit ihrem Vater passierte, aber sie will nicht. Um die Akten zu bekommen, müsste sie ihn formal für tot erklären.

Obwohl sie weiß, dass er nicht mehr am Leben ist, kann sie dieses Formular nicht ausfüllen.

Sie nehmen das Schwein, die Kuh und die Stiefmutter Hedwig mit. Als die Stiefmutter nach zwei Stunden wiederkommt, blutet sie an den Ohren und ihre Ohrringe fehlen.

Sie verschwindet ohne ein Wort im Schlafzimmer, sie schließt die Tür hinter sich ab. Karl, das Baby, weint. Anna tröstet den Jungen. Sie packt ihn in eine warme Decke und trägt ihn im Garten herum.

Es ist fast eine Woche vergangen, seitdem der Vater abgeholt wurde. Anna wird von der Stiefmutter ins Schlafzimmer gerufen, sie liegt auf dem Bett, sie trägt die gleichen verschmutzten Kleider wie am Vortag, sie sieht verweint aus, erschöpft. Die Stiefmutter ist stark gealtert, ihr Haar hängt offen und strähnig im Gesicht, es ist grau geworden. Als Anna das Zimmer betritt, streicht sie sich die Haare aus dem Gesicht. Anna glaubt erst, dass sie erklären wird, was dort mit den Soldaten passiert ist, Anna hat Angst davor, was sie sagen wird. Eigentlich wäre es ihr lieber, wenn ihre Stiefmutter nichts sagen würde. Ihre Stiefmutter sagt nichts. Sie bittet Anna nur, beim Nachbarn einen Hammer zu holen. Anna nickt eifrig, zieht eine Strickjacke über und rennt sofort los. Sie überquert die Straße, am Brunnen vorbei, kein Mensch ist zu sehen. Der Nachbar öffnet die Tür nur einen Spalt, und auch nur, nachdem er durch die geschlossene Tür gefragt hat, wer vor ihm steht. Er ist klein, rundlich und trägt einen dieser preußischen Schnauzbärte im Gesicht, die mit dem Ende des Kaiserreichs längst aus der Mode gekommen waren.

Der Nachbar hat einen großen Backofen im Garten, manchmal, wenn der Geruch frisch gebackenen Brotes allzu verlockend hinüberzog, ging Anna früher zu ihm herüber und bekam einen Laib geschenkt. Doch der Ofen bleibt schon lang kalt.

»Ich habe ein Flugblatt gesehen, unsere Truppen sind ganz nah, sie kommen, um uns zu befreien, ich sage dir, es dauert nicht mehr lange«, sagt der Mann.

Anna nickt. Sie hat die Flugblätter auch gesehen. Sie ist froh, dass er nicht nach ihrem Vater fragt.

Sie fragt nach dem Hammer. Der Nachbar mustert sie kurz, dreht sich um und verschwindet im Haus. Anna entdeckt gepackte Koffer im Flur. Wahrscheinlich will sich der Nachbar nicht darauf verlassen, dass die deutschen Soldaten rechtzeitig kommen.

Der Mann kehrt mit festen Schritten zurück und reicht ihr den Hammer. Er zögert, als würde er es sich im letzten

Moment anders überlegen. Dann lässt er die Hand los. Das Werkzeug liegt schwer in Annas Hand.

»Den könnt ihr behalten«, sagt er. »Grüße deine Mutter.«

Hedwig ist inzwischen aufgestanden, sie hat sich das Blut abgewaschen, die Kleider gewechselt und die Haare unter ein Kopftuch gesteckt. Sie nimmt Anna den Hammer ab und wiegt ihn in der rechten Hand. In ihrer linken hält sie ein kleines Paket. Dann lässt sie Anna stehen und geht, ohne ein weiteres Wort zu verlieren, hinaus über den Hof durch den Schnee zur Scheune. Die Scheune hat zwei Türen, eine große, dahinter befindet sich ein Arbeitsraum, und eine kleinere Tür, dort werden Werkzeuge gelagert.

Hedwig drückt vorsichtig auf die Klinke der kleineren Tür. Sie will ihren Sohn Fredi nicht stören, der an der Werkbank an etwas arbeitet. Seitdem der Vater weg ist, verbringt er die meiste Zeit in der Werkstatt, es ist am sichersten, seine Mutter hat ihm verboten, auf die Straße zu gehen.

Fredi ist fast 13, als sein Vater verschwindet. Ein stiller, in sich gekehrter Junge. Sein Vater hat nie besonders viel mit ihm geredet, er hat sich nicht für Fredi interessiert, aber er hat ihn auch nicht weggeschickt, wenn er sich an ihn klammerte und unbedingt mithelfen wollte in der Werkstatt. So hat der Sohn gelernt, wie man die Hobelbank benutzt. Wie man Türen, Skier und Tische baut.

Seit die Soldaten seinen Vater abgeholt haben, hat Fredi einen Plan. Er will einen Handwagen bauen, zwei Räder hat er von einem alten Pflug abgebaut, auf dem Müllplatz hat er Rohre und Holz gefunden, aus dem sich Achsen und eine Deichsel bauen lassen, nur die Seitenwände fehlen noch.

Beim Hobeln singt er still vor sich hin.

»Die Fahne hoch
Die Reihen fest geschlossen
SA marschiert
Mit mutig festem Schritt:
Kam'raden, die Rotfront und Reaktion erschossen,
Marschier'n im Geist
In unser'n Reihen mit.«

Es ist nicht so, dass er besonders begeistert beim Jungvolk mitgemacht hat. Ehrlich gesagt, fand er es ziemlich albern, dass sie auf dem Schulhof den Arm hochhalten mussten, bis er schmerzte, nur weil die Schwarzhemden vorbeimarschierten. Aber die Lieder stecken in seinem Kopf fest.

Fredi ist so in die Arbeit vertieft, dass er nicht bemerkt, wie seine Mutter einen Spaten aus der Werkstatt holt. Hedwig steht auf dem Hof, sie stützt ihre Hände auf den Hüften ab. Ihr Rücken schmerzt immer noch, wenn sie sich bückt. Sie wird jemanden brauchen, der mit anfasst. Sie ruft nach Anna.

Dann macht sie Polly, den Hund, los und geht um das

Haus herum, so dass man sie von der Straße aus nicht mehr sehen kann. Sie wartet, während Polly und Anna gleichzeitig auf sie zugelaufen kommen. Polly ist eine altdeutsche Schäferhündin, mit schwarz-weißem Fell und einem verschlafen wirkenden Blick. Sie hat alle Kinder aufwachsen sehen, sie ist mit ihnen älter geworden.

Hedwig packt das kleine Paket aus, das sie in der Schürzentasche trägt. Die Hündin wedelt aufgeregt mit dem Schwanz. Als der Napf leer ist, legt sie die Schnauze zwischen die Pfoten.

»Halt den Hund fest«, sagt Hedwig. Anna greift in das warme, weiche Fell, sie spürt, wie gleichmäßig Pollys Herz schlägt. Die Hündin ahnt nichts.

Hedwig schlägt mit dem Hammer des Nachbarn zweimal kräftig auf den Kopf, der Körper zuckt, es fließt ein wenig Blut, dann liegt Polly ruhig da. Es geht alles so schnell, dass Anna gar nicht versteht, was passiert. Als sie Polly leblos vor sich liegen sieht, rollt durch ihre Kehle etwas Großes, Hartes, ein Felsstein, so dass sie keine Luft mehr bekommt.

Ihre Stiefmutter achtet nicht auf Anna, sie hebt mit dem Spaten ein Loch unter der Birke aus. »Fass mit an«, sagt sie. Doch Anna rührt sich nicht, sie kann nicht atmen, so dass ihre Stiefmutter den leblosen Körper der Hündin allein in das Loch zerren muss. Sie bedeckt die Stelle mit Erde. Es sei das Beste, sagt sie, ohne besonders überzeugend zu klingen. Anna nickt, natürlich, das Beste, aber für wen? Dann rennt sie ins Haus, hinauf in die Schlafstube und wirft sich auf das Bett.

Als Fredi später aus der Scheune kommt und die Küche betritt, steht seine Mutter am Herd, es riecht nach Erbsensuppe und Schweineschwarte, ein Luxusessen. Fredi will ihr stolz sein Werk präsentieren, er zieht den Handwagen hinter sich her, den er in der Werkstatt aus Ersatzteilen zusammengeschraubt hat, er rumpelt ein bisschen, sieht aber sonst stabil aus. »Raus aus meiner Küche.« Den Handwagen würdigt sie keines Blickes. Der Ton seiner Mutter klingt schärfer, als sie es beabsichtigt hatte. Fredi unterdrückt eine Träne, er dreht sich um, aber dann ruft sie, »hol deine Geschwister, das Essen ist fast fertig.«

Sie nehmen am Tisch Platz, der Suppentopf dampft, die drei Brüder essen mit Appetit, nur Anna fehlt. Und ihre Stiefmutter Hedwig lässt sie in Ruhe.

Ende März hört man täglich den Geschützdonner, tagsüber die russischen Flieger, abends surren die deutschen Flugzeugmotoren.

Am Abend wird das Grollen der Panzer lauter, Anna kann längst nicht mehr unterscheiden, ob es deutsche oder russische Panzer sind. Immer mehr Nachbarn verlassen das Dorf, manche wollen sich bei Verwandten westlich der Oder in Sicherheit bringen, andere gehen ins Ungewisse, sie beladen Panjewagen mit ihren Habseligkeiten, manche ziehen auch nur einen Handwagen hinter sich her. Es kursiert die Nachricht, dass die Kreisstadt zerstört und niedergebrannt worden ist, von den Deutschen. Nur Hedwig, die Stiefmutter meiner Großmutter, wartet ab.

Eines Nachts, kurz vor dem Ende der Kampfhandlungen, klopft es an die Tür. Die Stiefmutter steht an Annas Bett und rüttelt an ihrer Schulter, sie reicht ihr ein Kopftuch und einen dicken Pullover, mit den Händen schmiert sie ihr Ruß ins Gesicht. Anna schläft noch halb, sie merkt kaum, was passiert. Mehrere russische Soldaten stehen vor der Tür, diesmal sind es ältere als beim letzten Mal, als sie den Vater abgeholt haben. Sie sprechen deutsch, sind höflicher, aber ihre Botschaft ist eindeutig: Raus.

Was nimmt man mit, wenn man plötzlich sein Haus verlassen muss? Meine Großmutter und ihre Familie müssen nicht mehr groß darüber nachdenken. Ihr Bruder holt den Handwagen, ihre Stiefmutter packt das Notwendigste ein, Brot, ein halbes Glas Grützwurst, Decken, Geld, Papiere. Anna läuft zu ihrem Bett und holt das Foto hervor, das ihre Mutter zeigt. Die Frau mit dem eleganten langen Kleid und den traurigen Augen. Es wird später der einzige Gegenstand sein, der sie an ihre Kindheit erinnert.

Dann finden sie sich auf der Straße wieder, es hat frisch geschneit, doch der Schnee wird nicht liegen bleiben. Die Soldaten ziehen in ihr Haus ein, es liegt strategisch günstig, mitten im Dorf an der Bahnlinie.

Meine Großmutter wird wochenlang unterwegs sein, bis sie eine Unterkunft finden. Sie verlassen ihr Haus in einer Nacht im Mai, es wird Spätsommer werden, bis sie wieder ein Dach über dem Kopf haben.

Wenn meine Großmutter später von der Flucht spricht, scheint in ihren Erzählungen immer der Mond. Er scheint auf die Leichen, die sie am Straßenrand erkennt, er scheint auf die Finger der Toten und bringt ihre goldenen und silbernen Eheringe zum Glänzen. Sie verstecken sich tagsüber und wandern nachts.

Hedwig hält die zwei älteren Brüder an der Hand, Anna zieht den Kleinsten im Handwagen. Sie halten sich auf den Nebenstraßen, vermeiden die Hauptstraßen. Sie orientieren sich an der Bahnlinie. Sie bewegen sich langsam, sie haben kein Ziel, wollen nur nach Westen. Ihr Proviant reicht für eine knappe Woche, danach betteln sie. Viele Gehöfte sind bereits verlassen, Fredi klettert über Zäune und Gatter, manchmal hat er Glück und findet in verlassenen Kellern verschrumpelte Kartoffeln oder ein paar Zwiebeln.

Sie ziehen vorbei an verlassenen Häusern und Scheunen. Sie gewöhnen sich an den Geruch von Rauch und ranziger Butter. Links und rechts liegen tote Soldaten. Übereinander abgelegt, ihre Köpfe plattgedrückt, sie sind grau, gelb, schwarz. Wenn Tiefflieger kommen, legen sie sich flach ins feuchte Gras und halten einander fest. Anna murmelt leise Verse vor sich hin, um sich zu beruhigen:

Mein Vater, mein Vater, und hörest du nicht,
was Erlenkönig mir leise verspricht?
Sei ruhig, bleibe ruhig, mein Kind
In dürren Blättern säuselt der Wind.

Wenn meine Großmutter ihre Erinnerungen von der Flucht erzählt, drehen sich ihre Geschichten vor allem ums Essen: das Ei, das ein Bauer ihr schenkt und das sie mit ihren Brüdern teilt, die grünen Äpfel, die Fredi einmal aus einem Vorgarten stiehlt, das Stück Brot, das sowjetische Soldaten vom Lastwagen herunterwerfen. Ein Ei, ein Apfel, ein Stück Brot, das waren Delikatessen. An vielen anderen Tagen reißen sie Gras ab oder ein paar Blätter von den Bäumen und trinken das brackige Wasser aus den Pfützen.

Sie lernen, dass Giersch und Breitwegerich essbar sind, Sauerampfer aber unbekömmlich.

Kurz bevor sie die Oder, den heutigen Grenzfluss, erreichen, wird Karl, der Kleinste, schwer krank. Es hat tagelang geregnet, ihre Sachen sind auch über Nacht nicht getrocknet. Sie können die provisorische Brücke, die die sowjetischen Soldaten errichtet haben, mit den Augen sehen, aber sie kommen nicht weiter. Die Kinder husten alle, Karl bekommt hohes Fieber. Sein kleiner Körper brennt, seine Haut bekommt einen ungesunden Schimmer, er wimmert leise vor sich hin. Als das Weiße in den Augen gelb wird, wird Hedwig nervös. Sie brauchen einen Arzt, aber sie finden keinen. Sie lassen sich in einer leeren Scheune vor dem Fluss nieder.

Anna liegt nachts wach, sie holt aus ihrer Brusttasche das Bild ihrer Mutter. Es ist zerknittert und feucht vom Regen und vom Schweiß. Sie trägt das weiße bodenlange Kleid und guckt ihre Tochter mit einem Lächeln an, das sie als spöttisch empfindet. Als würde sie sagen: Du denkst, jetzt geht es dir schlecht? Warte nur ab.

Am nächsten Morgen hat der Regen aufgehört, am Himmel steht die Sonne, doch der kleine Karl lebt nicht mehr. Hedwig wird ihn in den nächsten Tagen mit sich herumtragen. Sie will nicht, dass die Soldaten ihn finden und in einem Loch verscharren. Sie wird ihn in einem Waldstück auf der anderen Seite des Grenzflusses begraben, das sie später nicht mehr finden kann. Sie gräbt ein Loch mit ihren Händen. Nachts, ohne dass die anderen Kinder es mitbekommen, nur Anna bemerkt es. Sie hättte sich gern vom kleinen Karl verabschiedet. Sie verliert kein Wort darüber. Aber sie denkt oft daran, wie der kleine Körper von Karl schutzlos in einem Erdloch in der Fremde liegt und wie die Würmer an ihm nagen werden.

Im Mai 1945 endet der Krieg. Millionen sind heimatlos geworden. Die Schwächsten lungern an den Bahnhöfen und warten auf den Tod, andere irren wochenlang durch die Wälder und Dörfer hinter der Oder und suchen nach einer Unterkunft. Die meisten sind Frauen und Kinder, wie meine Stiefurgroßmutter, meine Großmutter und ihre Brüder. Kaum jemand will die Landsleute aus dem Osten freiwillig aufnehmen. Wie Kriminelle werden sie behandelt. Manche Bürgermeister bringen Schilder an, die Flüchtlinge schon am Ortseingang abschrecken sollen. Typhus, steht auf ihnen.

Schließlich trifft die zuständige Zentralverwaltung der sowjetischen Besatzungszone eine Entscheidung, die auch meine Großmutter betreffen wird. Die Umsiedler, wie die Flüchtlinge hier genannt werden, sollen aus Platzgründen nicht in den Städten untergebracht, sondern auf die kleineren Dörfer verteilt werden. Weil man weiß, dass die

Bauern freiwillig niemanden aufnehmen, werden Inspekteure durchs Land geschickt, um nach freiem Wohnraum zu suchen. So landet meine Großmutter in Kosakenberg.

Sie steht an einem heißen Tag im August auf der nahegelegenen Erhebung und schaut auf Kosakenberg hinab.

Es ist unwahrscheinlich, dass die Mutter meiner Mutter die Geschichte des Ortes und seiner Menschen kannte.

Die Kosakenberger gelten selbst für hiesige Verhältnisse als besonders misstrauisch. Es gibt in dem Dorf sechs Großbauern, alle sind untereinander verwandt oder verschwägert. Alle kennen sich von Kindesbeinen an, alle wissen, wer mit wem auf die Bäume geklettert ist, wer wen beim Tanz aufgefordert hat, welcher Junge welches Mädchen zuerst geküsst hat, wer welches Mädchen auf dem Hof hinter der Kirche verführt hat. Es führt zu einem engen, für Außenstehende undurchdringlichen Netz an Beziehungen, Abhängigkeiten und Regeln. Ein Streit aus Kinderzeiten kann dazu führen, dass ein Bauer später als Erwachsener einem anderen nicht seine Dreschmaschine leiht.

Eine dieser Regeln lautet, dass Kosakenberger nur untereinander heiraten. Man kennt die Familien, die Verhältnisse, frühere Krankheiten, künftige Erbschaften. Das soll Sicherheit schaffen.

Wählt ein Bauer dennoch eine Frau aus dem Nachbardorf, führt das vielleicht nicht zu einer Katastrophe, aber man wird die Frau ihr Leben lang spüren lassen, dass sie nicht dazugehört, dass sie eine Zugezogene, eine Fremde ist.

Das Misstrauen Neuem gegenüber hat eine lange Tradition. Vor eintausend Jahren lebte niemand in Kosakenberg, die Anhöhe in der Umgebung, auf der Anna nun steht, galt als heiliger Ort, den nur geweihte Priester betreten durften. Es waren Fremde, die sechshundert Jahre nach Beginn der Zeitrechnung den Hain entweihten, auf dem die heidnischen Dorfbewohner ihre Gottheiten anbeteten. Es waren Fremde, die eintausend Jahre später im Dreißigjährigen Krieg das Dorf ausplünderten und verwüsteten. Es war ein Fremder aus Venedig, der 1750 den Samen nach Kosakenberg mitbrachte, der ihnen Unglück bringen sollte. Samen für Maulbeerbäume und Eier des Seidenspinners. Die Bauern sahen den Fremden, sie sahen, wie der Mond in seinem Gesicht funkelte, und wollten an ein Wunder glauben. Mit der Seide, die sie nun gewinnen würden, käme ein besseres, ein leichteres Leben. Aus einhundertzwanzig Körnern gingen sechsundzwanzig Pflanzen auf. Einmal verhungerten alle Raupen, weil der Frost die jungen Triebe vernichtete. Einmal faulten die Blätter, weil es zu viel regnete.

Die Bauern rissen ihre Maulbeerbäume heraus und bauten wieder Raps und Hirse und Winterroggen an. Sie sollten den Ratschlägen von Fremden nie wieder trauen.

Während Anna vom Hügel aus auf Kosakenberg hinabblickt, ahnt sie nicht, dass sie in dem Ort die nächsten sechzig Jahre ihres Lebens verbringen wird. Sie spürt, wie der Schweiß über ihr Gesicht rinnt, über ihren Nacken, ihren Rücken, und zwischen den Beinen herab. Sie trägt das Kopftuch unter dem Kinn zusammengebunden, sie hat es nicht abgesetzt seit der Nacht, in der sie ihr Haus im Osten verlassen haben. Sie trägt zwei Pullover übereinander, einen Rock aus schwerem Stoff, Strümpfe und Lederschuhe, die zuletzt vor acht Monaten poliert worden sind. Das ist alles, was sie besitzt. Sie schaut auf ein Dorf, das vom Krieg kaum berührt worden ist. Die Schäden sind zumindest nicht sichtbar.

Ein Vogel schreit. Ein Hund jault.

Anna denkt kurz an Polly, dann wischt sie sich den Schweiß von der Stirn und überquert die provisorische Straßenbrücke. Ihre Stiefmutter geht voran, Anna zieht den Handwagen, den ihr Bruder gebaut hat, hinter sich her.

Die Welt ist zerfallen, aber der Handwagen hat gehalten.

4

Im Spätsommer 1945, als Anna in Kosakenberg ankommt, leidet das Dorf unter großer Hitze. Die Luft ist staubig und trocken, seit Monaten hat es nicht geregnet, das Getreide ist auf den Feldern verdorrt. Es gibt Mutmaßungen über das Wetter.

Eine weitverbreitete Meinung lautete, dass die Deutschen bestraft werden sollten für das, was Hitler getan hat. Es wird viel gebetet in jener Zeit, für Regen, für den Seelenfrieden des Kaisers, für die Männer aus dem Dorf, die von den Schlachtfeldern nicht zurückgekommen sind.

Die Menschen beten viel und leidenschaftlich, jeden Sonntag laufen sie in die Kirche. Der Parteifunktionär und Großbauer Herbert Kahlbaum, der vor Kurzem noch den Tod seines geliebten Führers betrauert und einen ihm zugeteilten jüdischen Zwangsarbeiter erschlagen hatte, findet seinen Glauben wieder und wendet sich vom Nationalsozialismus ab. Es wird nicht ausgeschlossen, dass Hitler ein Kind des Teufels war. Die Lokalzeitung warnt vor einer Typhus-Epidemie und davor, das Wasser aus den Pumpen ohne vorheriges Abkochen zu trinken. Die Stromversorgung ist zusammengebrochen. Ein Lager in der Nachbarstadt, in dem während des Krieges Franzosen, Holländer, Litauer und Polen inhaftiert und zur Arbeit gezwungen worden waren, wird von den sowjetischen Soldaten ausgebaut. Hunderte Männer, Frauen und Jugendliche werden eingesperrt.

Mehrere Einwohner sind verhaftet worden wegen des Verdachts, der fanatischen Kampfgruppe Werwolf anzugehören. Ihnen wird vorgeworfen, nach dem Ende des Krieges Brücken und Straßen gesprengt zu haben, um den Besatzern Widerstand zu leisten.

Der 17-jährige Karl Schramm aus Kosakenberg ist einer von ihnen. Nach acht Wochen Haft wird er entlassen. Der Verdacht, dass er zu den Werwölfen gehörte, kann nicht bestätigt werden. Er war von einem Schulkameraden verraten worden. Karl Schramm erzählt nach seiner Rückkehr vom großen Sterben, das sich wenige Kilometer von ihnen entfernt abspielt. Jeden Tag seien fünfundzwanzig bis dreißig Männer begraben worden, am Anfang hinter dem Lagerzaun, später werden es so viele sein, dass die Soldaten die Leichen in Gruben nahe der Autobahn versenken. Eines Tages fängt ein junger, kräftiger, ihm unbekannter Mann in einem schlichten Arbeitsanzug Karl Schramm vor seinem Haus ab. »Wenn du weiter quatschst, bringen wir dich um.« Mehr sagt er nicht. Karl Schramm sagt daraufhin die nächsten fünfundvierzig Jahre nichts mehr.

Die Dorfbewohner stehen vor dem einzigen Geschäft und starren auf die leeren Regale. Wenn es Brot gibt, stellen sie sich geduldig in die Schlange. Überall bröckelt der

Putz von den Wänden, durch die Dächer laufen Risse bis in die Grundmauern, doch es gibt kein Baumaterial, um die Schäden zu reparieren. Die Mutter vom Großbauern Schmidt wird von einem herabstürzenden Ziegelstein erschlagen. Die Kosakenberger sagen, dass es besser gewesen wäre, es hätte einen der Flüchtlinge getroffen.

Wer keine Arbeit hat, muss sich bei der sowjetischen Kommandantur melden, die in das schönste Haus des Ortes eingezogen war. Die Bevölkerung wird eingeteilt, um Kriegsschäden zu reparieren, jeder muss helfen. Es wird viel gebaut, trotzdem fehlt es an Wohnraum.

An dem Tag, an dem meine Großmutter ins Dorf kommt, sind die Straßen menschenleer. Als sei der Ort plötzlich geräumt worden. Keine Gardine bewegt sich. Vor dem Dorfladen bildet sich keine Schlange, seine Tür bleibt geschlossen. Anna zieht den Handwagen über das Kopfsteinpflaster, geht vorbei an einem imposanten, unbeschädigten Backsteinbau mit hohen Zinnen und weiß gestrichenen Fenstern. Ein kleines Schmuckstück, das schönste Haus im Dorf. Davor stehen sowjetische Soldaten und rauchen.

Den Grund, warum die Straßen so leer sind, wird Anna erst später erfahren.

Am Morgen ist das Pferd des Großbauern Kahlbaum gestorben. Es war das letzte Pferd, das dem Dorf nach dem Kriegsende geblieben ist. Kahlbaum hatte sich geweigert, es den anderen Bauern auszuleihen, um das Getreide einzufahren, das noch nicht verdorrt war. Das Tier sei zu alt, es müsse geschont werden, damit es gesund bleibe.

Am Tag, als meine Großmutter ins Dorf kommt, ist es morgens im Stall tot aufgefunden worden. Das Tier sei vergiftet worden, stellte der Tierarzt fest. Es gibt an dem Tag kein anderes Gesprächsthema. Ein totes Pferd bedeutet Krankheit oder Tod. Oder beides.

Es wird unter großer Anteilnahme auf dem Acker hinter dem Haus des Großbauern Kahlbaum vergraben, der von der Straße nicht einsehbar ist. Um dorthin zu gelangen muss man die Kirche umrunden, auf der Rückseite befindet sich ein schmaler Feldweg, der links und rechts von Sträuchern bewuchert ist, über ihn gelangt man zu Kahlbaums Acker. Dort hat sich das ganze Dorf versammelt, so dass sich niemand auf der Straße befindet, als meine Großmutter, ihre Stiefmutter und die Brüder im Dorf eintreffen.

Sie stehen vor der Adresse, die auf dem Papier angegeben ist, das sie vom Wohnungsamt in der Kreisstadt erhalten haben. Es ist ein prächtiges, imposantes Haus, unbeschädigt, drei Stockwerke hoch, direkt gegenüber der Kirche. An der Mauer ist der Schriftzug *Zu Kön von reußen* zu lesen. Sie klopft an die Tür, doch niemand antwortet, das Gasthaus öffnet erst zwei Stunden später. Sie setzen sich auf die Treppe und warten.

Drei Wochen zuvor haben die Inspektoren Theodora Rünzel, die Gastwirtin, besucht. Sie haben entdeckt, dass Theodora Rünzel mit ihrem einzigen Sohn im obersten Stock drei Zimmer bewohnt, die bestückt waren wie ein Möbelgeschäft. Sie wollten in zweien der Zimmer Flüchtlinge einquartieren, das konnte die Wirtin verhindern. Sie zeigte ihnen eine Kammer hinter dem Gasthaus. Es war wirklich nicht mehr als eine kleine Kammer, mit einem kleinen Fenster, durch das kaum Licht hineinfiel. Eine einzelne Glühbirne hing von der Decke, es gab kein fließend Wasser, ein Plumpsklo befand sich auf dem Hof. Die Inspektoren machten sich Notizen und fuhren in die Kreisstadt zurück.

Als Theodora Rünzel von Kahlbaums zurückkommt, kann sie schon von Weitem die Fremden sehen, die auf ihrer Treppe sitzen. Eine ältere Frau mit hohen Wangenknochen, hager, streng, daneben ein Mädchen, vielleicht vierzehn oder fünfzehn, viel zu warm angezogen für die Jahreszeit, sie hat ein schmales, zartes Gesicht, wirkt eher weich, ist wohl nicht die Tochter der älteren Frau, dazu zwei Bengel, beide von gleicher Statur, gedrungen, breitschultrig, mit schmutzigen Gesichtern. Wahrscheinlich eine Oma mit ihren Enkeln. Sie ahnt, dass sie wegen der Kammer gekommen sind. Sie muss verhindern, dass diese Leute in ihr Haus ziehen, sie beklauen und alles schmutzig machen. Sie will keine Polacken im Haus.

Hedwig steht auf, als sie die Wirtin näher kommen sieht.

»Das ist hier nichts für Kinder«, sagt Theodora Rünzel.

»Meine Jungs sind artig«, antwortet Hedwig, sie hält den Zettel vom Wohnungsamt hin.

»Wie lange wollen Sie bleiben?«, fragt die Wirtin.

Hedwig hebt die linke Schulter.

»Vielleicht ist ja schon jemand anders in der Kammer«, sagt die Wirtin.

Theodora Rünzel nimmt den Zettel vom Wohnungsamt und schließt die Tür auf. Sie steigt die Treppe hinauf in den ersten Stock, es riecht nach abgestandenem Rauch und Bier. Die Kammer ist staubig, es gibt nur einen Stuhl und ein Bett, auf dem eine schmutzige Matratze liegt. Gleich nebenan ist der Gastraum. Die Jungs lassen sich auf das Bett fallen. Sie wollen bleiben. Die Wirtin lässt ihre neuen Mieter allein.

Am ersten Abend geht es Hedwig schlecht. Die beiden jüngeren Brüder teilen sich das Bett, sie schlafen, als sie von Krämpfen geschüttelt wird. Vielleicht ist es die Hitze, vielleicht auch die Erschöpfung. Anna holt von der Wirtin einen Eimer, Hedwig beugt sich darüber und erbricht sich. Dann lässt sie sich auf den Boden fallen.

Anna reibt ihrer Stiefmutter im Dunkeln über den Rücken, nicht zu weich, nicht zu fest. Es ist etwas, das sie sonst nie machte. Fass mich nicht an, zischt ihre Stiefmutter. Doch Anna hört nicht auf, sondern massiert weiter, bis ihre Stiefmutter zu weinen anfängt, ganz leise, damit die Jungs nicht aufwachen. Die Stiefmutter liegt ganz lange so da, bis Anna nicht mehr weiß, ob sie wach ist oder schläft. Anna nickt ein, sie träumt von ihrem Dorf, von dem Schloss, der Gnädigen im Liegestuhl und ihrem Vater, der mit einem Hut und in Gummistiefeln am Teich steht und Forellen angelt.

Auf den Höfen fehlen überall Arbeitskräfte, meine Großmutter findet bei den Wendlers eine Stelle, ihr Hof liegt am Ende der Straße, die durch Kosakenberg führt.

Sie scheuert die Steinböden, sie fegt die Ställe, füttert das Vieh, jeden Tag. Sie klagt nicht, auch wenn jeder Muskel schmerzt, denn die Bauern, ein kinderloses, freundliches Paar, behandeln sie gut und helfen ihr, sich in Kosakenberg einzuleben.

Im Wohnzimmer der Wendlers steht ein Bild, das die Großfamilie mit den wichtigsten Nachbarn und Freunden zeigt. In den ersten Jahren in Kosakenberg wird Anna nach und nach jeden von ihnen kennenlernen. Alle – bis auf einen.

Sie sitzen auf dem Bild von links nach rechts nebeneinander: die vier Wendlers, Erich und seine Frau Amalie, seine Schwester Luise und seine Mutter Bertha; Amalies Vater Otto Schulze; Eva und Paul Krüger. Sie sehen direkt in die Kamera, drei von ihnen sitzen, die vier anderen stehen hinter ihnen an einem Ort unter freiem Himmel. Einem Garten, einer Wiese wahrscheinlich. Um sie herum stehen Obstbäume und Sträucher. Es ist nicht ganz klar, warum sie diesen Ort für das Foto ausgesucht haben. Warum sie sogar einige Mühe darauf verwendet haben, dass das Foto genau hier entstehen kann. Sie haben extra drei Stühle herausgetragen. Das Bild muss um 1922 herum gemacht worden sein, wer es aufgenommen hat, ist unbekannt.

Ganz links im Bild sieht man den Bauern Erich Wendler. Er ist ein schlanker Mann, nicht allzu groß gewachsen. Er trägt einen schwarzen Anzug, ein weißes Hemd mit einer schmalen Krawatte, die damals sehr modern gewesen sein muss. Er ist das, was man einen gutaussehenden Mann nennt. Er hat ein fein geschnittenes, ovales Gesicht und eine hohe Stirn, in die eine braune Locke fällt. Man könnte ihn sich auch als Filmschauspieler vorstellen. Als Einziger auf dem Bild scheint er sich in der Nähe der Kamera wohlzufühlen. Er lächelt, als würde er den Fotografen kennen.

Daneben steht seine Frau Amalie, die im Vergleich zu ihrem Mann schwerfällig und ernst wirkt. Sie trägt den Kopf gerade und hat einen preußisch harten Blick, doch selbst wenn sie lächeln würde, fiele es schwer, sie als hübsch zu bezeichnen, die Proportionen stimmen nicht, ihre Lippen sind dünn, die Nase zu breit, das Gesicht zu rund. Sie trägt ein schwarzes, mit Perlmuttknöpfen besetztes Kleid, das am Hals leicht ausgeschnitten ist und das sich über einem kräftigen eingeschnürten Busen wölbt.

Man mag es Amalie Wendler auf den ersten Blick nicht ansehen, aber sie hat eine besondere Gabe, sie ist das, was man eine weise Frau nennt. Früher wäre sie wahrscheinlich auf dem Scheiterhaufen verbrannt worden, aber nach dem Krieg kommt das halbe Dorf zu ihr, um sich heilen zu lassen. Sie kuriert Migräne und Rückenleiden, auch Gürtelrose hat sie bereits weggepustet.

Sie stammt von einem preußischen Offizier ab, der so fein war, dass seine Kinder ihn mit »Sie« und »Herr Vater« anreden mussten. Er wurde nur mit seinem Beinamen gerufen, Junker-Schulze, um ihn nicht zu verwechseln mit Schimmel-Schulze, Berg-Schulze, Modder-Schulze, Muchen-Schulze und Kohlen-Schulze. Junker-Schulze hatte drei Töchter, Amalie war die mittlere.

Als seine älteste Tochter Else heiratete, bekam sie als Mitgift 20.000 Goldmark, das sind umgerechnet 200.000 Euro. Als Amalie heiraten wollte, hatte die Inflation das Vermögen der Junker-Schulzes fast aufgefressen. Ihr Vater fürchtete bereits, seine mittlere Tochter würde als eine alte Jungfer sitzenbleiben, als sich der Bauer Erich Wendler für sie zu interessieren begann. Mit seinem gut geführten Hof und seinem Aussehen hätte er jede in Kosakenberg haben können. Aber er warb um Amalie. Er gehörte zu den seltenen Männern, die glaubten, dass eine etwas ältere, unauffällige Frau besser zu ihm passen würde. Sie heirateten im Gasthaus *König von Preußen*, es spielte eine Kapelle aus der Stadt und es gab Kalbsbraten, Pfirsichbowle und selbstgemachten Kirschwein. Sie werden keine Kinder haben, aber sie sind glücklich miteinander.

Amalie kann streng sein. Wenn Erich zu viel in der Kneipe trinkt, redet sie manchmal drei Wochen lang nicht mit ihm. Sie bleibt hart, auch wenn er noch so bettelt. »Herzchen, sei doch wieder gut«, sagt er. Herzchen bestraft ihn mit Schweigen. Erich wird nachts oft hungrig und steht auf, um sich etwas zu essen zu machen. Eines Tages steht wieder ein Teller mit Stullen neben dem Bett. So zeigte ihm seine Frau, dass alles wieder gut war.

Vor Amalie auf dem Bild sitzt Bertha Wendler, Erichs Mutter. Sie ist wahrscheinlich erst sechzig auf dem Foto, sieht aber aus wie neunzig. Sie hat weißes, zu einem strengen Dutt zurückgebundenes Haar und trägt ein bis zum Kinn hochgeschlossenes schwarzes Kleid, das nur die Haut ihrer Hände freilässt. Sie lächelt schüchtern in die Kamera.

Daneben sitzt Otto Schulze, Amalies Vater, er ist der Älteste in der Runde, breitschultrig, mit schweren, dunklen Augenbrauen. Sein heller Anzug wirkt teurer als die Anzüge der anderen Männer, er hat die Arme vor sich verschränkt, es sieht aus, als fühle er sich nicht wohl in der Runde, als würde er am liebsten aufstehen und gehen. Er wirkt wie jemand, der gern trinkt und eine gute Mahlzeit zu schätzen weiß. Er hat einen kräftigen Schnurrbart, wahrscheinlich gehört er zu den Männern, die behaupten, sich zweimal täglich rasieren zu müssen.

Über Paul Krüger ist wenig bekannt. Es hieß, er habe seiner Magd Leni ein Kind gemacht, aber darüber durfte nicht gesprochen werden. Er trägt die Haare seitlich gescheitelt, und man kann schon sehen, dass er bald eine Glatze haben wird. Seine Ohren stehen leicht ab. Er wirkt intelligenter als Otto Schulze, vielleicht auch berechnender.

Neben Paul Krüger steht seine Tochter, Eva Krüger. Man schaut zuerst auf den Ausschnitt ihres schwarzen Kleides, im Vergleich zu den beiden anderen Frauen zeigt sie viel Haut. Sie ist nicht hübsch, sie hat ein eckiges Gesicht wie eine Bäuerin, ist trotzdem aber auf gewisse Weise anziehend. Sie hat das Lächeln einer Frau, die Männer nicht fürchtet.

Und dann gibt es auf dem Bild noch einen Jungen, höchstens zehn oder elf Jahre alt, ein Kind.

Er klammert sich mit der rechten Hand an den Stuhl, als fürchte er, aus dem Bild zu fallen. Er hat ein ernstes, rundes Gesicht und trägt seine Haare seitlich gescheitelt wie Paul Krüger. Während alle anderen auf dem Bild ihre Sonntagskleidung angezogen haben, trägt der Junge einen Arbeitsanzug. Er wirkt scheu, als sei er sich nicht sicher, ob er auf dieses Foto gehöre. Er lächelt vorsichtig.

Anna steht oft davor und mustert diesen Jungen auf dem Bild, er scheint nicht zu den anderen zu passen. Sie kennt seinen Namen nicht und sie traut sich nicht, danach zu fragen.

Anna hatte sich auf dem Weg in den Westen an die bettelnden, hungrigen Gesichter gewöhnt, Städter, die umhergingen und einen Mantel gegen ein Stück Brot eintauschten, Menschen, die sich um einen Apfel oder um ein Stück Brot prügelten, so dass es fast ein Schock ist zu sehen, wie gut es den Bauern geht. Als Anna zum ersten Mal zum Essen gerufen wird, wird ihr übel.

Die Küche ist der größte Raum im Haus, eine komplette Seite nimmt ein riesiger gusseiserner Ofen ein, der ungefähr doppelt so groß ist wie der Ofen, den Anna von zu Hause im Osten kannte. In der anderen Ecke hängt das weiß-blaue Ausgussbecken. Die Regale sind mit Tellern voller künstlicher Trauben und Weinblätter dekoriert.

In der Mitte des Raums steht ein eckiger Holztisch, auf dem sich in großen Schüsseln Schinken, Brot, Kartoffeln, Weißkäse türmen. Anna weiß nicht, wohin sie zuerst schauen soll, ihre Hände zittern, sie presst die Lippen aufeinander und konzentriert sich darauf, nicht loszuweinen. Sie ist stolz, sie will nicht, dass man ihr ansieht, wie sehr sie der Anblick überwältigt. Sie schämt sich für ihren Hunger und ihre Armut.

Amalie, die Bäuerin, mustert ihre Magd, ihr gefällt der Blick nicht, mit dem Anna den Abendbrottisch mustert, und wie sie die Lippen zusammenpresst. Fehlt ihr etwas? Ist sie zu fein, ein kaltes Abendbrot zu essen? Amalie wird nicht recht schlau aus ihrer Magd.

Meine Großmutter hat später öfter davon erzählt, wie es war, an diesem vollen Tisch zu stehen, wie sehr sie sich für ihren Hunger geschämt hat. Und dass sie an ihre Brüder gedacht hat, die hungrig nebenan in der Kammer im Gasthaus *Zum König von Preußen* saßen.

Um den Tisch herum sitzen der Bauer und zwei Frauen, seine Schwester und seine Mutter. Sie kommen so fast jeden Abend zusammen und tauschen Neuigkeiten aus. Anna setzt sich dazu auf einen der freien Stühle und hört aufmerksam zu. Es geht um einen brutalen Überfall, von dem die Zeitung damals berichtet. Einer Bäuerin aus der Kleinstadt T. ist mit einem Hammer das Schädeldach zertrümmert worden. Wegen eines Einweckglases, das Fleisch enthielt. Das ist jedenfalls alles, was die Räuber erbeutet haben.

Die Menschen werden zu Tieren, sagt Luise, Erichs Schwester.

Anna erfährt, dass überall im Land kriminelle Diebesbanden unterwegs sind. Erst neulich sei ein Lager mit Diebesgut aufgedeckt worden, weiß Erich Wendler zu berichten. Er rezitiert die Liste der Fundstücke, als sei es ein Gedicht:

fünf Zentner Frühkartoffeln
zwei Töpfe Pflaumenmus
Mehl
Brote
ein Radio der Marke Lorenz
Unterhosen
Schmuck
mehrere Damenräder
eine Schreibmaschine der Marke Torpedo
Taschentücher
Handwagen
Bezug eines Liegestuhls
einen Gartenschlauch
drei Räder eines Handwagens
ein Strafgesetzbuch aus dem Jahre 1944.

Kahlbaum, den Bauern, dem das Pferd vergiftet wurde, soll es schon wieder erwischt haben. Ihm seien vierzig Kilo Frühkartoffeln gestohlen worden, direkt vom Feld. Kahlbaum ist sicher, dass dahinter die berüchtigte Fleischer-Bande stecke. Anna lernt, dass die Bande so genannt wird, weil der Kopf der Truppe angeblich ein gelernter Fleischer aus Essen sein soll. Sein Trick besteht darin, sich als Kriminalkommissar der Sowjetischen Militärverwaltung auszugeben und zur Verpflegung der Truppen die Abgabe von Eiern, Schweinen und Kaninchen zu fordern. Einem Bauern nahmen sie alles weg, was er besaß, 400 Eier und zwei Schweine. Der Fleischer, der Kopf der Bande, tritt dabei offenbar sehr überzeugend auf, einem Opfer soll er den Empfang der Waren wohl sogar in kyrillischer Schrift quittiert haben.

Die Frauen hören mit einer Mischung aus Abscheu und wohligem Schauer zu.

Erich Wendlers Schwester wiederholt noch einmal, dass die Menschen zu Tieren würden, und Bertha, ihre Mutter, ergänzt, dass man sich in unchristlichen Zeiten befände, in denen man niemandem mehr trauen könnte. Während sie spricht, wirft sie einen kurzen Blick auf Anna, die schüchtern auf ihren Teller zwei Stück Brot und ein Stück Schinken legt, beides aber nicht anrührt. Ich stelle mir vor, dass sie sich unwohl gefühlt hat in der Runde. Sie hat zwar bei keiner kriminellen Bande mitgemacht, aber wenn man es genau nimmt, ist sie auch nicht besser als eine Diebin. Am Anfang hat sie noch gebettelt, aber es brachte nichts ein, die meisten Bauern guckten sie an und schickten sie weg. Sie hat Kartoffeln gestohlen, Brot, Getreide, alles, was sie kriegen konnte. Sie war auch schon auf dem Feld beim Bauern Kahlbaum und hat nachts Kartoffeln aufgesammelt, so viel sie tragen konnte.

Was würden die Wendlers von ihr denken, wenn sie davon wüssten? Macht sie das auch zu einem Tier? Wissen die Wendlers, wie es schmeckt, brackiges Wasser aus Pfützen zu trinken? Sich Birkenblätter in den Mund zu stopfen, um den Magen zu beruhigen?

Anna überlegt, doch dann sagt sie keinen Mucks. Sie hat einen anderen Plan.

Sie bestreicht die Brote mit Butter, klappt sie in der Mitte zusammen und lässt sie in ihre Schürzentasche gleiten. Sie steht schweigend auf, während die anderen noch diskutieren.

»Moment mal«, ruft Bertha Wendler, und alle schauen auf sie.

»Die hat doch was in ihrer Schürze«, sagt sie, und zeigt mit dem Finger auf die gewölbten Taschen. Sie springt auf und greift in Annas Taschen, sie holt nacheinander vier belegte Brote heraus.

Sie fasst sie mit spitzen Fingern an, wie Polizisten im Film Beweisstücke eines Verbrechens anfassen, und legt sie auf den Tisch.

Anna steht da wie eine Schaufensterpuppe und wehrt sich nicht.

»Die Flüchtlinge fressen uns noch alles weg«, sagt Bertha Wendler und schaut Anna mit einem giftigen Blick an.

»Setz dich hin, Mutter«, flüstert Erich Wendler. »Anna, du auch.«

Meine Großmutter setzt sich hin, sie sagt später, sie sei sicher gewesen, dass Erich Wendler sie nun rauswerfen werde.

Zu Recht. Sie ist eine Diebin, keinen Deut besser als die Fleischer-Bande.

Wendlers Frau steht auf und wickelt die Brote ein.

»Du darfst deinen Brüdern etwas mitnehmen, aber du musst auch essen«, sagt Amalie Wendler.

Meine Großmutter wird rot. »Danke«, flüstert sie.

Sie isst ein Stück Brot mit Butter, doch es fällt ihr

schwer zu kauen und zu schlucken. Jeder Bissen fühlt sich an, als würde er im Hals steckenbleiben. Sie weiß, dass sie diese Großzügigkeit der Wendlers nicht verdient hat, sie hat eine Strafe verdient, keine Belohnung. Und ein bisschen verachtet sie die Wendlers für ihre Schwäche.

5

Am Anfang sieht Anna ihren Vater überall. Sie sieht sein Gesicht auf dem Steinboden, den sie scheuert, er taucht neben ihr auf, wenn sie den Kaninchenstall ausmistet, er steht vor ihr in der Schlange vor dem Laden. Er trägt keine Joppe mehr, sondern einen schwarzen Anzug, aber seine nackten Füße stecken noch in den Holzpantinen, in denen ihn die Soldaten mit den Maschinenpistolen weggeführt hatten. Sein Gesicht wirkt rosig, er trägt eine Heiterkeit zur Schau, die er in Sorge nie gehabt hat.

Er schaut sie mit einem Lächeln an, das sie als spöttisch empfindet, sie wundert sich, wieso er einen Anzug trägt, aber keine Socken. Sie träumt, dass er eines Tages am Tisch bei Wendlers sitzen würde, als wäre nichts geschehen. Und er wird sagen, komm, Anna, wir fahren nach Hause.

Doch der Vater verschwindet immer wieder.

Sie fragt sich, ob er ihre Brüder und ihre Stiefmutter auch besucht, ob es ihnen genauso geht, doch sie findet nie den richtigen Zeitpunkt und die richtigen Worte, um sie danach zu fragen.

Ein paar Tage später verbreitet sich die Nachricht, dass der Bauer Kahlbaum einen Fang gemacht habe. Er beziehungsweise sein älterer Sohn hätten die Kartoffeldiebe mitten in der Nacht auf frischer Tat ertappt. Anders als erwartet, handele es sich dabei nicht um eine Betrügerbande, sondern um zwei Flüchtlingsfrauen, die auf dem Feld erwischt wurden, während sie nach Kartoffeln buddelten. Als der Sohn die Frauen entdeckte, feuerte er einen Warnschuss ab. Sie liefen weg, der Sohn hinterher, er erwischte die zweite. Niemand kannte ihren Namen, aber es hieß, der Bauernsohn habe sie so schlimm erwischt, dass sie tagelang nicht laufen konnte. Ihre Komplizin entkam, und trotz heftiger Fahndung im Dorf konnte sie nicht aufgetrieben werden.

Anna fällt auf, dass ihre Stiefmutter in jener Nacht mit einem Sack Kartoffeln zurückgekommen ist. Sie nahm erst an, dass es sich um ein Geschenk von Paul Krüger gehandelt habe, der sich gelegentlich freundlich gegenüber Hedwig zeigte. Aber vielleicht stimmte das nicht.

Eines Tages bekommt Anna morgens von der Bäuerin einen Auftrag. Sie soll Erich bei einer Fahrt mit dem Pferdewagen begleiten, wohin, weiß sie nicht. Anna fürchtet, dass ihr versuchter Brotklau doch noch ein Nachspiel hat, dass sie sie wegbringen und der Polizei als Diebin übergeben wollen, doch diese Angst wird sich als unbegründet herausstellen.

Sie nimmt neben Erich auf dem Bock Platz. Es ist ein schöner, sonniger Herbsttag. Erich redet nicht vom Krieg, er fragt auch nicht nach ihrer Flucht, und sie ist ihm dankbar dafür. Er erzählt, wie seine Frau und er vor dem Krieg öfter nach Berlin gefahren seien. Mit der Eisenbahn, dann mit der Schnellbahn. Am liebsten seien sie in das Café Kranzler gegangen, das für seine Mandeltörtchen bekannt gewesen sei. An einem großen belebten Platz. Autos, Kutschen, Straßenbahnen, alles fuhr durcheinander.

Aus dem ganzen Land hatte es Bestellungen für diese Mandeltörtchen gegeben, Touristen und Einheimische kamen in das Café, Schauspielerinnen, Musiker, Politiker. Der Oberkellner behandelte alle zuvorkommend. Es war immer voll, manchmal musste man ein Weilchen in einer Schlange warten, um einen Platz zu ergattern. Die Kellner trugen dunkelgrün-schwarze Uniformen, und ein Mann spielte am Piano. Amalie und er seien dort zweimal im Jahr hingefahren, sie hätten Kaffee getrunken, Mandeltörtchen gegessen und die feinen Damen angeschaut.

»Jetzt ist das Café kaputt«, sagt Erich.

Anna schweigt.

Dann sagt sie, nach einer langen Pause:

»Mein Vater wollte, dass ich in Berlin eine Lehre mache.«

Erich dreht sich zur Seite, um sie anzuschauen. Ihren Vater hat sie noch nie erwähnt.

»Die Russen haben ihn abgeholt«, sagt sie.

»Das tut mir leid«, sagt Erich. Dann fügt er hinzu: »Es sind viele unschuldige, tüchtige Männer abgeholt worden.«

Anna nickt stumm, sie weiß, dass Wendler freundlich sein will, doch sie ist sich nicht sicher, ob das stimmt, was er sagt. War ihr Vater unschuldig? Sie dachte an seine

Arbeit auf dem Bahnhof, an die Viehwaggons voller Menschen, die Züge, die nur in eine Richtung fuhren.

Was war das, Schuld? Wer wusste nach allem, was in den vergangenen zwölf Jahren passiert war, noch zu sagen, was Schuld oder Unschuld war? Gut oder böse?

»Du könntest Lehrerin werden«, unterbricht Erich ihre Gedanken, »du bist jung, du bist schlau, solche Leute suchen sie heute.«

»Quatsch«, sagt sie und lacht. Aber der Gedanke setzt sich fest.

Sie meiden die Hauptstraßen, denn auch von dort werden neuerdings Überfälle gemeldet. Als sie ein Waldstück erreichen, lenkt Erich den Wagen auf den Waldweg, es ist ein schlichter Kiefernwald, es gibt keine Tannen oder Birken wie in ihrem Heimatdorf, aber trotzdem erinnert der Geruch Anna an zu Hause. Anna ist nun das, was man in Kosakenberg eine Umsiedlerin nannte, ihre Heimat liegt in einem anderen Land, ihr Dorf trägt einen neuen Namen, und ihre Stiefmutter hat ihr eingeschärft, nicht von Sorge zu reden, ansonsten würde sie von den sowjetischen Soldaten abgeholt und in ein Lager gesperrt.

Ihr fällt das Lied »hohe Tannen« ein, das sie beim Mädelbund gelernt hat. »Viele Jahre sind schon vergangen / Und ich sehn' mich nach Hause zurück«, heißt eine Zeile. Nach Hause. Sie denkt an das kleine Haus im Dorf, an den Weg durch den Wald zur Schule, an das Schloss und die Gnädige. Wohin es die Gnädige wohl verschlagen hat?

Nach einer weiteren Viertelstunde bleiben sie vor einem

aufgetürmten Haufen Laub und Kleinholz stehen. Erich steigt ab und fängt an, Holz und Laub wegzuräumen, bis eine rostige Tür zum Vorschein kommt. Die Hütte gehörte vor dem Krieg einem Bankier aus der Stadt, der dort am Wochenende übernachtete, wenn er zum Jagen kam. Sie war modern eingerichtet, im gefliesten Keller gab es eine Küche und ein Badezimmer. Frisches Wasser kam aus dem hauseigenen Brunnen. Das obere Stockwerk war so komfortabel eingerichtet, dass zwei Parteien es länger in der Hütte aushielten, es gab zwei Schlafzimmer und ein Wohnzimmer, ausgestattet mit dicken Teppichen, Kronleuchtern und kostbaren Möbeln. In den Ferien hielt der Bankier große Jagdgesellschaften ab, zu denen er seine Freunde aus der Stadt einlud. Sie jagten Wildschweine und Hirsche in den ringsum gelegenen Wäldern. Während des Krieges wurde die Hütte zum Treffpunkt hochrangiger Offiziere. Die Einheimischen beäugten die Vorgänge in der Jagdhütte misstrauisch. Die Nazihöhle, nannten sie das Haus.

Von der alten Pracht ist wenig übrig geblieben, als Anna und Erich die Hütte betreten. Der alte Besitzer, der Bankier, lebt nicht mehr, und sein Sohn, so heißt es, ist in die westliche Besatzungszone geflohen.

Überall hängen Spinnweben, auf dem glatten Boden liegen Scherben, eingetrocknete Essensreste und zerknülltes Zeitungspapier. Die Teppiche sind verschwunden, wahrscheinlich liegen sie in den Häusern der Kosakenberger. Auch von den Möbeln sind nur wenige Stücke erhalten, ein Schrank, ein Wandschrank, zwei Sessel mit abgewetzten Bezügen. Es riecht nach Schimmel. Anna betritt das, was einmal die Küche gewesen sein muss. Auf dem Tisch steht ein Teller, darauf ein Messer, an dem rote Farbe klebt. Daneben ein offenes Glas mit eingetrockneter Marmelade. Es sieht aus, als habe der Bewohner die Hütte fluchtartig verlassen. Vor dem hinteren Fenster sieht man einen verwachsenen Garten.

Davon, dass die Hütte einst bewohnt war, dass hier sogar Feste gefeiert wurden, ist nichts mehr zu sehen. Erich geht die Treppe hinunter in den gefliesten Keller. Er öffnet eine Tür zu einer Kammer und wühlt in einem Haufen Zeitungspapier. Anna steht hinter ihm. Sie hält den Atem an. Es ist ganz still und ein wenig unheimlich. Was wird er finden: einen Schatz? Einen Toten? Einen geheimen Waffenschrank?

Plötzlich knirscht es, Erich ist auf Scherben getreten, er zieht vorsichtig das Zeitungspapier weg. Etwas Glänzendes kommt zum Vorschein. Das Zifferblatt einer Standuhr aus dunklem, schwerem Eichenholz. Sie besteht aus drei Teilen, einem Fuß, dem Schlagwerk und einem Turm und liegt seitlich auf dem Boden, aber man kann schon erkennen, dass sie höher als ein Mann ist, fast zwei Meter hoch.

Auf dem Turm ziehen sich Rosen entlang, die mit Ranken miteinander verbunden sind. Anna tritt einen Schritt näher, sie streicht mit den Fingern über die Handschnitzereien, etwas Schöneres hat sie noch nie gesehen. Sie schaut Erich fragend an. »Ein Geschenk von Amalies Familie zur Hochzeit«, sagt er.

Als die Front näher rückte, fingen die Kosakenberger an, ihre Wertsachen in Sicherheit zu bringen. Sie packten Koffer mit Kleidern, Schmuck, Besteck, Tassen und Tellern und vergruben sie in ihren Gärten und Feldern. Das funktionierte mit Geschirr und Kleidung, aber wohin mit einer Standuhr? Sie war das Wertvollste, was die Wendlers besaßen. Schließlich fiel ihnen die Nazihöhle ein. Die Offiziere waren längst weg, einige von ihnen waren, wie sich später herausstellen sollte, standrechtlich als Verräter erschossen worden, weil sie versucht hatten, den Führer in einem Attentat zu töten.

Wendlers versteckten die Standuhr in der Jagdhütte im Wald. Es ist ein großes Glück, dass niemand sie entdeckt hat. Hinter der Uhr, eingepackt in Papier, lagern die Gewichte aus Messing, die auch mit dem Rosenmotiv geprägt sind.

Sie laden die Uhr mit vereinter Kraft auf die Kutsche und begraben sie unter Decken und Kleinholz, damit niemand sie entdeckt.

Die Standuhr wird im Wohnzimmer der Wendlers aufgestellt. Ein Glaser wird bestellt, um eine neue Scheibe einzusetzen. Die Wendlers ahnen noch nicht, dass sie die Uhr bald wieder verstecken werden.

6

An einem Tag im September 1949 müssen sich mein Großvater und meine Großmutter zum ersten Mal begegnet sein. Wenn ich mir vorstelle, wie es gewesen sein könnte, sehe ich die Wendlers in der Küche sitzen, vielleicht bei einem Kaffee, er blättert in der Zeitung, sie rührt einen Zuckerkuchen zusammen, Anna hilft ihr dabei.

Die Wendlers haben Anna inzwischen in ihr Herz geschlossen, sie haben ihr angeboten, vom Gasthof zu ihnen zu ziehen. Sie zog in eine Kammer mit der alten Bäuerin Bertha, die Anna längst nicht mehr als gieriges Flüchtlingsmädchen betrachtet, sondern als eine bescheidene, fleißige Magd.

Die Kammer war eng, aber immerhin bekam Anna ein eigenes Bett. Sonst besitzt sie kaum etwas, sie arbeitet seit vier Jahren auf dem Hof, im Gegenzug erhält sie Essen und einen Schlafplatz. Manchmal steckt ihr Erich Wendler einen Schein zu, aber ein fester Lohn wie den anderen Mägden und Knechten im Dorf wird ihr nicht gezahlt.

Meine Großmutter beklagt sich nicht, sie ist zu ängstlich, um etwas zu fordern. Sie hat gelernt, dass Flüchtlinge dankbar sein müssen für das, was sie bekommen.

Sie ist neunzehn Jahre alt, sie hat noch genügend Zeit, um Geld zu sparen und eines Tages den Hof zu verlassen. Doch im Moment hilft sie der Bäuerin beim Backen.

Plötzlich klopft es, und ohne auf Antwort zu warten, öffnet der Überraschungsgast die Haustür. Schnelle, sichere Schritte sind zu hören, sie verraten Anna, dass jemand kommt, der sich genau auskennen muss.

»Oh Gott!« Amalie schlägt die Hände vors Gesicht, als habe sie einen Geist erblickt hinter ihrer Küchentür. Erich schaut von der Zeitung auf und starrt dem Unbekannten ins Gesicht. Amalie umarmt den Geist hastig, obwohl sie ihn kaum wiedererkennt. Anna mustert den Mann, den ihr die Wendlers erst später vorstellen. Wer ist der geheimnisvolle Heimkehrer? Anna kann sein Alter schwer schätzen, er könnte Mitte dreißig oder ebenso gut zwanzig Jahre älter sein. Alles an ihm ist durchschnittlich, er ist mittelgroß, hat mittelblondes schütteres Haar, trägt einen abgetragenen Anzug, der ihm an den Beinen zu lang ist, schwere Stiefel und eine Wattejacke.

Anna schaut verstohlen in sein Gesicht, es ist mager und knochig und es kommt ihr bekannt vor. Sie überlegt, wo sie dieses Gesicht schon einmal gesehen hat. Die Oberlippe, die schmaler ist als die Unterlippe, die fleischige Nase. Es will ihr nicht einfallen. Der Mann schaut sich um, er lächelt, als würde er alles wiedererkennen, den gusseisernen Herd, die künstlichen Trauben im Regal, als er Anna entdeckt, bleibt sein Blick kurz an ihr hängen, doch er beachtet sie nicht weiter. Ihr machen seine Augen Angst, sie wirken kalt und hart.

Amalie rennt in den Keller, lässt Anna Kartoffeln schälen, um eine Kartoffelsuppe zuzubereiten, denn der Mann ist erschöpft von der langen Reise und braucht eine Suppe. Erich Wendler starrt ihn immer noch an, ohne sich zu regen. Dann geht er auf ihn zu, ganz langsam, in meiner Vorstellung passiert das in Zeitlupe, und streckt ihm die Hand hin. Nur die Hand. Der Mann ergreift sie und schüttelt sie kräftig. Anna fällt auf einmal ein, woher sie den Mann kennt. Es ist der Junge im Arbeitsanzug, der sich auf das Foto gedrängt hat. Sie hat von ihm gehört, Amalie hat manchmal von ihm gesprochen. Der Sohn der einarmigen Schneiderin. Er war ein uneheliches Kind, vaterlos, wuchs als Außenseiter in dem Dorf auf. Nach der Volksschule begann er als Kutscher zu arbeiten. Er sei ein Frauenheld, heißt es, doch wenn sie ihn so anschaut, kann sie sich das nicht vorstellen. In seinem Mund fehlen mehrere Vorderzähne.

Friedrich Stein war einunddreißig und verheiratet, als er einberufen wurde. Neben der Tätigkeit als Kutscher arbeitete er als Knecht auf dem Wendler-Hof und war lange vom Krieg verschont worden. Doch als immer mehr Soldaten an der Ostfront starben, fingen sie an, die Arbeiter von den Fabriken und Bauernhöfen abzuziehen. Von der Sowjetunion hatte er vor dem Krieg keine klare Vorstellung. Mein Großvater war kein politisch denkender Mensch, er las keine Bücher und keine Zeitung. Er hatte gehört, dass es dort Lager gab und einen Diktator namens Stalin, der danach trachtete, das deutsche Volk auszulöschen. Mein Großvater zog gern in den Krieg, er glaubte, auf der richtigen Seite zu stehen. Damals hatte er sich vorgestellt, wie er eines Tages zurückkommen würde, mit Medaillen behängt, als Held.

Er kam als Verlierer zurück, erschöpft und enttäuscht.

Er kam mit seiner Einheit über Smolensk bis kurz vor Moskau, er kämpfte in der Schlacht von Kursk, danach wurde seine Einheit zerschlagen. Bei Kriegsende versteckte er sich auf der Ostseeinsel Hela, dort wurde er am 8. Mai 1945 gefangen genommen und nach Sibirien transportiert. Offiziell gilt er als verschollen. Das Lager, in das man ihn einsperrt, trägt die Nummer 619. Es liegt im Kusnezker Becken im Westen Sibiriens, auch Kuzbass genannt, einer Gegend mit vielen Bodenschätzen, Diamanten, Gold und Silber, und einem harten, menschenfeindlichen Klima. Im Winter sinkt die Temperatur auf unter vierzig Grad, die Sommer sind heiß und trocken. Rund dreißigtausend Soldaten sind in dem Lager eingesperrt, sie bauen Straßen, Eisenbahnlinien und Wohnungen, sie arbeiten in Kohlegruben, Steinbrüchen und Sägewerken. Nummer 619 ist wegen seiner schlechten Versorgung berüchtigt, jeder zweite Insasse stirbt, an Skorbut, Tuberkulose, Hungertyphus, Ruhr, Diphterie.

Mir fällt das Datum auf: Ausgerechnet am 8. Mai, dem Tag, den ich später in der Schule als Tag der Befreiung feiern würde, wurde Friedrich Stein, der später mein Großvater werden sollte, festgenommen. Vier Jahre überlebt er im Kuzbass, dann lassen sie ihn frei. Er kommt in ein neues, fremdes Land. Ihn begrüßen Plakate, Transparente und Aufschriften, die ihm aus der Sowjetunion so vertraut wie verhasst waren, Grüße an Stalin, an die Sowjetunion, das Bollwerk des Friedens. Das Deutschland, das er verlassen hat, gibt es nicht mehr.

Nun steht der Mann, an dessen Rückkehr niemand in Kosakenberg geglaubt hat, in der Küche der Wendlers und zieht seine Stiefel aus.

Sie essen die Kartoffelsuppe, die Amalie schnell zubereitet hat. Sie löffeln hastig und schweigend, keiner weiß, was er sagen soll.

Ich stelle mir vor, dass Friedrich Stein das Schweigen bricht und nach seiner Frau und seiner Mutter fragt.

»Wo ist Mutter, wo ist Alma?« Es ist der erste Satz, den Anna aus seinem Mund gehört hat, er hat eine angenehme, melodische Stimme mit einem Dialekt, der sie an die berühmte Filmregisseurin erinnert, der sie als Kind begegnet ist.

Den Wendlers ist die Frage unangenehm, Erich heftet seine Augen auf den Steinboden, Amalie schiebt die Teller zusammen, ihre Augen werden feucht. Sie vermeiden Blickkontakt. Friedrich Stein starrt Amalie an, er sieht, wie sich ihr eingeschnürter Busen hebt und senkt.

Sie atmet tief durch.

»Friedrich«, sagt sie und macht eine Pause, als suche sie nach Worten. Sie berichtet knapp, dass Auguste und Alma Stein in die Schlacht gerieten, die später als Kessel von Halbe bekannt wird. Auguste kam dabei um, Alma schaffte es nach Kosakenberg zurück, starb dann aber an Typhus.

Friedrich Stein nimmt die Nachricht vom Tod seiner

einzigen Verwandten stumm entgegen, seine Augen funkeln spiegelglatt, als sei nichts dahinter.

Alma Freudenberg war seine große Liebe. Er war 22, als er sie kennenlernte, sie vierunddreißig. Er lernte sie an einem Sonnabend beim Tanz im Gasthof kennen. Alma war erst kürzlich mit ihrem Mann ins Dorf gezogen. Sie passte eigentlich nicht nach Kosakenberg, in diesen Ort, in dem jeder jeden grüßt und alle mehr oder weniger denselben Beschäftigungen nachgehen. Alma Freudenberg war eine jener neuen Frauen, wie man sie nach dem Ersten Weltkrieg in den großen Städten sah, sie trug Hosen, sie rauchte, sie trank.

Ihr Mann arbeitete bei der Bank in der Kreisstadt, während sie zu Hause saß und Bilder malte. Manchmal verschwand sie für Tage und kam danach mit einem Koffer voller neuer Kleider und einem neuen Haarschnitt zurück. Sie kleidete sich viel zu glamourös für das Dorf, sie trug am liebsten tief ausgeschnittene Kleider. Sie interessierte sich für die griechische Mythologie, malte Bilder märchenhafter nackter Wesen voller sexueller Andeutungen, mit wallenden Haaren, Frauen mit Schnurrbärten und Hörnern wie Dionysos. Sie sprach Friedrich an, nicht umgekehrt. Sie wollte ihn malen, ob er etwas dagegen habe. Friedrich sagte sofort ja. Mein Großvater, soweit ich das als Enkelin beurteilen kann, experimentierte gern.

Er war zwar nicht das, was man gutaussehend nennt, aber er war kräftig und gesund, und er hatte diese John-Wayne-hafte Energie, die auf viele Frauen anziehend gewirkt haben muss. Auch auf Alma. Er protzte auch später, als er längst mit meiner Großmutter verheiratet war, mit seiner Kraft und ließ im Haus Kondome offen herumliegen.

Scheidungen waren in den zwanziger Jahren noch selten und kompliziert. Doch weil man Alma Freudenberg Ehebruch nachweisen konnte, ging es schnell. Ich kenne das Datum nicht, an dem sie geheiratet haben, es muss Anfang der dreißiger Jahre gewesen sein. Die Malerin zog mit ins Tagelöhnerhaus.

Alma Freudenberg muss meinem Großvater etwas Besonderes gegeben haben. Ich nehme an, dass es ihm schmeichelte, wenn eine Frau wie sie sich für ihn interessierte, ihn ernst nahm und ihm zuhörte. Am Anfang ihrer Ehe führten sie ein ruhiges, zufriedenes Leben, er fuhr seine Kutsche, er half den Nachbarn. Sie malte zu Hause, abends saßen sie gemeinsam mit Friedrichs Mutter zusammen und aßen, was sie gekocht hatte. Nachts schlief sie in seinem Arm ein, sie war so nah, dass er ihren Atem roch.

Bei den Reichs- und Landtagswahlen 1933 gewannen die Nationalsozialisten fast überall einfache Mehrheiten, die Eröffnung des Reichstages wurde auch in Kosakenberg groß gefeiert. Am Abend fand ein Fackelzug statt, an dem alle Dorfbewohner teilnahmen, auf dem Sportplatz wurde ein Freudenfeuer angezündet, und dazu wurden Lieder angestimmt, die die Größe und Pracht des Landes rühmten. Mein Großvater ließ sich von der Stimmung mitreißen, ihm gefielen die Lieder und der Optimismus, den sie verbreiteten.

Nach einer Weile veränderte sich Alma. Sie wurde still,

redete weniger darüber, welche Bilder sie malen will. Sie fing an, sich über das monotone Leben im Dorf zu beklagen, die dauernden Märsche und Fackelträgereien, sie vermisse das Theater, die Konzerte in der Stadt, sagte sie. Friedrich verstand sie nicht. Wenn sie erst mal ein Kind zusammen haben, würde sie sich weniger langweilen, davon war er überzeugt.

Doch die Zeit verfloss, und kein Kind kam.

Sie stritten sich häufiger, sie fuhr nun allein in die Kreisstadt, wenn sie zurückkehrte, machte er ihr Vorwürfe. Er konnte schnell grob werden. Danach nahm sie ihren Teller und aß allein im Schlafzimmer. Nachts drehte sie sich weg, wenn er sie umarmen wollte.

Er warf ihr vor, das Geld, das er verdiente, sinnlos für Kleider auszugeben, für die sie in Kosakenberg keine Verwendung hätte. Er warf ihr vor, sich von seiner Mutter bedienen zu lassen.

Einmal kam er vom Gasthof nach Hause, sie stand in der Küche, mit einem Glas in der Hand, er sah ihren kräftigen weißen Hals. Er drückte auf diesen weißen Hals, der sich in seinen Händen nicht mehr so kräftig anfühlte, bis er plötzlich etwas Kaltes an seinem eigenen Hals spürte. Er ließ sie los. Alma legte das Messer zurück auf den Tisch. Sie nahm ihn in den Arm, und er weinte wie ein kleiner Junge.

Im Lager in Sibirien hat er sich oft nach ihr gesehnt, er hat sich vorgestellt, wie sein Leben aussehen würde, wenn er nach Kosakenberg zurückkehrte. Er hatte darin Alma gesehen, ihre Bilder, ihre Kleider, ihr Lachen. Die Gedanken an seine Frau gaben ihm Kraft.

Nun gab es Alma nicht mehr. Sie würde ihn nie wieder in den Arm nehmen und trösten.

»Was hat meine Mutter im Kessel von Halbe gemacht?«, fragt Friedrich nach einer langen Pause.

»Alma wollte mit ihr in den Westen, sie hatten Angst vor den Russen«, sagt Erich.

Friedrich schaut auf seinen Teller. Wenn sie in Kosakenberg geblieben wären, würden sie noch leben. Der Krieg hat das Dorf kaum gestreift.

Anna kennt die erste Frau Friedrich Steins nicht, sie hat sie nie kennengelernt. Sie kennt nur ihr Grab.

Wenn Annas Töchter später danach fragen werden, wer diese Alma auf dem Friedhof ist, deren Grab die Mutter bepflanzt, dann wird sie sagen: Das ist eine Tante von mir. Sie schweigt die erste Frau ihres Mannes tot, weil das nicht existiert, worüber man nicht spricht.

Anna ist es unangenehm, mit am Tisch zu sitzen, als Friedrich heimkehrt, sie hat das Gefühl zu stören, doch sie traut sich auch nicht aufzustehen. Sie weiß, dass Amalie dem Soldaten noch etwas verschweigt, was ihm nicht gefallen wird.

Friedrich sitzt unbeweglich da, er sagt nichts, er zeigt keine Gefühlsregung, er stellt keine Fragen, aber er schaut Amalie in die Augen, bis die Bäuerin seinem Blick ausweicht. Ein Vorwurf liegt in seinem Blick, etwas Unausgesprochenes. Amalie atmet kaum, dann wendet sie sich vom Tisch ab und dreht den Wasserhahn am Ausguss auf. Anna sieht, wie ihre Hände zittern.

Friedrich steht auf und greift nach seinen Stiefeln, nach seiner Wattejacke und fasst in die Brusttasche. Er kann durch den Stoff den Ring fühlen. Rudis Ring. Rudi war Lehrer aus Schlesien, einer seiner wenigen Freunde im Lager, ein Mann von hoher Bildung, der keine vulgären Ausdrücke benutzte. Rudi besaß einen Ring mit einem tiefroten Stein, ein Erbstück. Irgendwie war es ihm gelungen, den Schmuck vor den Wächtern zu verstecken. Eines Tages wurde Rudi krank, er sollte ins Lazarett verlegt werden. Bevor er abgeholt wurde, gab er Friedrich Stein den Ring. Versteck ihn, und wenn du heil hier herauskommst, bring ihn meinem Sohn. Rudi wurde abgeholt und kam nie wieder. Friedrich beschloss, den Ring selbst zu behalten. Als Erinnerung an Rudi. Hier in der Küche mit dem bollernden Ofen, der warmen Suppe erscheint ihm die Zeit im Lager wie ein böser Traum. Ihm fällt auf, dass Amalie und Erich ihn nichts fragen. Er kann den Ring durch den Stoff fühlen, während er Amalie mit den Augen folgt.

»Wo willst du hin?«, fragt Erich.

»Nach Hause«, sagt Friedrich.

Erich wirft Amalie einen Blick zu, dann schaut er zurück zu Friedrich, dann auf den Boden. Friedrich steht auf, Anna merkt, dass er ungeduldig wird. Sie fragt sich, wann sie ihm endlich sagen werden, dass Amalie Wendler sein Haus schon vor Monaten ausgeräumt und die Möbel und Sachen verschenkt hat. In dem alten Tagelöhnerhaus wohnen Flüchtlinge, sie sind dort wegen des Wohnungsmangels einquartiert worden.

»Du kannst nicht in dein Haus«, sagt Erich endlich.

Nach und nach erfährt Friedrich Stein, dass er völlig allein ist und dass in seinem Haus fremde Menschen sitzen, zwischen fremden Möbeln.

Das Einzige, was Amalie aufbewahrt hat, ist ein eigentümlicher Gegenstand. Kein Foto der Frau oder Mutter, sondern eine alte Postkarte, die Friedrich als Kind besessen hatte. Das Bild zeigt den Kaiser Wilhelm II. in einer seiner Gala-Uniformen, mit rosiger Haut, dem markanten Schnurrbart und hellen blauen Augen. Friedrich hatte das Bild als kleiner Junge in einer Kiste aufbewahrt, zwischen den Murmeln und dem Katzengold, das er auf dem Feld gefunden hatte. Der Kaiser war sein Jugendheld.

Er fühlte sich, so absurd das für den unehelichen Sohn einer einarmigen Schneiderin klingen mag, mit dem Kaiser verbunden. Nicht nur wegen des Vornamens. Der Kaiser war mit einem verkrüppelten Arm geboren worden wie Friedrichs Mutter. Auch Wilhelm war ein Außenseiter, über den sich viele lustig machten. Er hatte allerdings einen Trick, wie er den Arm verschwinden lassen konnte. Er trug oft große Pelze. Auf dem Bild, das Friedrich Stein besaß, ruht der kranke Arm auf einem Schwert. An seinem kleinen Finger trägt er einen Ring aus Gold mit einem roten Edelstein. Er sah so aus wie der Ring, den Rudi Friedrich gegeben hatte.

Friedrich Stein zieht für ein paar Tage bei Wendlers ein, bevor in seinem Elternhaus ein Zimmer frei wird. Ich weiß nicht, wie er die ersten Tage nach seiner Rückkehr verbracht hat. Ich stelle mir vor, dass er nicht nur auf die Kosakenberger wie ein Geist aus der Vergangenheit gewirkt haben muss, wahrscheinlich hat er sich selbst so gefühlt.

Vielleicht hat er sich auf Wendlers Treppe gesetzt und gar nichts gemacht. Nur geguckt. Vielleicht ist er die Straße abgelaufen zum Gasthof mit dem Schild *Zu Kön von reußen*. Er wird sich erinnert haben, wie viel Zeit er in dem Gasthof verbracht hat. Als junger Mann ging er fast jeden Abend in die Kneipe. Hier lernte er seine erste Frau kennen. Schon wenn der Wirt ihn von Weitem sah, machte er ein Gläschen Koks zurecht, ein Mischgetränk, das in den zwanziger Jahren populär war, er füllte ein Schnapsglas randvoll mit Korn, dazu gab er eine Kaffeebohne und ein Stück Zucker. Niemand vertrug so viel Koks wie Friedrich. Koks-Friedrich nannten sie ihn deshalb.

Am Anfang meidet Friedrich Stein die Kneipe, er hat Angst vor den Fragen. Wie hast du es aus der Hölle von Kursk geschafft? Wieviele Männer hast du getötet?

Er hat das Gefühl, alle würden ihn anstarren, als müsste er etwas zu erzählen haben. Heldentaten. Große Schlachten. Doch er hat das Gefühl, nichts zu erzählen zu haben. Er erinnert sich an endlose Märsche und Transporte durch Sümpfe und Wälder und weitere Sümpfe. Er erinnert sich an eine große innere Leere, die keinen Gedanken zuließ. Das Beste am Krieg war, so scheint es ihm im Rückblick, dass er seinen Führerschein machen konnte. Er spürt in den Blicken der Dorfbewohner nicht nur Neugier, sondern auch Misstrauen, als würden sie ihn verdächtigen, er verberge etwas. Was hast du im Krieg verbrochen, dass dich die Russen so lange festgehalten haben?

Er kann nicht darüber reden, was sie mit ihm in dem Lager Nummer 619 gemacht haben, er darf nicht über das Elend sprechen, denn der Feind, den er auszog zu bekämpfen, ist zum Freund geworden, und wer den Freund kritisiert, macht sich verdächtig.

Der Ort ist voller neuer Gesichter, fremder Gesichter, die einen Dialekt sprechen, der ihm fremd ist. Sie gehen durch die Straßen, als gehöre ihnen der Ort, manche von ihnen bewirtschaften sogar kleinere Höfe.

Ich stelle mir vor, dass Anna und Friedrich sich nun häufiger sehen, wahrscheinlich sitzen sie sogar beim Abendbrot nebeneinander ohne zu ahnen, dass sie einmal aneinander gebunden sein werden. Alten Bildern nach zu urteilen, war meine Großmutter ein auffällig hübsches Mädchen, mit einem fein geschnittenen, sanften Gesicht und großen blauen Augen. Friedrich Stein fällt auf, wie weltabgewandt sie wirkt, wie ernst. Sie wirkt stets seltsam traurig, sie lacht nie. Er hält ihr Schweigen für ein Zeichen von Überlegenheit, ihren scheuen Blick für Hochmut. Sie redet wenig, und wenn sie etwas sagt, dann geht es meist um ihr Dorf im Osten.

Um ihr Haus, das ihr Vater, der Bahnhofsvorsteher, mit seinen eigenen Händen gebaut hatte, um den gepflegten Garten und die fischreichen Bäche, die es umgaben. Sie spricht in einem gehobenen, gekünstelten Ton, als würde sie sich für etwas Besseres als eine Magd halten. In ihren

Erzählungen schmückt sie das Haus aus, die Fenster werden größer, die Decken höher und die Möbel erlesener. Sie hat die Angewohnheit, Geschichten auszuschmücken, nicht, um zu triumphieren, sondern weil es ihr solche Freude macht, sich an ihr Zuhause zu erinnern.

Klingt so, als ob sie im Osten eine Schlossherrin gewesen war, sagt Friedrich Stein im Stillen zu sich selbst. Er weiß, dass beides nichts miteinander zu tun hat, aber er kann den Gedanken nicht unterdrücken: Warum lebt sie und Alma ist tot?

Nach kurzer Zeit hat der Kriegsheimkehrer eine Freundin. Sie heißt Fräulein Kurt, aber alle nennen sie »Knittersocke«, weil sie so dünne Beine hat, dass ihre Strümpfe verrutschen. Knittersocke stammt aus Ostpreußen und spricht in einem seltsamen Dialekt. Sie sagt Fieße statt Füße und scheen statt schön. Sie hat keinen Sinn dafür, wie man sich kleidet, was sie trägt, ist entweder zu weit oder zu eng, ihre langen Haare bindet sie zu einem dünnen Zopf zusammen, der ihrem Gesicht etwas Strenges, Hartes gibt, das in einem merkwürdigen Widerspruch zu ihrem melodischen Singsang steht.

Sie ist ein Flüchtlingsmädchen wie meine Großmutter, sie ist gemeinsam mit ihrem alten Vater nach Kosakenberg gekommen und hat in der wiedereröffneten Wirtschaft eine Stelle als Kellnerin gefunden. Sie lernt schnell die Namen und die Lieblingsgetränke ihrer Gäste. Sie mag den Humor der Männer in Kosakenberg, hart und direkt wie sie selbst.

Manchmal, wenn sie in die Kneipe kommt, um sie aufzuschließen und sieht gegenüber Erich Wendler auf der Treppe des Kirchhofes sitzen, auf dem sich abends junge Pärchen treffen, ruft sie ihm zu: »Na, Erich, siehst du den Leuten wieder beim Ficken zu?«

Niemand weiß genau, wie alt sie ist, aus ihrem Gesicht kann man es nicht lesen, sie könnte 25 oder 45 Jahre alt sein.

Nach einer Weile nimmt Friedrich seine alte Gewohnheit wieder auf, die Abende in der Kneipe zu verbringen. Er hat zwar kaum Geld, aber die Wirtin, Frau Rünzel, lässt ihn anschreiben. Am Anfang gehen ihm die Männer aus dem Weg, aber nach einer Weile fassen sie wieder Vertrauen. Zu Koks-Friedrich. In der Kneipe erfährt Friedrich, wer vom Schlachtfeld zurückgekehrt ist und wer nicht. Er trifft einen alten Nachbarn, der in England in Gefangenschaft war. Sie diskutieren darüber, wo man es besser aushielt. Der Mann, der in der Nähe von Birmingham war, erzählt, dass die Gefangenen in England für ihre Arbeit jeden Monat einen Lohn bekommen haben und sich Tabak und Whisky leisten konnten. Als er nach einem Jahr entlassen wurde, brachte er Geschenke für die ganze Familie mit. Friedrich erzählt, dass er nach vier Jahren eine Decke und eine Wattejacke bekam.

Er spielt den ganzen Abend lang Karten, und wenn Fräulein Kurt jemand braucht, der ihr hilft, ein neues Fass Bier aus dem Keller zu holen, ist er sofort zur Stelle. Er bleibt, bis sonst niemand mehr im Gasthaus sitzt. Er bleibt, bis sie die Tür hinter sich schließt. Eines Tages nimmt er sie mit zu sich nach Hause.

Sie werden ein Paar, schnell ist von Heirat die Rede. Sie kennen sich kaum einen Monat, als Fräulein Kurt mit ihrem Vater in Friedrichs Haus einzieht.

Friedrich Stein hat recht, wenn er meine Großmutter Anna für hübsch, still und schüchtern hält, aber in einem irrt er sich: weltabgewandt ist sie nicht, zumindest nicht im Herbst 1949. Sie interessiert sich für das, wofür sich andere Mädchen in ihrem Alter interessieren, Kleider, Schminke und Tanzvergnügen.

Jeden Sonnabend findet im *König von Preußen* ein Tanzvergnügen statt, zu dem über dreihundert Gäste aus den umliegenden Dörfern kommen. Eine Kapelle spielt und es gibt ausreichend Essen und Getränke, Bier, Bockwurst und Kartoffelsalat.

Die Bauerntöchter machen sich für das wichtigste Ereignis in Kosakenberg fein, sie tragen feine Roben nach der neuesten Mode. Es gibt zwar keine Stoffe in den Läden, aber die Frauen sind erfindungsreich, sie lösen die Nähte aus alten Kleidern, selbst Gardinen lassen sich umschneidern. Aus dem Westen lassen sie sich Kataloge schicken und schneidern die Schnitte nach. Sie malen sich die prallen Lippen und die schmalen Wangen rot an, alles an ihnen strahlt Lebensfreude aus.

Anna hat sich auch hübsch gemacht, sie hat ihr Kopftuch abgesetzt und sich die Haare gekämmt, bis sie glänzen. Sie trägt ein neues Kleid, das ihr Amalie aus Stoffresten genäht hat, trotzdem fühlt sie sich arm und hässlich, wenn sie die Bauerntöchter in ihren auffallenden Roben sieht. Der Anblick ihrer roten Lippen erinnert sie an die Gnädige. Sie hatte auch solche roten Lippen wie die Bauerntöchter. Anna fragt sich, ob Lippenstift nach etwas schmeckt, ob er klebrig ist. Sie hat noch nie Lippenstift benutzt. Für meine Großmutter müssen die Abende überwältigend gewesen sein, sie war jung und unerfahren, glaubte wirklich, dass man vom Küssen schwanger werden kann.

Die Tanzfläche im Saal wird nie leer, die Menschen tanzen zu jeder Musik, Polka, Tango, Walzer. Sie tanzen, selbst wenn sie die Schritte nicht kennen. Sie tanzen, als ginge es um ihr Leben, als würde etwas Schreckliches passieren, wenn sie aufhörten. Als würden sie von einem unsichtbaren Aufseher angetrieben. Die Menschen haben Söhne und Väter verloren, ihre Heimat, doch sie wollen nicht trauern, sondern tanzen. Sie tanzen gegen den Schmerz, gegen die Erinnerung.

Anna sieht den sich drehenden Paaren zu, die Luft ist heiß, ihr Mund ist trocken, sie steht etwas abseits und trinkt ein Gemisch aus roter Limonade und Bier aus einer großen runden Schale. Die Kapelle spielt Tango und Polka, doch am liebsten mögen die Dorfmenschen Walzer, dann stürmen alle auf die Tanzfläche.

Unter den Tänzern entdeckt Anna auch Fredi, ihren Bruder. Er ist fast noch ein Kind, fünfzehn, sechzehn Jahre alt, aber er bewegt sich so sicher auf dem Tanzboden, als hätte er nie etwas anderes gemacht. Als sie in die Kammer neben dem Gastraum eingezogen sind, konnte er oft nicht schlafen, wegen der lauten Musik, dauernd wurde die Tür aufgerissen und Betrunkene stolperten in die Kammer, die sie für die Toilette hielten. Eines Tages nahm ihn eines der älteren Mädchen aus dem Dorf an die Hand und zeigte ihm die Schritte. Seitdem hält er sich für einen ganz großen Tänzer.

Anna kennt sich inzwischen recht gut aus im Dorf, sie kennt die Geheimnisse der Bauern, die oft Generationen zurückliegen. In ihrem Heimatdorf im Osten war sie die Tochter des Bahnhofsvorstehers, der die Schlossherrin bei den Hausaufgaben half, hier ist sie eine Außenseiterin. Die Rolle hat ihre Vorteile. Sie weiß, wer wen zuerst geküsst hat, welcher Kleinbauer ein Doppelleben mit zwei Frauen führt, wessen Magd ihr neugeborenes Kind im Heuschober verbrannte, welcher Großbauer seine Tochter schwängerte und welche Frau sich mit den sowjetischen Soldaten einließ. Nach dem Krieg gab es viel mehr Frauen als Männer, auch in den Dörfern, und jeder Soldat, jeder Bauer, jeder Knecht konnte sich eine Geliebte aussuchen.

Anna entdeckt unter den Tanzenden auch die junge Eva Krüger, die Tochter der Frau auf dem Bild im Wohnzimmer der Wendlers. Eigentlich gehörte Eva einmal zu jenen, die Anna die »höheren Leute« nannte. Ihr Großvater war nach Junker-Schulze der zweitreichste Bauer im Dorf. Als Eva geboren wurde, wurde sie mit einem seidenen, perlenbesetzten Jäckchen eingekleidet. Ein Fotograf kam aus der Stadt, um das Baby wie ein Prinzesschen zu fotografieren. Nach dem Krieg wendete sich Krügers Glück, ihr Vater wurde vor ein Gericht gestellt, es gab einen Schauprozess, zu dem das halbe Dorf rannte. Großbauern galten als verdächtig, sie wurden enteignet, eliminiert. Krüger verlor sein Land.

Eva Krüger hat das kecke Lächeln ihrer Mutter geerbt und einen, wie Anna findet, lockeren Umgang mit Männern. Sie ist nur wenig älter, hat aber, anders als Anna, schon viele Geliebte gehabt. Mannstoll sei sie, heißt es im Dorf. Zuletzt hat man sie eng umschlungen mit Erwin gesehen, einem jungen Mann aus Schlesien, der eigentlich mit ihrer besten Freundin Hilde verlobt ist. Nun tanzt sie mit diesem Russen. Manche im Dorf halten Evas Verhalten für modern, für die meisten ist es eine Schande. Anna gehört zu denen, die eher zur zweiten Meinung tendieren.

Nur ihr Bruder Fredi verteidigt Eva. Er nimmt sie in Schutz, wenn schlecht über sie geredet wird. Sie sei ein feiner Mensch, sagt er immer. Eines der Mädchen, die ihm Tanzen beigebracht hatten, war Eva.

Sie tanzt nun im Saal des Gasthofes mit einem sowjetischen Soldaten. Er ist sehr jung, hat hellbraunes Haar, freundliche Augen und leichten Flaum auf den Wangen. Er bewegt sich leicht mit der Musik. Anna fühlt sich eingeschüchtert. Sie schaut beklommen zu und schämt sich fast, als sie sieht, wie Eva sich an die Wange des jungen Soldaten schmiegt. Eva lacht ihn an, offen und voller Versprechungen, als der Tanz zu Ende ist, flüstert der Soldat ihr etwas ins Ohr und berührt sie leicht an der Brust. Annas Gesicht brennt, als sie die Berührung sieht, so was gehört sich nicht, sie ist entsetzt, doch Eva lacht.

Du bist ja ganz rot, reißt Amalie Anna aus ihren Gedanken und bietet ihr ein großes bauchiges Glas an, das mit einer sprudelnden hellroten Flüssigkeit gefüllt ist, halb Bier, halb rote Brause.

Anna nimmt das Glas und trinkt einen Schluck. Amalie führt sie hinüber zu einer Bank, die in einer ruhigeren Ecke des Saals steht. Anna hat das Gefühl, dass Amalie gekommen ist, um sie zu kontrollieren, doch es stört sie nicht, sie ist der Bäuerin sogar ein kleines bisschen dankbar, dass sie sie beschützen will. Anna kann Eva und den Jungen im Gedränge nicht mehr entdecken.

Von der Bank aus können Anna und Amalie die lärmenden Männer am Tresen hören. Anna beobachtet den Kriegsheimkehrer Friedrich Stein vom Wendler-Hof, der sich an den Tresen lehnt und schon bedenklich schwankt. Ihr fällt auf, dass er glasige Augen hat wie ein Fisch. Wahrscheinlich liegt es am Schnaps, sagt sie sich.

»Du weißt, dass sie ihn früher Koks-Friedrich nannten, weil er so viel trinkt«, schreit ihr Amalie ins Ohr.

Der Schnaps macht Friedrich fröhlich und redselig. Anna und Amalie hören seine Stimme, sie sehen, dass er schnell, selbstbewusst und ohne Stocken spricht und dass sich um ihn herum ein Kreis bildet. Nur verstehen können sie ihn wegen der lauten Musik nicht.

Wenn Anna und Amalie etwas näher an der Bar gestanden wären, hätten sie hören können, wie er von seinem geheimnisvollen Vater erzählt. Mein Großvater hat immer gern Geschichten über sich erzählt und damit das Dorf unterhalten.

An diesem Abend erzählt Friedrich wieder einmal davon, dass sein Vater ein adliger Herr sei, der im Nachbardorf das Schloss bewohne, jener Adelsmann sei vor Jahren mit einer Kutsche durch Kosakenberg gekommen und habe sich auf der Stelle in seine Mutter Auguste verliebt. Das Verhältnis musste geheim bleiben, um den Ruf des Ritters zu schützen. Das bedeutete, auch in den Adern des Sohnes fließe blaues Blut, und eines Tages, da wurde Friedrich lauter, würde der adlige Herr seine Zurückhaltung aufgeben, sich an seinen geheimen Sohn erinnern, dann würde er, Friedrich, in einem Schloss leben, mit Zimmermädchen und einem großen Garten. Er würde Handschuhe tragen, Sekt trinken und dreimal am Tag warm essen. Manchmal würde er ins Dorf zurückkommen, in einer Kutsche, aber er würde nicht mehr selbst fahren, er hätte dann seinen persönlichen Kutscher.

»Verbeugt euch vor dem hohen Herrn«, ruft der Gastwirt, und alle lachen. Vielleicht hört Friedrich die Ironie heraus, vielleicht auch nicht. Seine Zuhörer johlen und deuten eine Verbeugung an. Er kann die Geschichte oft erzählen, manchmal schmückt er sie aus, verändert Details. Er hört erst auf, wenn er nur noch lallen kann.

Als die Kapelle den Walzer anstimmt, tauchte Erich vor seiner Frau auf, verbeugte sich galant und führte sie auf die Tanzfläche, als sei sie eine feine Dame. Anna sitzt immer noch auf der Bank, sie hat das bauchige Glas inzwischen ausgetrunken und sieht Amalie und Erich beim Tanzen zu.

Friedrich Stein ruft etwas zu Anna hinüber, was sie nicht verstehen kann. Dann steht er so abrupt vom Stuhl auf, dass er kippt. Einer der Männer hilft ihm, den Stuhl aufzuheben. Die Wirtin, Frau Rünzel, guckt genervt.

»Wollen Sie tanzen?« Anna hört eine Stimme, vor ihr steht ein junger Mann in einer schlichten Jacke, an der Anna sofort erkennt, dass sie aus einer alten Pferdedecke hergestellt ist. Er trägt diese einfache Kleidung, wirkt aber sehr selbstsicher. Er hat einen großen Leberfleck unter dem Auge. Es ist einer der Bauernjungen, der jüngere Bruder von Herbert Kahlbaum, der auf die Flüchtlingsfrauen geschossen hat. Sie muss auf den Leberfleck starren. Annas Herz klopft, es ist das erste Mal, dass sie jemand fragt, ob sie tanzen will. Den ganzen Abend über hat sie sich gewünscht, dass sie jemand auffordert. Und jetzt steht dieser Junge vor ihr, mit so einem offenen, schüchternen Gesicht. Er sieht nicht aus, als ob er das schon oft gemacht hat, ein Mädchen zum Tanz auffordern. Sie weiß nicht, was sie sagen soll, und sagt sicherheitshalber gar nichts. Als könnte man ihrer Stimme anmerken, wie schnell ihr Herz klopft.

»Sie sehen sehr hübsch aus heute Abend, Fräulein Anna«, sagt er.

Anna wird rot und heftet ihren Blick auf den Boden.

Es ist ihr unangenehm, wie er ihr schmeichelt, sie versteht nicht, warum er sie besonders hervorhebt, obwohl er sich doch auch für eines der drallen, angemalten Bauernmädel entscheiden könnte. Anna kann kaum mehr atmen.

Der Junge lächelt und beugt sich galant vor: »Wollen Sie tanzen?«

»Ich kann nicht tanzen«, flüstert sie.

Er beugt sich vor, näher, als ihr lieb ist, aber sie dreht sich trotzdem nicht weg.

»Wenn sie es nicht weitererzählen, dann verrate ich ihnen, dass ich es auch nicht kann«, sagt er.

Anna spürt seinen Atem an ihrem Hals. Er riecht gut, nach Nelken und Zimt.

Anna lächelt. Sie erlaubt ihm, ihre Hand zu nehmen, sie fühlt sich warm an und erstaunlich kräftig, die Geste kommt ihr sehr intim vor und gleichzeitig ganz normal, als würde sie an diese Hand gehören. Sie erwidert den Druck und hält die Hand ganz fest.

Doch noch bevor sie die Tanzfläche betreten, drängt sich eine dicke Bäuerin in einem knallgelben Kleid zwischen sie.

»Du hattest mir den Tanz versprochen«, sagt sie zu dem Jungen mit dem Leberfleck und zieht ihn weg.

»Mach dich ja nicht an den ran«, zischt sie im Gehen Anna ins Ohr.

Der Bauernsohn dreht sich hilflos um und lächelt schief. Während sie tanzen, flüstert die dicke Bäuerin etwas in sein Ohr, sein Gesicht sieht plötzlich zerknittert aus. Er wird Anna den ganzen Abend nicht mehr anschauen. Sie macht sich Vorwürfe, dass sie so dumm war zu glauben, dass ein Bauernsohn mit ihr tanzen würde, wo doch die älteren Bäuerinnen streng darauf achten, dass ihre Söhne nicht mit den Flüchtlingsmädchen verkehren. Verkehren, so sagen sie das.

Nach dem Vorfall hat Anna das Gefühl, dass alle anderen Gäste sie anstarren. Sie erträgt es nicht lange. Es ist schon nach elf, sie geht nach Hause.

Sie merkt nicht, dass Friedrich Stein, der Betrunkene vom Tresen, ihr folgt.

7

Ich stehe im Wohnzimmer meiner Mutter und schaue aus dem Fenster. Gegenüber sehe ich einen frisch gestrichenen Zaun, einen gepflegten Vorgarten, an der Haustür hängt ein Blumenkranz. Das Haus ist eines von vielen Backsteinhäusern in der Gegend.

Gegenüber wohnte Kati. Wir waren Freundinnen, als wir Kinder waren. Ich weiß nicht, warum Kati mit mir befreundet war. Ihre Eltern waren Funktionäre und hatten Geld. Ich ließ sie morgens die Hausaufgaben abschreiben, dafür durfte ich Mitglied ihrer Bande sein. Wir waren ziemlich harmlos, manchmal stahlen wir Zigaretten aus dem Konsum, aber meistens beschränkte sich das Bandensein darauf, an der Bushaltestelle herumzustehen und zu quatschen. Meine Mutter wollte nicht, dass wir befreundet waren, aber ich sagte ihr, dass ich nicht viel Auswahl hätte. Wenn ich sie morgens abholte, begrüßten wir uns mit einem speziellen Handschlag, wir fassten uns nur mit zwei Fingern an.

Ronny, der auch jeden Morgen an der Bushaltestelle stand, war kein Mitglied. Er wohnte in einem Haus, dessen Fenster mit Pappe vernagelt waren, sein Vater war Alkoholiker, Alki, wie wir sagten, seine Mutter, Karin, war in den Westen abgehauen. Einmal hat Ronny mir einen Zopfhalter geklaut, er riss ihn mir aus dem Zopf und rannte davon. Es war vielleicht nur ein Scherz, er hätte ihn mir bestimmt wieder zurückgegeben, was sollte ein Junge mit einem blauen Zopfhalter mit Krone drauf? Es war Kati, die ihm hinterherrannte und ihm, kaum hatte sie ihn eingeholt, so fest ins Gesicht schlug, dass er hinfiel. Mit voller Wucht trat sie auf seine Faust, er schrie auf und ließ den Zopfhalter los.

Ich fand Kati toll.

Mit elf bekam sie einen Busen, mit zwölf hatte sie einen festen Freund und keine Zeit mehr für die Bande. Dann trennten sich unsere Wege, aber meine Mutter hielt mich immer auf dem aktuellen Stand. Ich wusste, dass sie zwei Kinder mit einem Polizisten hatte.

»Kati ist in F.«, rief meine Mutter aus der Küche. F. war die ehemalige Bezirksstadt, aber meine Mutter benutzte es als Synonym für das Krankenhaus. Sie hatte Tabletten genommen, der Sohn hatte sie gefunden.

Ich weiß nicht mehr genau, wie lange es her ist, seit meine Mutter mich anrief und flüsterte, dass sie etwas über meinen Großvater herausgefunden habe. Wochen sind vergangen, vielleicht sogar Monate. Ich weiß es nicht. Die Tage scheinen mir im Rückblick alle gleich.

Wenn ich morgens aufwachte, dachte ich an meinen Großvater, wenn ich abends ins Bett ging, dachte ich auch an ihn. Ich versuchte mir seine Gesichtszüge vorzustellen, seine Stimme, seinen Blick, aber es gelang mir nicht.

Einmal erschien er mir in einem Konzert der Wooden shijps, einer kalifornischen Band, die in einem alten Berliner Heizkraftwerk psychedelischen Rock spielten. Der Sound war schlecht, man hörte den Sänger nicht, stattdessen immer nur den gleichen Bass, und an die Wand war eine Farbtapete im Stil der Sechziger projiziert. Darauf flimmerten rote und gelbe Kreise, die ineinander verliefen, um mich herum tanzten langhaarige zwanzigjährige Engländer, Amerikaner und Franzosen mit geschlossenen Augen. Wenn ich die Augen schloss, floss Blut über die Leinwand, endlose Ströme von hellrotem Blut, die die Leinwand aufweichten und sich über die Bühne ausbreiteten, bis die Band in einem hellroten See stand.

Ich habe etwas über deinen Großvater herausgefunden. Der Satz lief in Endlosschleifen in meinem Kopf.

Ich sah meinen Großvater vor mir, wie er das Messer schwang.

Wie hast du das Messer gehalten, Opa? Was war das für ein Messer, ein Taschenmesser, ein Küchenmesser? Trugst du das immer bei dir, oder war das Zufall an dem Tag?

Hattest du keine Angst, entdeckt zu werden? Warum hast du alles aufs Spiel gesetzt, deinen Ruf, deine Ehre, deine Verlobte?

Ich weiß nicht, warum ich denke, dass er ein Messer in der Hand gehalten hat. Vielleicht verfolgt mich Tizians Bild, vielleicht hält mein Großvater nur ein Messer in der Hand, weil Tarquinius ein Messer in der Hand gehalten hat?

Ich wollte wütend auf ihn sein, aber ich konnte nicht.

Ich war leer und hilflos und um mich herum tanzten die Zwanzigjährigen.

Meine Mutter hatte jede Woche angerufen und gefragt, wann ich nach Hause kommen würde. Nach Hause. Ich dachte an das Haus am Ende der Straße. Wendlers Haus, daneben das Haus meines Großvaters.

Kosakenberg war für mich schon lange nicht mehr zu Hause.

Ich erwähnte Termine, Konferenzen, Reisen. Ich glaubte selbst daran, sehr beschäftigt zu sein, wahrscheinlich war das nur ein Vorwand, um nicht nach Kosakenberg zu fahren.

Ich lebe seit Jahren allein in Berlin. Die Wohnung liegt in einem der zentralen Bezirke, sie ist nicht groß, aber sie genügt für eine Person, ein kleiner quadratischer Flur, davon gehen Bad, Küche und zwei Zimmer ab.

Wenn ich abends nach Hause komme, schaue ich hinter Türen und unter das Bett. Ich schließe hinter mir die Wohnungstür ab und stelle einen Stuhl davor. Ich habe diese Routine verinnerlicht. Lange habe ich gedacht, meine Angst käme daher, dass ich der Großstadt nicht gewachsen sei, weil ich in einem kleinen Dorf behütet groß geworden bin.

Erst jetzt verstehe ich, dass es ein Erbstück unserer Familie ist, diese Angst, die von einer Tochter zur nächsten vererbt wird.

Ich sitze im Wohnzimmer und höre der Standuhr zu, es ist dieselbe, die die Mutter meiner Mutter vor sechzig Jahren gerettet hat. Ich zähle ihre Schläge, eins, zwei, drei, vier, fünf, sechs, sieben, acht, neun – neun Schläge kommen ohne Zögern, dann scheint die Uhr eine Pause zu brauchen, wie ein Wanderer beim Aufstieg.

Es ist dieselbe Uhr, die Erich Wendler vor einem halben Jahrhundert in den Wald geschafft hat, um sie vor den Russen zu verstecken. Erich Wendler ist lange tot, doch das Wohnzimmer sieht noch so aus, als wäre es in den fünfziger Jahren des vergangenen Jahrhunderts eingerichtet worden. Wie ihre Mutter hasst meine Mutter Veränderungen – und wenn es nur darum geht, die Anordnung der Möbel zu verändern.

Sie hat sich ein Museum erhalten, schwere Eichenmöbel, lederbezogene Stühle, goldumrandetes Geschirr, an den Wänden Waldlandschaften im Mondlicht, im Regal Bücher von lange verstorbenen Schriftstellern, die nur noch in Germanistik-Seminaren gelesen werden.

Mit jedem Schlag scheint die Uhr zu wachsen, sie dehnt sich aus, sie schluckt Platz, bis die Stühle und der Tisch neben ihr wie Spielzeugmöbel wirken. Die Uhr wirkt, als sei sie für einen anderen, viel größeren Raum gemacht worden, einen Saal, in dem Bälle stattfinden, in denen preußische Offiziere mit den Gutsbesitzertöchtern tanzen.

Endlich schlägt es zehn.

Als ich aufwuchs, galten Schrankwände aus Birkenfurnier als modern. Alte schwere Eichenmöbel wurden weggeworfen wie Offiziere und Gutsbesitzertöchter und Romane des neunzehnten Jahrhunderts.

Als kleines Kind versteckte ich mich gern in der Standuhr. Man musste nur den vergoldeten Schlüssel an der Seite herumdrehen, um die Tür zu öffnen. Hinter den Gewichten, verborgen hinter einer falschen Wand, gab es einen Hohlraum.

Ich weiß gar nicht, wovor ich mich versteckte oder vor wem. Wahrscheinlich wollte ich einen Ort haben, der nur mir gehörte.

Ich saß in dem dunklen, engen Hohlraum und träumte vor mich hin. Ich wäre gern ein Indianermädchen gewesen, ich stellte mir vor, wie ich durch die Prärie ritt, die in meiner Vorstellung aussah wie die Uckermark, platt und ohne Bäume, ich war eine Squaw, aber keine, die am Lagerfeuer saß und nur kochte. In meiner Vorstellung konnte ich Spuren lesen, Fallen stellen und auf Banditen schießen. Von Pazifismus hielt ich schon als Kind nicht viel.

Wenn die Standuhr sprechen könnte, könnte sie erzählen, was sie in den vergangenen hundert Jahren erlebt hat, in diesem irren zwanzigsten Jahrhundert, in dem sich das, was als Gut und Böse galt, dauernd verschob, bis niemand mehr den Unterschied benennen konnte.

Sie war dabei, als das passierte, was ich im Nachhinein mühsam versuche zu verstehen. Sie war Versteck und Verstecktes, Geheimnis und Geheimnisträger, Prachtstück und Makel, Schmuck und Schmach, alles innerhalb von einhundert Jahren. Das Leben läuft für sie im Kreis, es gibt kein Voran, keine Entwicklung, alles kommt wieder.

Zwölf Augen hat das Zifferblatt, sie schauen mich an,

spöttisch, als würden sie über mich lachen, wie ich mühsam versuche, Bedeutung aus der Vergangenheit zu extrahieren.

Wie heißt es so schön? Die Zeit heilt alle Wunden.

Natürlich Blödsinn.

Die Zeit heilt nichts.

Ich denke an das Ölgemälde, das ich nach dem Anruf meiner Mutter im Internet fand. »Tarquinius und Lucretia« von Tizian, ein wunderschönes, ein grausames Bild. Man sieht darauf einen Mann, Sextus Tarquinius, wie er die Frau, Lucretia, niederdrückt, mit seinem rechten fleischigen Bein schiebt er ihre Schenkel auseinander.

Alles an Tarquinius ist rot, seine Strümpfe, seine Hosen, sein Bart, selbst seine Haut schimmert rot. Rot, die Farbe des Lasters, der Kraft, des Blutes. Dafür, dass Lucretia mit einem Dolch bedroht wird und Angst um ihr Leben haben muss, sieht sie fantastisch aus. Sie hat weißes perfektes Fleisch, trägt eine Perlenkette, und kein Haar liegt falsch. Das ist vielleicht das Verstörende an diesem Bild: diese überwältigende Schönheit. Sie ist die Heldin des Bildes, stark, stolz, verführerisch. Sie ist moralisch überlegen, die Stärkere. Hinter einem grünen Vorhang steht ein Junge. Ist er ein Voyeur, ein Komplize? Kann oder will er nicht helfen? Ich fühle mich wie dieser Junge, wie eine Voyeurin. Ich wünsche mir, dass meine Lucretia so stark war.

Wussten alle in Kosakenberg davon, nur die Familie nicht? Warum hat den Töchtern niemand etwas gesagt, wenigstens nach dem Tod des Großvaters?

Hatte es mit dem Land zu tun, in dem wir lebten, dessen Existenz davon abhing, dass die Regierung ihr Volk belog und die Mehrheit zu diesen Lügen schwieg?

Wir waren daran gewöhnt, belogen zu werden. Es wurde dauernd von Freiheit gesprochen, obwohl wir eingesperrt waren. Es wurde dauernd von Frieden gesprochen, doch überall fuhren Panzer herum.

Konnte oder wollte niemand helfen?

Wie viele standen damals hinter dem grünen Vorhang, wer?

Die Uhr starrt mich aus ihrer Ecke an, mit ihren zwölf Augen, sie scheint belustigt darüber, wie ich vergeblich versuche, die ostdeutsche Nachkriegszeit zu verstehen, als könnte das fünfhundert Jahre alte Bild eines Venezianers ein Schlüssel dazu sein. Es ist natürlich vor allem ein Ausweichmanöver, das ich mir selbst vorspiele, mit dem ich mich belüge. Ich tue so, als ob mir eine römische Prinzessin etwas über die Vergangenheit sagen könnte, weil es geistreicher, klüger, gehobener wirkt, sich mit einem alten Ölgemälde zu befassen als mit der Mutter meiner Mutter. Ich weiche der echten Brutalität aus.

Es ist halb elf, meine Mutter hantiert immer noch in der Küche herum. Wir müssen reden, hatte sie am Telefon gesagt. Ich schaue mich im Wohnzimmer um. Über die Jahre wurden die Gardinen gewechselt, die Heizung eingebaut, der Fernseher ein-, zweimal erneuert, sonst ist alles wie vor sechzig Jahren. Wie eingefroren. Was ist vor sechzig Jahren genau passiert?

Die Uhr tickt weiter, aber die Zeit im Raum ist stehen geblieben.

Auf der Anrichte entdecke ich eingerahmte Familienfotos, die Wendlers im Garten, Bilder meiner Schwester, ihrer Freundin, darunter ein Foto, auf dem ich zu sehen bin mit meinem Großvater. Ich bin vielleicht drei oder vier Jahre alt, trage ein feines schwarzes Kleid mit Spitze, schwarze Wollstrümpfe und Lackschuhe, ich sitze auf einem roten Schaukelpferd. Ich schaue in die Kamera, als würde ich den Fotografen kennen. Wahrscheinlich hat mein Vater das Bild gemacht. Es ist schwarz-weiß, aber ich erinnere mich, dass das Schaukelpferd rot war. Mein Opa hockt hinter mir, er hält das rote Schaukelpferd mit einer Hand fest, als würde er es anschubsen, und lächelt mich an.

Enkelin mit Opa und Schaukelpferd. Mir wird schlecht, ich kann diese Idylle nicht mehr ertragen. Ich drehe das Foto um, weil ich es nicht mehr sehen will. Dann fange ich an zu weinen. Meine Mutter kommt in das Zimmer, sie schaut mich verständnislos an, als wäre ich ein anstrengendes Kleinkind.

Ich sage ihr, dass ich beschlossen habe, nie wieder auf den Friedhof zu gehen.

Friedrich Stein

1909–1989

Verdammt.

Ich bin früher bei meinen Besuchen auf den Friedhof gegangen und habe einen Strauß für meinen Großvater abgelegt. Wenn ich keinen Strauß hatte, dann ging ich trotzdem und redete mit ihm.

Nie wieder würde ich auf den Friedhof gehen.

Als könnte ihm das noch wehtun. Er sitzt in seiner Hölle und schmort vor sich hin.

Meine Mutter kann meine unbändige Wut auf meinen Großvater nicht verstehen. Seitdem sie weiß, was er getan hat, verteidigt sie ihn noch energischer. Stockholm Syndrom.

Andere Männer, sagt meine Mutter, hätten damals auch Schlimmes getan. Damals, als wäre die Zeit nach dem Krieg eine Zeit außerhalb der Zeitrechnung gewesen. War es nicht die Zeit, die uns gern im Rückblick als leuchtendes Vorbild vorgehalten wird, wenn es um Moral und Familienwerte geht?

Die Ruhe meiner Mutter ist bewundernswert. Ihre Stimme klingt wie geölt, wie die einer Nachrichtensprecherin. Keine Wut, keine Trauer, nichts.

Vom Krieg, schreibt der Dichter Thomas Brasch, bleibt im Krieger die Brutalität.

Der sicherste Weg eines Verbrechers ist, sich nicht zu erinnern, schreibt die Philosophin Hannah Arendt.

Die Sünden der Väter reichen bis ins dritte oder vierte Glied, sagt meine Großmutter.

Sie hat das nicht erfunden, es ist ein Zitat aus dem Alten Testament. Ich habe lange nicht verstanden, was sie damit meinte.

Auch meine Mutter verstand den Satz falsch. Sie glaubte, dass ihre Mutter den Holocaust meinte und die Schuld, die die Deutschen auf sich geladen hatten. Meine Mutter entwickelte das, was man eine Holocaust-Obsession nennen könnte. Sie sammelte Zeitungsausschnitte über jüdische Leidensgeschichten. Sie sah sich im Fernsehen am liebsten Dokumentarfilme über den Holocaust an. Ihr Lieblingsfilm ist Claude Lanzmanns Shoah. Einmal sagte sie, wenn sie einen Wunsch frei hätte, wohin sie auf der Welt reisen könnte, sie würde gern mal nach Auschwitz.

Andere Mütter träumen von Windsor Castle oder dem Taj Mahal, meine Mutter will nach Auschwitz.

Sie fühlte sich belastet, mitschuldig an der Vergangenheit. Sie verteidigte das untergegangene Land, in dem sie aufgewachsen war, viel zu lange, weil sie daran glaubte, dass dieses Land das bessere Deutschland war, weil es zumindest versucht hatte, nach einer Antwort auf den Holocaust zu suchen. Sie verachtete den Westen, in dem Täter von damals gleich wieder hochrangige Posten in Gerichten, Behörden, Zeitungsverlagen und Parteien besetzten.

Dahinter steckte auch ein Abwehrmechanismus: Im Vergleich zum Holocaust erscheint die Brutalität in den Beziehungen zwischen Männern und Frauen nach dem Krieg harmlos.

Die Sünde der Väter.

Ich sitze in ihrem Wohnzimmer und ich begreife, dass meine Großmutter mit diesem Satz nicht das große, ferne Grauen meinte, sondern das kleine, heimliche.

Das Telefon klingelt. Keine Ahnung, wer um diese Uhrzeit noch anruft. Bei meiner Mutter klingelt es dauernd, man kann sich keine zehn Minuten mit ihr unterhalten.

Mal soll sie im Kindergarten helfen, weil die Köchin ausgefallen ist, dann bestellt die Feuerwehr mehrere Kuchen zum Jubiläum, als Nächstes meldet der Förster einen Wildschaden.

Monika, könntest du nicht. Monika kann immer. Sie sagt zu, auch wenn sie sich danach ausgenutzt fühlt. Sie ist hilfsbereit und großzügig. Sie kocht und backt für das Dorf, wenn ein Geburtstag oder ein Jubiläum ansteht. In ihrem Gefrierschrank lagern ein halbes Dutzend Portionen Kohlrouladen, Gulasch, Frikassee, die sie auftaut, wenn Gäste zu Besuch kommen. Wenn es Kotelett oder Rind im Sonderangebot gibt, kauft sie große Mengen davon und friert sie ein.

Dreißig Jahre hat sie als Köchin im Kindergarten von Kosakenberg gearbeitet. Sie war überqualifiziert, aber die Arbeit machte ihr Spaß. Es war ihre Mission, den Kindern Freude an gutem Essen zu vermitteln. Sie wollte nicht nur essen, um satt zu werden, wie die meisten Dorfbewohner. Meine Mutter kochte Gerichte, die es sonst nicht gab, Pizza, Ratatouille, Moussaka.

In unserer Familie gibt es wie in den meisten Familien eine feste Erzählung, ein Skript, in dem allen Rollen zugeschrieben werden, an die sie sich zu halten haben.

Mein Großvater ist darin der Held, der barmherzige Patriarch, der um die Familie kämpft.

Er ist der treusorgende Familienvater, der hilfsbereite Nachbar, der vorbildliche Ehemann. Er arbeitete viel, um die Familie zu ernähren. Selbst als er schon in Rente war, half er der Genossenschaft im Sommer noch bei der Ernte.

Meine Großmutter spielte die Rolle der harten, missmutigen Frau. Dem Skript nach führten meine Großeltern wenn schon keine glückliche, dann zumindest eine zufriedenstellende Ehe. Und wer ist schon glücklich.

Wenn etwas daran nicht funktionierte, lag das an ihr. Sie widersprach in allem dem Idealbild der guten Ehefrau: Sie schlief zu viel, sie arbeitete zu wenig, sie war nie eine perfekte Hausfrau, sie erkannte nicht die Bedürfnisse ihres Mannes.

Die Frage, welche Bedürfnisse eine Frau hat, kommt in der Erzählung nicht vor. Es ist eine alte Erzählung, sie stammt aus einer Zeit, in der es noch Prinzessinnen und Könige gab. Sie passte nicht zu dem vermeintlich fortschrittlichen Land, in dem wir lebten. Aber sie wurde wieder und wieder erzählt, bis sie sich ins Gedächtnis eingebrannt hatte.

In Wahrheit hat diese Rollenverteilung noch nie gestimmt und die Erzählung unserer Familie war eine Lüge. Wie das Land, in dem wir lebten, eine Lüge war.

Vielleicht musste die große Lüge erst zusammenbrechen, bevor die kleinen zum Vorschein kamen.

Eine der kleinen Lügen betrifft den Hochzeitstag meiner Großeltern. Es gibt keine Hochzeitsfotos, keine Blumensträuße, keine Feiern zum Jahrestag. Die Töchter kennen lange Zeit nicht einmal das Datum, an dem ihre Eltern geheiratet haben. Sie erfuhren es durch Zufall, als sie längst erwachsen sind. Ich stelle mir vor, es muss Mitte der siebziger Jahre kurz vor Weihnachten gewesen sein. Es klopft, meine Tante Astrid, die jüngste der Schwestern, die noch zu Hause wohnt, macht auf. Sie ist die Stillste der drei, ein schmales, hageres Mädchen mit einem unsicheren Blick.

Frau Schulze steht vor der Tür. Schulze von Berg-Schulzes. Sie hat sich fein gemacht, sie trägt ein seidenes Kopftuch, einen Rock und geputzte Lederschuhe.

Sie hält ein in Geschenkpapier eingewickeltes Päckchen in der Hand und erkundigt sich nach der Feier. Keine Reaktion von Astrid. Die Silberne Hochzeit, sagt Frau Berg-Schulze.

Astrid hat keine Ahnung, von welcher Hochzeit die Frau spricht. Wahrscheinlich hat sie sich in der Tür geirrt. Es ist nichts Ungewöhnliches, dass zu einem runden Geburtstag oder einem Hochzeitsjubiläum alle möglichen Bekannten ohne Vorankündigung vorbeikommen und gratulieren. In Kosakenberg ist eine Silberne Hochzeit nichts Privates, sondern ein öffentliches Ereignis, zu dem man einfach geht, ohne eine Einladung zu benötigen. Man bringt Geschenke, Handtücher, Besteck, Gläser, wie zur Hochzeit, wahrscheinlich, weil man davon ausgeht, dass die Geschenke von der Hochzeit nach fünfundzwanzig Jahren verschlissen sind. Im Gegenzug werden die Gäste mit Bergen von Streuselkuchen und Kartoffelsalat bewirtet.

Astrids Eltern haben sich am Morgen gestritten, wegen einer Kleinigkeit, an die sie sich nicht erinnern kann. Ihre

Eltern verstanden sich nicht, sie gingen sich aus dem Weg, schliefen in getrennten Betten und gingen nie zusammen aus dem Haus. Die Mutter behandelte den Vater schlecht, sie tobte und keifte, was der Vater so lange leidend ertrug, bis er explodierte. Astrid hatte an dem Morgen gehört, wie sie sich angeschrien hatten.

»Dann nimm doch die Axt und schlag mich tot«, hatte der Vater gesagt.

Das war so ein Lieblingssatz von ihm. Mein Großvater respektierte meine Großmutter nicht, aber er hatte Angst vor ihr. Warum, das verstanden seine Töchter nicht. Was hatte sie gegen ihn in der Hand, das er so fürchtete?

Astrid dachte lange, so sieht die Liebe aus, und die Liebe machte ihr Angst.

»Nimm doch die Axt und schlag mich tot«, hatte der Vater gerufen. Daraufhin warf die Mutter dem Vater die Bibel in das Gesicht, das heißt, das sah Astrid erst später, dass es die Bibel gewesen ist. Man könnte im Nachhinein etwas Tieferes hineinlesen, eine göttliche Anklage. Vielleicht hatte sie auch nur zur nächstliegenden Waffe gegriffen.

Es ist kurz vor Weihnachten, und Frau Berg-Schulze will feiern. Es gibt aber nichts zu feiern.

Astrid nimmt der Frau ihr Päckchen ab. Sie wird es auspacken und darin zwei grüne Frotteehandtücher mit Pandabären-Aufdruck finden. Pandabären.

Darin steckt eine Karte mit einer silbern umrankten fünfundzwanzig, mit blauer Sütterlin-Schrift und Federhalter geschrieben:

Den glücklichen Jubilaren Friedrich und Anna Stein, Kosakenberg, 23.12.1976.

Eine andere Lüge ist die, dass keine Unterschiede zwischen den Töchtern gemacht wurden.

Drei Töchter bekommen meine Großeltern. Sie kommen innerhalb kürzester Zeit auf die Welt. Kaum hat der Körper meiner Großmutter sich von einem Kind erholt, ist das nächste schon unterwegs. Nach dem dritten Kind verschwindet die Mutter meiner Mutter für einige Tage. Sie packt einen kleinen Koffer, setzt ihr Kopftuch auf und zieht den guten Mantel an. Sie fährt mit dem Zug in die Großstadt, dreimal muss sie umsteigen, jedes Mal wird der Zug länger und voller. Die vielen Menschen machen meiner Großmutter Angst, sie sehen anders aus als ihre Nachbarn in Kosakenberg. Sie betreten die Bahn mit durchgedrücktem Rücken und erhobenem Kopf, sie betreten die Bahn mit dem Schritt von Menschen, die keine Zweifel an ihrem Ziel plagen. Meine Großmutter steigt in einem der östlichen Bezirke aus, sie geht durch die Straßen, bis sie vor einem neu errichteten Gebäude stehen bleibt. *Krankenhaus im Friedrichshain* steht auf einem Schild. Sie verschwindet hinter der Glastür. Nach einer Woche nimmt sie wieder die drei Züge zurück nach Kosakenberg. Danach wird sie nicht mehr schwanger.

Meine Mutter ist die Älteste, Monika. Ich stelle mir vor, wie es war, im August 1950, als sie geboren wurde.

Die Bauern sind unterwegs, um den Weizen einzufahren. Es wird eine gute Ernte. Seit Wochen herrscht eine ausgelassene, heitere Stimmung, wie man sie aus dem Theater kennt, vor der Premiere.

Die Kirchen werden leerer, die Parteiversammlungen füllen sich. Die Glocke der Kirche von Kosakenberg schlägt nun nicht mehr täglich, sondern nur noch einmal in der Woche, wenn die Gemeinde eine Sondergenehmigung bewilligt. Es finden Prozessionen und Umzüge statt, die so gut besucht sind wie die Umzüge und Prozessionen zehn Jahre zuvor. Mein Großvater fährt vorn mit. Es gibt ein Foto, auf dem er auf der Pferdekutsche sitzt und den Zug anführt. Er lächelt stolz in die Kamera. Mein Großvater ist kein politischer Mensch, aber er wollte beim Aufbau der neuen Gesellschaftsordnung mithelfen.

Die Slogans haben sich verändert. Sie lauteten nun: Für Frieden und Sozialismus. Und: Unser Ziel: Die gesamte landwirtschaftliche Nutzfläche sozialistisch bearbeiten.

Im Laden gibt es täglich Brot, und zweimal die Woche hält ein Lieferwagen, der frisches Fleisch und Gemüse bringt. Die Diebeszüge haben mit der Verbesserung der Versorgung schlagartig aufgehört. In dieser Zeit wird meine Mutter geboren. Sie ist ein Kind des neuen Staates.

Von den drei Schwestern sieht sie ihrer Mutter am ähnlichsten. Sie hat blaue wache Augen, die immer ein wenig traurig aussehen, schwarze Locken und ein weißes Gesicht.

Schneewittchen werden sie die Lehrerinnen in der Schule nennen.

Als Kind verbringt meine Mutter ungern Zeit allein mit ihrer Mutter. Sie hat das Gefühl, sie störe sie bei etwas, ohne genau sagen zu können, wobei. Meine Mutter flüchtet sich zu den Nachbarn, den Wendlers, sie werden so etwas wie ihre Ersatzeltern.

Sie ist ein offenes, neugieriges Mädchen, bemüht um Anerkennung. Sie liebt die Atmosphäre bei Wendlers, es kommt dauernd Besuch, es wird viel geredet, viel gefeiert. Anders als bei ihr zu Hause, wo es immer still bleibt.

Am meisten genießt Monika die Feste, dann werden bei Wendlers die guten Eichenmöbel benutzt, das Silberbesteck und die feinen, mit Leder gepolsterten Stühle. Auf einer weißen Tischdecke türmen sich Schüsseln mit Kartoffelsalat, Würstchen, Kotelett, Schinken, selbstgemachte Butter und selbstgebackenes Brot.

Die Gäste machen sich fein, wenn sie bei Wendlers eingeladen sind, Sozialismus hin oder her, Amalie ist für sie immer noch die Großbauerntochter. Das Essen zieht sich vom Nachmittag über den Abend hin, es wird viel gelacht, immer wieder werden die Teller aufgefüllt, die Gesichter der Menschen färben sich rot, die Männer krempeln ihre Hemdsärmel nach oben, die Frauen machen ihre Gürtel lockerer. Monika liebt es, den Gästen beim Essen zuzusehen, mit welcher Freude sie das letzte Stück Schinken vom Teller kratzen. Nachts, kurz vor Mitternacht, wird noch mal Kaffee gemacht, und Amalie schleppt Cremetorten, Sahne und Flaschen heran, die Kaffee-, Pfefferminz- und Zitronenlikör enthalten. Bier oder Korn gibt es nicht, das fände Amalie vulgär.

Monika hört den Erwachsenen gern zu, sie setzt sich bei Fremden schnell auf den Schoß, ihr Vater erzählt vom Krieg, von Wölfen, die nachts an das Fenster seiner Baracke kamen. Es sind dieselben Geschichten, die er später auch mir, seiner Enkeltochter, erzählen wird. Monika saugt das Gehörte auf, auch wenn sie nicht alles versteht. Manchmal bittet Amalie sie, doch etwas aufzusagen. Sie steigt auf einen Stuhl, sagt ein Gedicht auf, und alle applaudieren. Sie genießt die Aufmerksamkeit. Wenn das Fest zu Ende ist und Amalie und Erich die letzten Gäste vor der Tür verabschieden, geht sie um den Tisch und schleckt aus den kleinen Gläsern die Likörreste aus.

Amalie und Erich, die selbst keine Kinder haben, verwöhnen meine Mutter, sie füttern sie mit Schokolade und Kuchen, sie lesen ihr vor, wenn sie krank ist, sie kaufen ihr neue Kleider. Amalie bringt ihr die alten Rezepte bei, die sie selbst von ihrer Mutter gelernt hat.

Freiwillig geht meine Mutter nicht nach Hause, sie verbringt ganze Tage bei Wendlers und schläft abends am Tisch ein, so dass ihr Vater sie nach Hause tragen muss. Monika wird zu dem Kind, das die Wendlers nie hatten.

Meine Mutter ahnt nicht, warum die Schwestern so ungleich behandelt werden. Die Wendlers kümmern sich um beide Mädchen, aber sie behandeln sie nicht gleich. Die Ältere bekommt mehr Geschenke, mehr Aufmerksamkeit.

Monika beginnt zu glauben, dass sie die Bevorzugung verdient hat, weil sie etwas Besonderes ist, hübscher, klüger und liebenswerter als ihre Schwester.

Meine Tante Marion, die zwei Jahre jünger ist, sieht

meinem Großvater ähnlich, mit einer für ein Mädchen ungewöhnlich kräftigen Statur, dunkelblonden lockigen Haaren und schmalen, fast asiatisch geschnittenen grünen Augen. Sie hat etwas Rebellisches, Wildes, was sich schon bei ihrer Geburt gezeigt hat und sich später im Leben fortsetzen sollte: Sie ist verkehrt herum, mit den Füßen zuerst, auf die Welt gekommen und hat aus lauter Protest die ersten sechs Wochen die Augen nicht geöffnet, als wollte sie ihr Desinteresse an der Welt demonstrativ deutlich machen.

Während Monika viel draußen ist, mit anderen spielt, hat Marion kaum Freunde. Als Kleinkind sitzt sie am liebsten zu Hause und hört Radio. Ihre Lieblingssendung heißt Suchdienst, darin fahndet das Deutsche Rote Kreuz nach Familienangehörigen, die nach dem Krieg vermisst werden. Marion will über die Sendung den Vater ihrer Mutter, ihren Großvater, finden, der im März 1945 von den sowjetischen Soldaten abgeholt worden war.

Sie denkt, wenn sie Wilhelm finden würde, würde ihre Mutter glücklich sein. Und ihre Mutter würde sie dafür lieben. Sie wünscht sich nichts sehnlicher, als von ihrer Mutter geliebt zu werden. Sie will umarmt werden, klammert sich an sie, doch Anna, ihre Mutter, dreht sich weg.

Zur Erzählung unserer Familie gehört auch: Meine Großmutter verhält sich so merkwürdig, weil sie schlimme Erfahrungen auf der Flucht gemacht hat. Doch das ist, wie ich jetzt weiß, nur ein Teil der Wahrheit.

Nachts wird Marion von Albträumen geplagt. Sie träumt von Ratten, die unter ihrem Bett hervorkriechen und sie ins Gesicht beißen. Sie beginnt, sich vor der Dunkelheit zu fürchten.

An manchen Tagen steht meine Großmutter morgens um sechs auf, macht Frühstück und legt den Mädchen die Kleidung für die Schule aufs Bett. Sie achtet genau darauf, dass die Blusen keine Falten werfen. An anderen Tagen bleibt sie einfach im Bett liegen. Was sollen wir anziehen?, fragen die Mädchen. Was sollen wir essen? Sie schauen in den Schrank, aber der Schrank ist leer. Sie ziehen Pullover und eine Bluse aus dem Wäscheberg, der sich in der Kammer hinter der Küche türmt. Die Pullover riechen, und die Bluse hat einen Fleck, aber sie müssen los, der Schulbus wartet nicht.

Wenn sie ihre Töchter um sich hat, weiß meine Großmutter nicht, was sie mit ihnen anfangen soll. Auf keinen Fall will sie, dass sie ihre eigenen Erfahrungen machen. Sie verbietet ihren Töchtern, Fahrrad fahren und Schwimmen zu lernen – zu gefährlich.

Bildung ist ihr wichtig, das hat sie von ihrem Vater Wilhelm gelernt. Sie drängt darauf, dass die Mädchen ihre Hausaufgaben machen, viel lesen, während man sie selbst nie mit einem Buch in der Hand sieht. Und sie kontrolliert, mit wem die Mädchen befreundet sind.

In die Klasse meiner Mutter geht ein Mädchen namens Karin.

Karin fragt meine Mutter eines Tages, ob sie stricken könne. Meine Mutter verneint, da verspricht Karin, es ihr beizubringen, sie wohnt in einem der billigen, nach dem Krieg erbauten Häuser. Von außen sieht es unbewohnt aus, es gibt keine Gardinen, im Garten vor dem Fenster stapeln sich Rohre. Das ist wie bei den Russen hier, sagen die Leute, wenn sie vorbeifahren, weil sie sich vorstellen, dass die Russen so wohnen. Karin lebt bei der Großmutter, die die Mädchen freundlich lächelnd empfängt. Sie hat neue Stickmuster aus Zeitschriften und Wolle aus alten Pullovern, sie wird meiner Mutter zeigen, wie man Pullover für Puppen strickt.

Als meine Mutter zu Karin gehen will, sagt die Mutter meiner Mutter: Da gehst du nicht hin. Dieses Haus betrittst du nicht. Warum, sagt sie nicht.

Viel später trifft meine Mutter Karins Großmutter ein zweites Mal, wieder lächelt sie freundlich, diesmal bestellt sie Grüße. Sie erzählt, dass Karin verreist sei, doch da weiß meine Mutter schon, dass sie in den Westen abhauen wollte und dass sie sie erwischt haben und sie in einem Jugendwerkhof sitzt.

Als meine Mutter mit vierzehn auf die Oberschule wechseln soll, bestellt ihre Mutter aus dem Katalog ein schwarzes elegantes Etuikleid und eine Perlenkette für Monika. Das Paket kommt kurz vor dem Ende der Sommerferien an, ausgerechnet an dem Tag, an dem Marion, die mittlere Tochter, Geburtstag hat.

Monika läuft ins Wohnzimmer und reißt das Paket auf, sie probiert Kleid und Kette sofort an, beides passt wie angegossen. Ihr Haar fällt wellig über die Schultern.

»Die Mädchen aus deiner Klassen werden neidisch sein«, sagt ihre Mutter. Sie wirkt stolz, fast glücklich.

Während sich Monika vor dem Spiegel dreht, entzückt von sich selbst, schaut Marion an sich herab, an dem roten Polyesterpullover und den blauen Hosen, die sie den Sommer lang getragen hat. Zum Geburtstag haben ihre Eltern ihr ein großes Herz aus Schokolade geschenkt. Sie wickelt das goldene Papier aus und lutscht hörbar an der Schokolade.

Ihre Mutter dreht sich um und gibt ihr eine Ohrfeige.

»Man schmatzt nicht beim Essen. Nicht mal deine kleine Schwester schmatzt so laut wie du.«

Sie fügt hinzu, wie zu sich selbst: »Monika hat das verdient. Wir müssen etwas an ihr gutmachen.«

Meine Tante wird sich später an diesen Satz erinnern, der bei ihr hängengeblieben ist und den sie damals nicht verstand. Monika war doch immer diejenige, die alles bekam, der alles leicht fiel, die alle mochten. Im Nachhinein wird er ihr wie eine Warnung, ein Zeichen, ein Menetekel erscheinen. Wir müssen etwas an Monika gutmachen.

Während die Mutter meiner Mutter ihrer Familie oft kalt und abweisend begegnet, zeigt sie anderen gegenüber große Empathie. Jeder Krieg, jede Katastrophe löst bei ihr eine Welle des Schmerzes aus. Je ferner, desto besser. Oma leidet mit allen Völkern, die unterdrückt werden. Es scheint, als könne sie ihr eigenes Leid leichter ertragen, wenn sie es mit dem der anderen ins Verhältnis setzt.

Die Töchter beobachten sie oft, wie sie stundenlang am Küchentisch steht, die Zeitung vor sich ausgebreitet. Sie setzt sich nicht zum Lesen hin, als wäre das schon zu sehr eine Festlegung. Sie bleibt stehen, als müsse sie jederzeit bereit sein, alles liegen zu lassen und wegzurennen. Sie liest die Zeitung komplett, Artikel für Artikel, von oben links nach unten rechts, immer auf der Suche nach Tod und Unheil.

Wenn ihre jüngste Tochter, meine Tante Astrid, morgens fragt: »Mama, machst du mir Frühstück«, dann antwortet sie mit Schlagzeilen und Sätzen wie: »Salvador Allende ist tot« oder »Ein Erdbeben im Iran fordert fünftausend Menschenleben«, »Im Irak wurden Hunderte Kurden getötet«.

Mein Großvater kümmert sich um seine Töchter, fährt mit ihnen in die Stadt, wenn sie neue Schuhe brauchen, er nimmt sie mit auf den Rummelplatz und lässt sie Kettenkarussell fahren. Neben meiner Großmutter hat es mein Großvater leicht, zu glänzen.

Wenn er am frühen Abend vom Feld oder aus dem Pferdestall nach Hause kommt, absolviert er jeden Tag die gleiche Routine. Er wäscht sich in der Küche, dann macht er Abendbrot für sich und die drei Töchter, danach schauen sie gemeinsam für eine Stunde fern, einen Film, eine Musiksendung, die Nachrichten, es ist fast egal, was läuft. Er schält vielleicht dabei einen Apfel oder eine Apfelsine, manchmal verteilt er Konfekt. Sie tun, als wären sie zu viert, als gäbe es die Mutter gar nicht, als würde ihnen nichts fehlen.

Besonders für die beiden jüngeren Schwestern, Marion und Astrid, sind das die schönsten Momente ihrer Kindheit.

Mein Großvater mochte als Vater geglänzt haben, doch als Ehemann war er eine Katastrophe. Er hat das Lager in Westsibirien überlebt, doch fühlt er sich wieder eingesperrt. Während meine Großmutter alles in sich hineinfrisst, sich einigelt, bricht mein Großvater aus.

Friedrich Stein hat immer wieder Affären, das spricht sich schnell herum in einem kleinen Ort wie Kosakenberg. Auch nach seiner Hochzeit geht er jede Woche weiterhin zum Tanz im Gasthaus, manchmal kehrt er erst eine Nacht später zurück.

Wenn die Mädchen am Sonntagmorgen fragen, wo ihr Vater sei, dann sagt ihre Mutter regelmäßig: Vielleicht hat er sich aufgehängt.

Er verliebt sich in eine kleine, rundliche Frau aus der Brigade, Ida Witzke. Keine Schönheit, aber eine Frau, die gern trinkt und viel lacht. Wenn sie lacht, zeigt sie ihre Zahnlücke. Ihr fehlen zwei Schneidezähne. Ida Witzke ist in Kosakenberg geboren und aufgewachsen, sie hatte den derben Humor, den mein Großvater so mochte. Sie kam oft zu Steins zu Besuch, und bereits wenn sie ihr Fahrrad abstellte, holte Friedrich zwei Gläser aus der Schrankwand. Sie setzten sich gemeinsam in die gute Stube und tranken, bis die Flasche leer war. Sie lachten viel. Anna setzte sich nie dazu.

Einmal ziehen sie nach einem Kneipenbesuch zusammen los, beide halten sich an Idas Fahrrad fest, um nicht zu torkeln. Friedrich Stein flüstert ihr etwas ins Ohr.

»Aber du bist doch verheiratet?«, fragt Ida.

»Bist du doch auch«, sagt Friedrich Stein.

Ida lacht. Er greift nach ihrem Hintern, sie gibt ihm eine Ohrfeige, aber lacht immer noch.

Sie gehen die Dorfstraße hinunter, nicht ans Ende der Straße, wo Friedrich wohnt, sondern in die entgegengesetzte Richtung. Ida Witzke fällt hin, das Fahrrad auch. Ihr geblümtes Kleid ist hochgerutscht, im Dunkeln leuchtet ihre weiße Baumwollunterhose auf. Friedrich Stein hilft ihr beim Aufstehen.

Ida Witzke ist vor ein paar Jahren verstorben. Die Mutter meiner Mutter ist damals nicht zur Beerdigung gegangen, obwohl ihre Töchter sie gedrängt hatten.

Es ist inzwischen halb zwölf. Meine Mutter hat den Kopf hinter der Zeitung versteckt, vertieft in einen Bericht über einen Krieg in einem fernen, heißen Land. Einer Katastrophe, fernab von Kosakenberg. Da ist sie wie ihre Mutter. Für sie sei das Thema abgehakt, sagt sie mir. Abgehakt. Warum hat sie mich dann nach Kosakenberg bestellt? Hat sie nicht gesagt, wir müssten reden?

Es gibt eine Frage, die mir seit dem Anruf nicht aus dem Kopf geht.

»Hat Oma das Opa je verziehen?«

»Ja, das hat sie mir gesagt«, sagt meine Mutter und lässt die Zeitung sinken.

»Hast du ihr geglaubt?«

»Ja, natürlich«, sagt sie.

Die Antwort kommt ein wenig zu schnell.

8

Von den drei Töchtern ist meine Mutter ihrer Mutter am ähnlichsten, nicht nur vom Äußeren her. Auch ihre Leben ähneln einander, es scheint, als liefen sie zeitversetzt in der gleichen Spur. Wie meine Oma heiratet meine Mutter einen Mann, den sie kaum kennt. Wie meine Oma bekommt meine Mutter drei Töchter. Wie meine Oma verlässt sie Kosakenberg nur, wenn sie muss.

Sie hat nur ein einziges Mal in ihrem Leben rebelliert. Im September 1968, kurz nach ihrem achtzehnten Geburtstag.

Seit sie auf die Oberschule geht, ist sie komplett zu Wendlers gezogen. Ihren Eltern hat sie den Umzug so erklärt, dass sie im Nachbarhaus mehr Ruhe zum Lernen haben werde. Nach dem Tod von Bertha Wendler ist die Kammer frei geworden, in der schon Anna geschlafen hat. Was sie ihren Eltern nicht sagt, ist, dass sie sich bei Wendlers viel wohler fühlt, freier vor allem.

Sie ist ein romantisches, ein bisschen altmodisches Mädchen, bis spät in die Nacht liest sie Romane, *Anna Karenina* ist ihr Lieblingsbuch. Sie träumt von einem Wronski, von einer großen, umwerfenden Liebe.

Sie träumt davon, dass etwas passieren wird, sie schaut

stundenlang aus dem Fenster auf den Wald, als würde sie hoffen, dass von dort die Erlösung kommt, ein Windzug, eine Kutsche, ein Raumschiff, das sie davonträgt, weg aus dem engen Dorf, hin zu einer anderen, aufregenderen Welt, in der es Männer gibt, die schön sind, aber auch gefährlich, die schnelle Autos fahren, gute Anzüge tragen und mit Frauen umzugehen wissen.

Ihr Deutschlehrer hat gesagt, sie soll Lehrerin werden, ihre Mutter hat gesagt, sie soll Lehrerin werden, also will sie Lehrerin werden. Im September 1968 beginnt ihr letztes Schuljahr. Meine Mutter interessiert sich eigentlich nicht für Politik. Als die Mauer gebaut wurde, fand sie das gut, sie war elf Jahre alt und nannte sich selbst eine Stalinistin. Später macht sie das, was von ihr erwartet wird, engagiert sich in der Jugendorganisation der Partei genauso wie in der Jungen Gemeinde der Kirche. Erst im Sommer 1968 ändert sich etwas.

Sie verbringt in dem Sommer viel Zeit im Pfarrhaus. Sie hat sich seit der Konfirmation mit dem Pfarrer angefreundet, er gab ihr Bücher, über die sie lange diskutierten. Im Sommer 1968 sprechen sie viel über die Vorgänge in der Tschechoslowakei. Dort will die Regierung die Gesellschaftsordnung reformieren, die sie in den vergangenen zwanzig Jahren eingeführt hat. Mehr Wettbewerb soll es zukünftig geben, weniger Druck und freie Diskussionen. Der Pfarrer ist gut informiert, er hat Freunde in Prag und schwärmt davon, wie viel offener und liberaler die Stimmung im Nachbarland sei. Meine Mutter hört aufmerksam zu. Sie hat gemerkt, dass sich in den vergangenen Jahren etwas geändert hat an der Stimmung im Land, alle haben Angst. Die Feste bei Wendlers sind seltener geworden, es kommen weniger Gäste, und diejenigen, die kommen, wirken vorsichtiger. Jeder scheint jedem zu misstrauen.

Aus der Kreisstadt verschwinden Menschen, ohne dass jemand weiß, was mit ihnen geschieht. Scheinbar unauffällige, unpolitische Menschen wie der Fleischer Frieselang. Der Fahrradhändler Schnitzler. Kleine, privat geführte Geschäfte schließen.

In Kosakenberg haben sich alle Bauern in der Genossenschaft »Felsenfest« zusammengeschlossen – die wenigsten freiwillig. Zuletzt haben sie den verbliebenen Einzelbauern das Leben schwergemacht.

Jeder musste eine bestimmte Menge Getreide, Eier und Milch abliefern, sonst wurden ihnen Saatgut und Düngemittel vorenthalten und Kredite verweigert. Auch die Wendlers litten unter dem Druck. So sehr sie sich auch abrackerten, schafften sie das Pflichtabgabesoll kaum noch.

Meine Mutter hat erlebt, wie die Agitatoren der Partei auftraten. Sie kamen unangekündigt, meistens zu dritt. Erst versuchten sie, mit Vergünstigungen zu locken, dann drohten sie, dass Bauern durchaus auch wegen Wirtschaftsvergehen in Haft genommen werden könnten, wenn sie das Pflichtabgabesoll nicht erfüllten. Auch mein Großvater hatte den Wendlers die Vorteile der Genossenschaft schon aufgezählt: geregelte Arbeitszeiten, fester Lohn, Urlaub. Doch Amalie Wendler, die Großbauerntochter, war dagegen. Sie wollte kämpfen. Sie schlug Erich vor, alles Wertvolle zu verstecken. Wieder wurde die Standuhr in den Wald gebracht.

Am Ende gibt Erich Wendler auf und schließt sich der Brigade an. Glücklich wirkt er dabei nicht. Meine Mutter denkt darüber nach, ob diese Härte sein muss, um die neue Gesellschaftsordnung durchzusetzen. Können Menschen nicht auf andere Weise lernen? Sie ist nicht gegen den Sozialismus, aber sie will einen anderen Sozialismus. Wenn sich im Nachbarland etwas ändert, könnte sich überall etwas ändern. Gemeinsam mit dem Pfarrer sitzt sie vor dem Westradio, die beiden hören Wolf Biermanns Lied »Ermutigung«.

Zu Schulbeginn 1968 gibt es an der Oberschule nur ein Thema: den Einmarsch der sowjetischen Truppen in Prag. Meine Mutter ist in der 12. Klasse, sie steht mit einer Gruppe von Freundinnen auf dem Schulhof zusammen, als ein Mädchen namens Karla behauptet, die tschechische Regierung habe die Sowjetunion um Hilfe gebeten, um die Menschen von den Konterrevolutionären zu befreien. Karla ist eine selbstbewusste Blondine, Einser-Schülerin, die nicht nur in der Leitung der Jugendorganisation sitzt, sondern auch mit dem hübschesten Jungen der Schule zusammen ist.

Meine Mutter gilt als nicht besonders aufmümpfig, niemand hätte ihr zugetraut, den Star der Schule herauszufordern. Doch an jenem Tag ist etwas anders, meine Mutter nimmt all ihren Mut zusammen und erwidert, es sei ganz anders gewesen. Die Tschechen hätten friedlich demonstriert, dann seien die sowjetischen Panzer gekommen und hätten auf die Menschen eingeschlagen und sie verprügelt. Es habe ein Blutbad gegeben.

Die Mädchen um sie herum starren sie an. Sie sind nicht gewohnt, dass Monika, das brave, etwas naive Bauernmädchen, mehr als einen Satz am Stück sagt.

»Woher weißt du das?«, fragt Karla.

»Von Bekannten aus Prag«, sagt meine Mutter. Dann sagt sie einen Slogan, den sie im Westradio gehört hat: »Solidarität mit Dubček«. Sie ballt die Faust.

»Du spinnst ja«, sagt Karla.

Eine Woche später kommt die Schule zum Fahnenappell zusammen. Es geht um die Ereignisse in Prag.

Monika steht in der dritten oder vierten Reihe, sie hört, wie ihr Name aufgerufen wird. Sie soll nach vorn kommen. Ihre Klassenkameraden bilden sofort ein Spalier, doch Monika bewegt sich nicht, sie traut sich nicht. Erst als sie jemand von hinten anschubst und sie nochmals ihren Namen hört, jetzt ein bisschen ungeduldiger, geht sie nach vorn. Es gibt zwei Gründe, warum man beim Fahnenappell nach vorn treten muss: um eine besondere Belobigung zu erhalten oder eine Bestrafung. Monika musste bisher nur wegen Belobigungen nach vorn treten, weil sie einen Rezitationswettbewerb gewonnen hatte oder einen Russisch-Wettstreit.

Sie geht vorsichtig und stellt sich auf, ihre Arme hängen an den Seiten und fühlen sich schwer an. Sie ahnt, dass es diesmal nicht um Gedichte geht. Ihre blaue Bluse brennt auf ihrer Haut. Sie wird nicht direkt angesprochen.

Sie hört die Stimme des Direktors über sich: »Schaut sie euch genau an: Das ist das Mädchen mit den zwei Gesichtern.« Sie hört, dass sie konterrevolutionäre Propaganda verbreitet haben soll. Sie hört, dass sie den Staat sabotieren wolle, dem sie noch bei ihrer Jugendweihe die Treue geschworen hatte. Sie hört, dass sie eine Rüge erhalten würde. Ob sie an der Schule bleiben dürfe, werde noch entschieden. Sie spürt, wie tausend Augen auf sie starren. Sie wickelt ihre Lippen um ihre Zähne und presst sie aufeinander, um nicht zu weinen. Dann darf sie abtreten.

Ihre Klassenkameraden bilden ein Spalier, alle starren sie an, zumindest hat Monika dieses Gefühl. Sie wünscht, der Boden könnte sich öffnen, bevor sie ihren Platz in der letzten Reihe erreicht, und sie könnte verschwinden. Sie fühlt sich auf einmal wie ausgestoßen. Keiner ihrer Freunde hat sie in Schutz genommen. Von der Seite flüstert ihr ihre Klassenlehrerin, Fräulein Müller, etwas zu: »Arbeiten Sie an ihrer politischen Auffassung, sonst wird das nichts mit ihrem Studienplatz.«

Monika versteht die Drohung. Fräulein Müller lebt auch in Kosakenberg, sie weiß, dass Monika mit dem Pastor befreundet ist. Bislang hat sie die Freundschaft geduldet. Jetzt muss Monika sich entscheiden: Kirche oder Staat.

Monika ist eine der Vorzeigeschülerinnen. Ein Arbeiterkind, sie wird die Erste in der Familie mit Abitur sein, solche wie sie braucht man in dem Staat.

Monika denkt an die Männer aus der Kreisstadt,

die verschwunden sind. Sie stellt sich vor, dass sie eines Tages in ein Auto gezerrt werden und auch verschwinden könnte. Sie, das Mädchen mit den zwei Gesichtern.

Ihre Eltern müssen zum Gespräch in die Schule, ausdrücklich werden beide eingeladen. Ihr Vater hat sich fein gemacht, mit Anzug, Ring und einem weißen Hemd. Daneben ihre kleine verhuschte Mutter mit dem Kopftuch, das sie als Bäuerin ausweist. Sie trägt eine Bluse, darunter einen Rollkragenpullover. Die Eltern treten ehrfürchtig in die Halle vor dem Lehrerzimmer, der Boden unter ihren Schuhen glänzt, sie haben Angst, Fußabdrücke zu hinterlassen. Es riecht frisch nach Bohnerwachs, an den Wänden hängen Bilder von einem Sportwettbewerb, den die Schule gewonnen hat.

Sie haben geklopft, jetzt warten sie, dass sie eingelassen werden. Die Tür öffnet sich, und bevor die Schulleiterin zu sehen ist, riechen sie ihr Parfum. Die Schulleiterin öffnet, sie trägt ein braunes Kostüm und lächelt freundlich. Sie mustert das Paar und durchschaut die beiden sofort: ärmliche Bauern, wahrscheinlich Flüchtlinge, die stolz darauf sind, dass ihre Tochter Abitur machen darf. Unpolitisch auf eine Weise, die keine Gefahr für den Staat bedeutet. Wahrscheinlich steht zu Hause kein einziges Buch im Regal.

Der Vater wird der Bestrafung in vollem Umfang zustimmen. Er sagt, seine Tochter sei in einem Alter, in dem man leicht zu beeindrucken sei, er beschuldigt den Pfarrer, dass er ihre Naivität ausgenutzt habe für seine westliche Propaganda. Er erzählt der Lehrerin von seiner

Arbeit in der Brigade, er bedankt sich, dass seiner Tochter die Chance auf eine höhere Bildung gegeben werde, er habe versucht, alle seine Töchter so zu erziehen, dass sie dem Staat dankbar sind. Er redet und redet, ohne dass seine Frau oder die Lehrerin zu Wort kommen.

Er bettelt beinahe darum, dass seine Tochter nicht von der Schule fliegt. Die Lehrerin lächelt zufrieden. Solche Eltern sind ihr am liebsten. Trotzdem betont sie noch mal streng, dass die Eltern besser darauf achten müssten, welchen Umgang ihre Tochter hat.

Der Vater nickt.

Die Mutter schaut auf den Boden.

Monika kommt gerade aus dem ersten Stock aus der Geschichtsstunde, als ihre Eltern das Lehrerzimmer verlassen, und bleibt auf der Treppe stehen. Sie will ihnen nicht begegnen. Sie ist wütend auf sich selbst, weil sie dumm und angeberisch gewesen ist. Warum hat sie in dem Gespräch mit Karla nicht einfach die Klappe gehalten?

Sie nimmt sich vor, vorsichtiger zu sein.

Sie wird erst später erfahren, dass ihr Vater sie nicht unterstützt hat.

Bis zum Abitur gibt es keine weiteren Vorkommnisse. Monika bekommt ihren Studienplatz in Berlin, sie zieht in ein kirchliches Wohnheim. Der Vorfall vor dem Fahnenappell scheint vergessen. Sie beginnt ihr Lehrerstudium, findet neue Freunde.

Einmal, als sie abends vom Sporttraining kommt, stehen zwei Männer vor der Tür des Wohnheimes und sprechen meine Mutter an. Sie sind jung, könnten selbst noch Studenten sein, sie tragen billige graue Anzüge. Fräulein Stein? Monika schaut sie fragend an. Sie erkennt diese Männer sofort. Die Stasi-Leute sehen alle gleich aus. Einer beugt sich vor und flüstert direkt in ihr Ohr: »Überprüfen Sie ihre politische Einstellung.« Dann drehen die Männer sich um und sind plötzlich verschwunden. Monika geht in ihr Zimmer und schließt die Tür doppelt ab. Sie zittert.

Eine Woche später stehen die Männer wieder vor der Tür. Monika will sie nicht in ihr Zimmer lassen, aber gleichzeitig will sie nicht von ihren Kommilitonen mit den Männern gesehen werden. Also öffnet sie schnell die Tür und lässt sie rein. Ihr Zimmer ist schmal, es gibt nur ein Bett, einen Tisch, einen Stuhl. Monika sieht zu, wie einer der beiden den Stuhl nimmt, der andere setzt sich auf das Bett.

»Sie haben unterschrieben, dass Sie keine West-Kontakte haben. Aber Sie haben gelogen, Fräulein Stein«, sagt er. Er greift in seine Aktentasche und holt einen Brief heraus. Monika erkennt die Schrift darauf.

Der Mann, der ihr vorgeworfen hat, eine Lügnerin zu sein, greift erneut in seine Aktentasche und holt ein kleines Stück Papier heraus.

»Nächsten Donnerstag um 15 Uhr. Sie haben die Chance, Ihren Fehler wiedergutzumachen, Fräulein Stein.«

Als die Männer gehen, reißt Monika die Decke vom Bett und öffnet das Fenster. Erst dann schaut sie auf den Zettel. Es ist eine Adresse im Stadtbezirk Lichtenberg.

Monika wird krank, sie bekommt Fieber und Herzrasen. Sie fährt nach Hause zu den Wendlers. Der Arzt diagnostiziert ein Nervenleiden und empfiehlt Ruhe. Sie kehrt nicht mehr an die Universität zurück. Von dem Besuch der Männer wird sie Jahre lang niemandem erzählen. Sie schämt sich, glaubt, etwas falsch gemacht zu haben.

Dirk Kahlbaum steht eines Tages vor ihrer Tür mit einem Seesack auf der Schulter, ein etwas dicklicher, linkisch wirkender Mann mit einem weichen Gesicht. Er brauche ein Bett, sagt er, seine Mutter habe ihn herausgeworfen. Monika hat ihn ein paar Mal beim Tanz gesehen. Er hatte eine Verbindung nach Kosakenberg, war wohl ein entfernter Großneffe des ehemaligen Großbauern Kahlbaum. Er hatte mit ihrer Schwester Marion getanzt. Mit Monika hatte er am Anfang kein Wort gewechselt. Später, als er sich mit Marion anfreundete, machten sie Ausflüge zu dritt. Marion flirtete heftig mit Dirk Kahlbaum, Monika fühlte sich unwohl. Doch wie er jetzt so dasteht, tut er ihr leid, sie lässt ihn herein. Auf dem Sofa ist noch Platz.

Sieben Monate später steht sie im Standesamt, neben sich den Mann, diesmal ohne Seesack. Sie erwartet ein Kind, sie ist im sechsten Monat schwanger, mit mir.

Als Paar hatten sie wenig Gemeinsamkeiten. Mein Vater blieb am liebsten allein, meine Mutter ging gern auf Feste, mein Vater verreiste gern, meine Mutter fand es am schönsten zu Hause, mein Vater sah keine Spielfilme, meine Mutter war Mitglied in einem Filmklub.

Als Kind verstand ich nicht, was sie zusammenhielt. Doch was weiß man schon als Kind.

Sie haben sich zwanzig Jahre lang das Leben gegenseitig schwergemacht, mein Vater gab als Erster auf und zog aus.

Der wichtigste Rat, den mir meine Mutter jemals gegeben hat, ging so: Heirate niemals und bekomme keine Kinder, bleib allein, unabhängig. Das ist das Einzige, was ich in meinem Leben gelernt habe. Ich möchte, dass du nicht die gleichen Fehler machst wie ich.

So sagte sie es mir an meinem achtzehnten Geburtstag. Ich bin ihr für diesen Rat bis heute dankbar.

9

Ich liege nachts wach und denke darüber nach, was meine Mutter mir damals am Telefon erzählt hat.

Lucretia und Tarquinius.

Vielleicht gab es gar kein Geheimnis in unserer Familie, sondern nur eine Übereinkunft, darüber nicht zu reden. Es gab Anzeichen, dass etwas nicht stimmte.

Ich erinnere mich daran, wie es war, als mein Großvater starb, im November 1989. Dem Monat, in dem nicht nur mein Großvater starb, sondern auch der Staat.

Ich sehe genau vor mir, wie wir in der Küche sitzen. Meine Mutter, meine Schulfreundin Anja und ich um einen Tisch herum, auf dem eine Wachstuchdecke liegt. Wir trinken Kaffee und essen Kuchen, es ist ein warmer, für die Jahreszeit zu milder Herbsttag, nebenher läuft das Radio, wir achten nicht darauf, bis eine vertraute, fast winselnde Stimme verkündet: »Ich liebe euch doch alle.« Die Stimme gehört dem Chef des Geheimdienstes, wahrscheinlich dem meistgehassten und -gefürchteten Mann des Landes. Wir sitzen am Tisch und schauen einander an. Wir finden keine Worte.

Es ist zu viel passiert, das niemand für möglich gehalten hatte. Der Staatschef des Landes, mit dem wir aufgewachsen waren, war zurückgetreten, die Mauer, die einhundert Jahre stehen sollte, war gefallen und der Geheimdienstchef erklärte seine Liebe. Wir überlegen, was als Nächstes passieren könnte. »Ich würde gern einmal nach London oder New York fahren«, sage ich, weil mir nichts Besseres einfällt.

Meine Schulfreundin sagt, dass sie am Wochenende im Berliner Westen war. Erschrocken sei sie gewesen, wie voll die Geschäfte überall waren, selbst an den Pornokinos hatte es Schlangen gegeben. Am längsten waren die Schlangen an den Banken. Sie hatte sich mit ihrer Oma auch angestellt und am Ende einen Geldschein in die Hand gedrückt bekommen, einen großen Geldschein. Sie hätte nicht gewusst, was sie mit so viel Geld anfangen sollte. Am Ende hatte sie eine Packung neonfarbene Filzstifte gekauft. Sie waren bunt, wie der Westen.

Plötzlich klopft es an der Tür. Die Nachbarin steht davor. Sie habe einen Anruf aus dem Krankenhaus in der Bezirksstadt erhalten. Wir haben immer noch kein Telefon, aber netterweise nimmt die Nachbarin Anrufe für uns entgegen. Sie ist Rentnerin und ziemlich neugierig.

Mein Großvater liegt schon seit vier Tagen im Bezirkskrankenhaus, es steht nicht gut um ihn. Die Nachbarin bleibt vor der Tür stehen, ich muss sie nicht hören, um zu verstehen, was sie zu sagen hat. Ich schaue aus dem Küchenfenster hinaus und sehe ihr ernstes Gesicht.

Danach geht alles ganz schnell. Ich schalte das Radio aus, meine Freundin verabschiedet sich, und ich weiß, dass wir auch in den nächsten Tagen nicht nach Westberlin fahren werden.

Großvater konnte an einem Morgen im November nicht aufstehen, er hatte Krämpfe. Er hatte seit Langem Probleme mit dem Magen, die er aus der Sowjetunion mitgebracht hatte und die nie weggegangen waren, obwohl er viele Ärzte konsultiert hatte. Als Kinder wachten meine Mutter und ihre Schwestern nachts oft auf, wenn ihr Vater um den Tisch herumlief und dabei vor Schmerzen schrie. Sie hatten immer Angst um ihn.

Meine Großmutter und mein Großvater schliefen in unterschiedlichen Räumen. In den Morgenstunden an jenem Novembertag hörte sie seine Schreie. Sie war ins Zimmer gegangen und sah, dass er blass aussah und sich vor Schmerzen krümmte. Sie hatte gefragt, ob sie den Notarzt rufen solle, und als er nicht antwortete, hatte sie angenommen, dass es so dringend nicht sein konnte. Sie fütterte die Hühner und den Hund, bevor sie doch noch den Arzt rief.

Ihre Töchter würden ihr das später vorwerfen, obwohl die Ärzte sagten, dass die Krankheit schon so weit fortgeschritten war, dass er unter keinen Umständen zu retten gewesen wäre.

Der Notarzt kam innerhalb einer Stunde. In der Zwischenzeit waren auch meine Mutter und ihre Schwester Astrid dazugekommen. Der Wagen hielt vor dem Zaun, zwei Mann kamen durch die Tür. Der Arzt tastete seinen Leib ab, fragte kurz nach seiner Krankengeschichte, nach Operationen. Nach drei, vier Sätzen wusste der Arzt Bescheid. Sie spritzten ihm ein Beruhigungsmittel.

Hat er gewusst, dass er nicht zurückkehren würde?

Meine Großmutter, meine Mutter und meine Tante haben zugesehen, wie mein Opa abgeholt wurde. Sie sahen dem Notarztwagen hinterher, wie er an der Kirche wendete und dann die Straße Richtung Kreisstadt nahm. Sie sahen, wie das Blaulicht auf dem Dach anging.

Meine Großmutter sagte: »Wir müssen Marion Bescheid sagen. Sie war immer sein Liebling.«

Astrid und Monika standen daneben und sagten nichts.

Am Abend verlor mein Großvater das Bewusstsein, und die Grenze wurde geöffnet.

Ich war damals zwölf Jahre alt und schon geübt im Besuch von Beerdigungen. Der Tod war fast etwas wie ein alter Bekannter.

Ich hatte miterlebt, wie die Wendlers zu Hause starben. Erst starb Onkel Erich, zwei Jahre später Tante Amalie. Es war eine gnädige Reihenfolge, denn er hätte es ohne sie keinen Tag ausgehalten. Sie schliefen in einem großen, grob geschnitzten Bauernbett zusammen. Darüber hingen das verstaubte Bild des Kaisers und ein kitschiges Gemälde im Goldrahmen, auf dem ein verblühender Strauß Rosen zu sehen war. Sie waren offenbar zu einer bestimmten Zeit sehr beliebt, ähnliche Bilder werde ich später oft auf Flohmärkten sehen und mich an die Wendlers erinnern.

Beide starben, wie sie gelebt hatten, friedlich, ohne große Aufregung zu verursachen. Sie gingen abends zu Bett und wachten am Morgen einfach nicht mehr auf. Ein

Tod, wie ihn sich die meisten Menschen wünschen. Ihre Beerdigungen hatten sie längst arrangiert, Grabplätze und Grabsteine ausgesucht und bezahlt. Zu jeder der Beerdigungen kamen Hunderte von Menschen, nicht nur aus Kosakenberg, sondern auch aus den umliegenden Dörfern, sie liefen hinter den schwarzen Särgen her, während die Musik spielte.

Nachdem die Wendlers gestorben waren, kam ein Junge aus meiner Klasse bei einem Verkehrsunfall ums Leben. Unsere Klasse ging geschlossen zur Beerdigung, wir trugen unsere komplette Pionieruniform, selbst das Käppi, und in einer kleinen Rede am Grab lobte die Gruppenratsvorsitzende, was für ein vorbildlicher Pionier der Junge gewesen war.

Obwohl ich in einem Haushalt aufgewachsen bin, in dem der Tod präsent war und in dem die Frauen, meine Mutter, meine Tanten und meine Großmutter, von nichts anderem als dem Tod und, in Variationen, von Krankheit, Angst und Katastrophen redeten, erschütterte mich der Tod meines Großvaters sehr stark.

In den Tagen herrschte eine düstere Atmosphäre im Haus. Meine Mutter hatte die Bilder und Spiegel im Haus mit schwarzen Tüchern abgehängt. Meine jüngeren Schwestern und ich durften nicht fernsehen, wie wir es sonst nur vom Karfreitag kannten.

Es war selbstverständlich, dass ich zur Beerdigung mitgehen würde.

Meine Mutter und ihre Schwestern haben damals kein

einfaches Verhältnis. Sie leben nicht weit entfernt voneinander, sehen sich aber selten. Meine Mutter hat die Dreißig überschritten, in ihrem Gesicht zeigen sich die ersten Fältchen, und morgens, bevor sie für ihre Kinder Frühstück macht, reißt sie sich heimlich vor dem Badezimmerspiegel die grauen Haare aus. Sie hat ein paar schwere Jahre hinter sich: Die zwei jüngeren Töchter sind in kurzem Abstand geboren worden. Es ist im Haus alles wie zu Wendlers Zeiten geblieben, es gibt kein fließend Warmwasser und keine Waschmaschine. Sie verbringt die Tage mit Waschen, Kochen, Putzen, Windeln wechseln. Auch Marion ist über dreißig, sie ist Sekretärin bei der Kreisverwaltung, sie lebt mit ihrem Mann und zwei Kindern in der Stadt.

Meine Mutter beneidet ihre Schwester Marion dafür, dass sie ein bequemes Leben in einer Neubauwohnung führt, mit Bad, fließend Warmwasser und einer modernen Waschmaschine. Meine Tante Marion beneidet meine Mutter um ihr Haus und ihren großen Garten. Obwohl sie so unterschiedlich sind, haben sie ähnliche Männer geheiratet: Beide waren Ingenieure, einer aus dem Norden und einer aus dem Süden des Landes, handwerklich begabte, pragmatische Typen, die nicht zu emotionalen Ausbrüchen neigten. Sie verbrachten ihre Freizeit in ihren Gewächshäusern, in denen sie seltene Kakteensorten züchteten. Man hätte sich vorstellen können, dass sie gut miteinander auskommen. Doch sie werden keine Freunde.

Die jüngste Schwester, meine Tante Astrid, lernte Friseurin. Sie arbeitet in der Kreisstadt, erwirbt sich schnell

Stammkunden, doch ihre Schwestern gehören nicht dazu.

Alle drei litten unter Albträumen und Todesangst. Sie träumten von Ratten, fürchteten sich vor Viren und Bakterien.

Einmal, ich war vielleicht acht oder neun, kam der Bus fünf Minuten später als sonst von der Schule, weil er auf der Straße hinter einem Traktor herfahren musste. Ich fand meine Mutter tränenüberströmt im Wohnzimmer. Sie sprach von einer Spinne und dem Müllauto. Sie habe morgens eine Spinne gesehen und das bringe Unglück, und dann habe sie den ganzen Tag so ein düsteres Gefühl gehabt, das sie nicht losgelassen habe. Sie habe es im Magen gespürt, ihr Magen habe sich zusammengekrampft, und sie habe nichts essen können. Sie hatte auf mich gewartet, und der Gedanke hatte sich festgesetzt, dass mir etwas Schlimmes zugestoßen sei. Sie habe sich vorgestellt, wie ich auf der Straße gelegen habe, blutüberströmt und der Krankenwagen sei gekommen, und ein Arzt sei ausgestiegen, habe aber nichts mehr machen können. Als ich nicht gekommen sei, seien ihre Sorgen immer größer geworden.

Ihr liefen die Tränen über das Gesicht, sie griff mich an den Schultern und schüttelte mich: »Warum bist du zu spät gekommen?«, schrie sie mich an.

Ich kannte das schon und beruhigte meine Mutter. Sie stellte sich dauernd Katastrophen vor. Als wir in der vierten Klasse zum Zelten fuhren, bestand sie darauf, dass sie mich jeden Tag besuchen konnte, um sicher zu gehen, dass ich nicht ertrunken, von einer Kreuzotter gebissen oder von einer Buche erschlagen worden bin. Oder was einem sonst Schlimmes zustoßen kann an einem See. Sie kam wirklich jeden Tag und brachte immer Kuchen mit.

Ihre Besuche waren mir wahnsinnig peinlich, und im nächsten Jahr fuhr ich nicht mehr mit zur Klassenfahrt. Meine Mutter erlaubte mir auch nicht, mit Freunden an den See zu fahren. So kam es, dass ich mit fünfzehn immer noch nicht schwimmen konnte. Schwimmen war aber Teil der Sportnote, und erst, als sie merkte, dass das Schwimmen meinen Notendurchschnitt drücken würde, meldete sie mich in einem Schwimmkurs an.

Jeden Dienstagabend stand ich mit einer Gruppe Siebenjähriger im Schwimmbecken. Sie ließen sich nicht anmerken, wie unangenehm es für sie gewesen sein muss, mit einem fünfzehnjährigen Mädchen im Becken zu stehen. Sie behandelten mich anständig, indem sie mich vollständig ignorierten.

Sie sprangen vom Ein-Meter-Turm, als ich noch mit einem Schwimmreifen meine Bahnen zog.

Ich hasste Schwimmen immer noch, aber meine Sportnote verbesserte sich, und meine Mutter war glücklich.

Der Tod meines Großvaters bringt die Töchter wieder zusammen. Sie sitzen am Tisch und weinen, wenn ich zum Frühstück in die Küche komme, sie weinen am Nachmittag, während sie den Kaffeetisch decken, und sie weinen am Abend, während sie zusammen Wodka trinken und immer wieder auf ihren geliebten Vater anstoßen. Es wird das letzte Mal gewesen sein, dass sie einträchtig zusammensitzen, sich umarmen und einander Taschentücher reichen.

Die Mutter meiner Mutter sehe ich nicht bei ihnen sitzen. Vielleicht war sie traurig, aber ich habe sie nicht weinen sehen. Sie hatte eine Seite an dem Toten gesehen, die seine Töchter nicht kannten.

Im Nachhinein frage ich mich: Ist sein Tod womöglich eine Erlösung für sie gewesen? Fühlte sie sich befreit?

Ich selbst kann auch nicht weinen, und ich schäme mich dafür. Es sieht so aus, als würde mir der Tod meines Großvaters nichts ausmachen, aber das stimmt nicht.

Die Beerdigung soll eine schlichte Zeremonie auf dem Kosakenberger Friedhof werden. An einem frühen Freitagnachmittag soll sie stattfinden, danach gibt es Kaffee und Kuchen im Haus der Wendlers, das nun meiner Mutter gehört. Es lässt sich nicht absehen, wer zum Beerdigungskaffee kommen und wer das beginnende Wochenende lieber dazu nutzen würde, einen Ausflug über die offene Grenze in den Westen zu machen. Einige Nachbarn waren schon am Vormittag vorbeigekommen, um ihr Beileid auszudrücken.

Es gibt Friedhöfe, auf denen kann man spazieren wie in Parks, mit verborgenen Gruften, üppig verzierten Grabsteinen mit Engeln und Adlern, mit schwungvollen Schriftzügen, mit Porträts, Gedichten. Ein Ort, der das

Leben der Toten feiert. So ein Ort war der Friedhof im Dorf nicht.

Es gibt einen Holzzaun, in der Mitte ein schlichtes Betongebäude, in dem die Särge aufgebahrt und die Reden gehalten werden, ein paar Eichen und eine Rotbuche. Darunter stehen die Grabsteine, die alle so aussehen, als kämen sie vom gleichen Steinmetz, hüfthohe Quader, schwarz, grau, rostbraun. Einfach, schlicht, so wie die Menschen hier. Auf den Steinen wird meist nur der Name eingraviert, dazu der Geburts- und Sterbetag, vom Dazwischen erzählt nur ein Bindestrich. Auf manchen Grabsteinen liegen Blumen, sie sind das einzig Lebendige.

Der Sarg meines Großvaters wird in der Leichenhalle abgestellt. Früher hätte man dazu Kapelle gesagt, es hätte vielleicht ein Holzkreuz gegeben. Doch der Bau stammt aus den fünfziger Jahren, als Holzkreuze und Pastoren unpopulär wurden und man zu einer funktionaleren Sprache fand. Innen ist der Bau karg eingerichtet, rohe Betonwände, links und rechts zwei Reihen mit Bänken.

Ich erinnere mich, dass meine Großmutter früher oft auf den Friedhof ging, wenn sie etwas Abwechslung brauchte. Es war fast zwingend: Wenn man die Kneipe mied, gab es nicht viele Alternativen in Kosakenberg.

Sie ging meistens allein, aber an allen Sonn-, Geburts- und Feiertagen war der Spaziergang auch für die Töchter Pflicht. Sie lehrte sie, dass die Grabstellen sauber und gepflegt aussehen mussten. Nicht nur bei Wendlers, auch bei den Nachbarn und bei den Nachbarn der Nachbarn. Sie überzog den Friedhof mit einem geometrischen Muster. Keinen Grashalm, kein Unkraut duldete sie, sie zog ihre Harke mit einer Präzision, als handele es sich um ein Instrument eines Gehirnchirurgen, als ginge es darum, die Sandkörner einzeln in geraden, parallelen Linien zu arrangieren.

Nach dem Tod des Großvaters wird sie viel seltener zum Friedhof kommen.

Zur Beerdigung kommen überraschend viele Gäste. Die Verwandten setzen sich auf die Bänke in dem Betongebäude, in dem der Sarg aufgebahrt ist, draußen stehen die restlichen Gäste.

Ich habe Schwierigkeiten, dem Pastor zu folgen, ich starre auf den verschlossenen Sarg und wünsche mir, ich könnte meinen Opa noch einmal sehen. Ich frage mich, wie er aussieht, wie sich seine Haut anfühlt. Sind seine Augen offen? Trägt er einen Anzug? Der Pastor hält sich an das Skript unserer Familie, niemand fällt in seiner Erzählung aus der zugeschriebenen Rolle. Er erzählt vom gutherzigen Vater und vorbildlichen Ehemann, der eine schwere Kindheit gehabt und darunter gelitten habe, ohne einen Vater aufzuwachsen, deshalb sei es ihm umso wichtiger gewesen, sich um seine Töchter zu kümmern. Ich frage mich, woher der Pastor das weiß, ob meine Mutter und ihre Schwestern ihm die Worte diktiert haben.

Ich bin erleichtert, als endlich Musik vom Band erklingt. Alle stehen auf, und sechs Männer in schwarzen Anzügen heben den Sarg auf ihre Schultern. Sie gehen ganz langsam und irgendwie künstlich im Takt der Musik, wie Soldaten in einer Parade oder als würden sie mit jedem Schritt eine Grenze überschreiten, sich dem Totenreich nähern. Wir laufen ihnen hinterher, in schwarzen Anzügen, mit ernsten Mienen, echt oder gespielt. Ich laufe an der Hand meines Vaters, ich bin die einzige Enkelin, meine Schwestern und meine Cousinen sind nicht mitgekommen, sie sind noch zu klein.

Ich versuche mich zu erinnern, wo in dem Zug sich meine Großmutter befindet. Meine Mutter sagt, dass sie an der Spitze des Zuges gelaufen sei. Ich habe keine Erinnerung.

An einer ausgehobenen Grube bleibt der Zug stehen, die Männer lassen den Sarg vorsichtig hineingleiten, dann gibt es einen Ruck. Die Männer verbeugen sich vor dem Toten, dann drehen sie sich um und gehen plötzlich ganz normal in einem Spazierschritt, nicht mehr wie Soldaten. Sie stecken die Köpfe zusammen und lachen. Ich schaue ihnen nach, und aus irgendeinem Grund ärgere ich mich über ihr Verhalten und beneide sie gleichzeitig, dass sie von der Schwere der Situation plötzlich umschalten können.

Die Erwachsenen werfen Erde auf den Sarg, es gibt eine Schippe, aber sie lassen sie liegen. Sie nehmen die Erde in ihre Hände. Sie wollen damit zeigen, dass sie erdverbundene Dorfmenschen sind. Nur Städter würden eine Schippe nehmen.

Soll ich auch, frage ich meine Mutter. Nicht mit Worten, sondern nur mit einem Blick. Sie schüttelt den Kopf und hält mich fest. Ich verstehe nicht, warum ich nicht auch Erde auf den Sarg werfen darf.

Wieder tritt jemand an die Schale mit der Erde, es ist Ida Witzke, die Frau, in die mein Großvater sich verliebt hatte. Meine Mutter schaut zu ihrer Schwester Marion hinüber, ich glaube, ein kleines Kopfschütteln zu bemerken. Ida Witzke greift drei Hände voll Erde, sie sieht verweint aus, ich höre, wie die Erde auf dem Sarg aufschlägt.

Ich glaube nicht eine Sekunde lang, dass mein starker Großvater in dieser Holzkiste liegt. Ich bin ein atheistisch erzogenes Kind, ich glaube nicht an Gott oder an Wiedergeburt, trotzdem bin ich mir sicher, dass mein Großvater uns von oben zusieht. Dass er sieht, wie wir hier stehen, so hilflos wie die bunten Herbstblätter, die vom Baum abgefallen sind und nun im Wind treiben.

Wenige Tage nach der Beerdigung gehe ich hinüber in das Haus, das das Haus meiner Großeltern war und in dem jetzt meine Großmutter allein lebt. Sie nutzt nur die beiden Zimmer im Erdgeschoss, den Dachboden betritt sie nicht. Niemand findet das komisch, weil niemand in der Familie gern den Dachboden betritt.

Ich steige die Treppenstufen hinauf und sage Harras, dem Hund, guten Tag. Aus dem Wohnzimmer kommt ein Schnaufen, ich sehe, wie die Mutter meiner Mutter eilig die Schränke ausräumt. Sie stopft die Kleidung meines Großvaters in große Tüten, seine Anzüge, seine guten Hemden, seine Arbeitshemden, seine Pullover, seine Schuhe. Sie scheint nichts behalten zu wollen. Ich setze mich dazu, nehme eines der Flanellhemden und rieche daran. Es riecht nach Mottenkugeln. Vor dem Seitenspiegel gibt es eine Leiste, darüber hängen mindestens dreißig Krawatten, dezent einfarbige, karierte, geblümte, eine mit einem Pferdeaufdruck, die ich nie an meinem Großvater sah.

Ich bin überrascht, was für eine große Sammlung an Krawatten mein Großvater hatte.

»Willst du gar nichts aufheben?«, frage ich.

»Wozu?«, sagt sie.

»Mein Vater könnte eine der Krawatten tragen«, sage ich.

Meine Oma schüttelt den Kopf und packt weiter. Sie stopft die Krawatten ohne sie näher anzusehen in einen grauen Müllsack.

Ich wundere mich im Nachhinein darüber, dass es mir nicht komisch vorkam, mit welcher Eile meine Großmutter alle Erinnerungen an meinen Großvater vernichten wollte.

Mein Großvater ist noch nicht einmal eine Woche unter der Erde, als die Kleidersäcke von einem Kleintransporter einer Hilfsorganisation abgeholt werden, die Kleidung für Rumänien sammelt. Ich stelle mir vor, wie ein Bettler in Bukarest mit der Pferdekrawatte meines Großvaters durch die Straßen läuft.

Als sie mit der Kleidung fertig ist, schleppt sie die Möbel heraus. Sie fängt mit dem Lehnstuhl an, in dem mein Großvater am liebsten fernsah, keucht, als sie ihn aus dem Haus schleppt, und stellt ihn draußen ab. Dazu kommt die grüne Tagesdecke aus Satin, die immer auf seinem Bett lag. Eine kitschige Wanduhr mit zwei Hündchen aus Porzellan wirft sie hinaus auf den Haufen, so dass die Köpfe der Hunde abbrechen. Sie reißt die Schubladen in der Anrichte in seinem Schlafzimmer auf, holt einen Stapel Papiere heraus und trägt sie, ohne sie eines genaueren Blickes zu würdigen, ebenfalls hinaus.

Der Haufen wächst in wenigen Stunden um seine Schlager-Schallplatten, seinen Lieblingsbierkrug, die Aktentasche, in der er seine Brote zur Arbeit trug, einen Kranich aus Holz, den er im Souvenirladen des Berliner Tierparks gekauft hat, den gerahmten Druck von Caspar David Friedrichs Kreuz im Gebirge. Spät am Abend, als das Dorf längst zu Bett gegangen ist, zündet sie den Haufen an. Das Leben meines Großvaters geht in Flammen auf. Was aus seinem Siegelring geworden ist, weiß ich nicht. Wahrscheinlich ist er verloren gegangen. Ich weiß nur, dass ich lange Zeit keine anderen Erinnerungen an meinen Großvater besaß als die Bilder in meinem Kopf. Jetzt sind selbst die Bilder weg.

Einige Wochen nach der Beerdigung wird der Grabstein für meinen Großvater angeliefert, den die Töchter bestellt hatten. Ich erinnere mich, wie erschrocken ich war, als ich darauf nicht nur den Namen meines Großvaters, sondern daneben auch den Namen meiner Großmutter eingraviert entdecke.

Anna Stein 1930–

Im Vorbeigehen könnte man denken, beide wären gestorben.

Noch heute denke ich, wie seltsam diese Inschrift war. Obwohl sie sich im Leben von ihm trennt und seine Sachen verbrennt, bleibt sie ihm im Tod weiter verbunden. Sie hätte die Gelegenheit gehabt, sich endgültig von ihm zu lösen, indem sie auf die Eingravierung verzichtet hätte. Sie war noch nicht alt, sie hätte sagen können: Wo ich einmal begraben werden soll, das entscheide ich später. Doch ihre Töchter haben entschieden, dass sie zusammen begraben werden. Und die Mutter meiner Mutter hat das akzeptiert. Wieder einmal hat sie andere über ihr Leben entscheiden lassen.

10

Es muss doch Zeugen gegeben haben. Oder wenigstens Mitwisser.

Die genauen Umstände des Verbrechens, das sich vor sechzig Jahren abspielte, bleiben im Dunkeln. Es gibt keine Augenzeugen, keine Akten, keinen Polizeibericht.

Klar ist nur, dass es an dem Tag passiert sein muss, an dem das Schwein geschlachtet wurde. An einem Tag im Oktober 1949.

Meine Großmutter muss an diesem Tag wie an allen Schlachttagen besonders früh aufstehen. Schlachttage sind Festtage in Kosakenberg, Festtage, an denen das ganze Dorf teilhat. Schon seit Tagen sind die Wendlers mit den Vorbereitungen beschäftigt. Sie haben sich eine Genehmigung bei der Gemeinde geben lassen. Erich Wendler war zuvor eigens nach Berlin gereist, um Därme und Majoran in großen Mengen zu kaufen. Anna ahnt nicht, dass der Tag ihr Leben verändern wird.

Zweimal im Jahr, im Frühjahr und im Herbst, schlachten die Wendlers ein Schwein. Am Abend gibt es frische Koteletts und Wurstsuppe. Schlachttage gehören in Kosakenberg zu den Höhepunkten des Jahres. Sie erinnern Anna an zu Hause. Im Osten haben sie auch geschlachtet.

Als sie nach dem Aufstehen ihre Wäsche gewechselt hat, schließt sie die Tür vorsichtig hinter sich zu, um Bertha Wendler nicht zu wecken, mit der sie sich die Kammer teilt. Es ist noch dunkel draußen und ganz still im Haus, die Öfen sind ausgekühlt, ich stelle mir vor, wie Anna fröstelt, sicher hat sie rote, aufgesprungene Hände, die sie aneinanderreibt. Wie jeden Morgen steigt sie in den Keller, um die Kohlen hochzuholen.

Sie hat noch eine Stunde Zeit, bevor Herr Frieselang, der Fleischer, eintrifft. (Es ist derselbe Fleischer, der später verhaftet werden und verschwinden wird, aber das ahnt er zu dem Zeitpunkt noch nicht.) Anna schleppt die Kohleeimer hoch, einen stellt sie in die gute Stube mit der Standuhr, den anderen nimmt sie mit in die Küche, in der sich Amalie bereits zu schaffen macht.

Eine Kanne Kaffee dampft auf dem Tisch, Anna setzt sich hin und gießt sich eine Tasse ein. Sie blättert in der Zeitung vom Vortag und sucht nach den Stellenanzeigen. Sie träumt davon, eines Tages nicht mehr als Magd arbeiten zu müssen. Im Büro des Gasthauses, neben der Kammer, in der ihre Brüder wohnen, steht eine Schreibmaschine, auf der sie heimlich übt. Schreibmaschinenkenntnisse erforderlich, steht in den meisten Anzeigen.

Amalie läuft eilig hin und her, trotz ihrer Fülligkeit ist sie erstaunlich beweglich. Sie hat die vergangenen Tage damit verbracht, Kuchen zu backen. Aus der Speisekammer trägt sie ein Blech nach dem anderen heraus, bis sich ein Dutzend in der Küche stapeln. Tante Amalie, wie ich sie später nenne, hat einen Hang zur Perfektion, der meiner Oma fremd ist. Amalie ist eine jener Gastgeberinnen, die darunter leidet, wenn bei einer Feier alle Schüsseln leer zurückkommen – weil sie das als Zeichen sieht, dass die Gäste hungrig gegangen sind.

Aus der Stube holt sie Geschirr, nicht das mit den Rosen, sondern das gute mit dem Goldrand.

»Ich glaube, der Kuchen reicht nicht«, sagt Amalie und reißt hektisch die Schränke auf, um nach Zutaten zu suchen, aus denen man noch weiteres Gebäck zubereiten könnte. Zucker, Butter, ein Ei und ein paar Reste vom Hefeteig hat sie noch.

»Die Leute müssen sich mit dem zufriedengeben, was da ist«, sagt Anna.

»Wir sind hier nicht in Polen«, erwidert Amalie, ein wenig schärfer, als ihr lieb ist. Dann sagt sie wie zu sich selbst: »Wir machen Zuckerkuchen.«

Der Fleischer kommt wie angekündigt um sieben Uhr morgens. Er ist überpünktlich, die Uhr in der guten Stube hat noch nicht einmal siebenmal geschlagen. Er klopft nicht, er steht plötzlich mitten im Raum, im schwarzen Anzug mit einem Medizinerkoffer. Er sieht eher wie ein Arzt aus als ein Schlachter.

»Mädchen, hast du nichts Ordentliches zu trinken, an einem Tag wie heute?«, ruft er und schüttelt sich.

Anna mustert den kräftigen, rotnasigen Mann und versteht sofort, dass er der Typ ist, dem man lieber nicht widerspricht. Sie eilt in die Speisekammer, um eine Flasche Korn aus dem Vorratsschrank zu holen. Als sie das Glas füllt, flüstert Amalie hinter ihr: »Ein Glas und nicht mehr.«

Frieselang lacht und tut so, als habe er den Spruch nicht gehört. Dann leert er das Glas in einem Zug. Er fragt Anna, ob sie sich bewusst sei, was für ein besonderer Tag dieser Freitag ist.

»Schlachttag?«, sagt Anna zaghaft.

Frieselang lacht, doch er sieht traurig aus.

»Ab heute gibt es zwei halbe Deutschland, ein großes und ein kleines«, sagt er.

Anna wartet darauf, dass er weiterredet, aber es kommen drei Männer aus dem Dorf in die Küche, und der Fleischer verstummt und widmet seine Aufmerksamkeit dem Waschbecken und einem Stück Kernseife.

Anna kennt die drei Männer flüchtig, sie sind bei jedem Schlachttag dabei und hoffen, dass ein paar Würstchen und etwas Grützwurst für sie abfallen könnten. Die Küche füllt sich schnell, am Tisch ist zum Frühstück kein Platz mehr frei. Erich, der Bauer, und seine Schwester Luise, genannt Tante Ise, sitzen da, daneben Cousine Hildegard, genannt Hildchen, Eva, die alle heimlich die Mannstolle nennen, Annas Bruder Fredi, der nur noch Alfred genannt werden will, und Günther, der keinen Spitznamen hat. Tante Ise ist extra am frühen Morgen aus Berlin angereist, die letzte Strecke von der Kreisstadt nach Kosakenberg ist sie mit dem Postauto gefahren. Den Linienbus gibt es damals noch nicht.

Am Tisch sitzt auch der tot geglaubte Soldat Friedrich, der erst vor Kurzem aus der Kriegsgefangenschaft zurückgekehrt ist. Anna weiß, dass sie ihn Koks-Friedrich nennen. Wenn die Männer ihn begrüßen, klopfen sie ihm auf die Schulter, Mensch, Koks-Friedrich, sagen sie.

Doch Anna spürt, dass etwas nicht stimmt, dass sie ihm gegenüber eine gewisse Distanz hegen, als sei er ein Gespenst, als fürchten sie sich ein wenig vor ihm.

Sie erinnert sich, wie er ihr nach dem Tanzvergnügen gefolgt war. Sein betrunkener Atem auf ihrer Haut. Die obszönen Worte, die er ihr ins Ohr geflüstert hatte und an die sie nicht mal denken kann, ohne rot zu werden.

Nach dem Tanz stand er plötzlich hinter ihr, sie spürte etwas Schweres an ihrer Hüfte. Sie hatte sich losgemacht und war über die Straße zu Wendlers gerannt. Friedrich versuchte ihr zu folgen, doch er war so betrunken, dass er hinfiel, als er die Straße vom Gasthaus überqueren wollte.

Am besten gefällt Anna Erichs Schwester Luise. Sie bewundert ihren vornehmen Hut, den sie auch in der Küche nicht absetzt, sie hat ein auffälliges Gesicht mit hohen Wangenknochen und einem riesigen Mund. Als sie jung war, muss sie eine wahnsinnig schöne Frau gewesen sein.

Von der Hitze des Herdes haben alle schnell rote Gesichter. Amalie schneidet die Kuchen in Stücke und türmt sie auf Teller, Anna trägt die Teller herum. Am schnellsten ist der Streuselkuchen weg, weil alle wissen, dass Amalie nicht mit der Butter geizt.

In diesen Runden geht es immer sehr heiter zu. Ein Mann erzählt davon, wie er einmal mit zehn Tauben in der Tasche nach Charlottenburg gefahren ist, um sie dort vor der Oper zu verkaufen. Daneben gab es einen Laden für Schlachterbedarf, man fand dort leicht Kundschaft.

Die Tauben lebten allerdings noch und rumorten in seiner Tasche. Der Mann berichtet, wie er die ganze Zeit gezittert habe in der Schnellbahn, aus Angst, ein Inspekteur würde kommen und ihn wegen Schwarzhandels anklagen und verknacken.

Am liebsten reden alle darüber, was beim Schlachten schiefgehen kann. Alle Bekannten schlachten damals. Diejenigen, die keine Schweine oder Rinder haben, schlachten Tauben, Hühner, Gänse, Kaninchen. Die Kleintiere sind Frauensache, und es gibt Frauen, die gern in vielen Details darüber reden, wie man einem Vogel den Hals umdreht.

Anna fällt auf, dass besonders viel gelacht wird, je blutrünstiger die Erzählungen werden.

Friedrich erzählt von einem Huhn, das auf dem Hof noch herumlief, obwohl ihm gerade der Kopf abgehackt worden war. In seiner Verwirrung sei jenes Huhn auf den Hut von Tante Ise gesprungen, die an jenem Tag im Garten im Liegestuhl lag.

Großes Gelächter.

Anna lacht mit, die Geschichten ähneln jenen, die man sich im Osten erzählte.

Ich stelle mir vor, dass Friedrich die neue Magd beobachtet, wie ältere Männer jüngere Frauen beobachten. Sie wirkt scheu auf ihn, sehr zugeknöpft, als ob sie noch nie einen Mann geküsst habe, dabei muss sie schon über zwanzig sein.

Es gefällt ihm, Anna in Verlegenheit zu bringen. Am Küchentisch erzählt er, wie sie in Sibirien Krähen gefangen und dann gebraten haben. »Im Osten, wo unsere Anna herkommt, essen das die Männer dauernd, weil es die Potenz steigert. Hab ich recht, Anna?« Er zwinkert zu ihr rüber.

Eine Frau, die mit dem speziellen Humor in Kosakenberg aufgewachsen ist, hätte vielleicht spöttisch pariert: »Du scheinst so was ja nötig zu haben.«

Aber Anna weiß nicht, wie sie reagieren soll, sie spürt, wie ihr seine Augen folgen, aber sie schweigt und schaut durch Friedrich hindurch, als hätte sie die Bemerkung nicht gehört. Sie hat niemandem von dem Vorfall nach dem Tanzvergnügen erzählt – und sie fragt sich auf einmal, ob das ein Fehler gewesen sei.

Schweine sind friedliche, ruhige Tiere, aber das Schwein, das an jenem Tag im Oktober geschlachtet werden soll, quiekt trotzdem, als ahne es bereits sein Schicksal.

Erich Wendler zerrt es an einem Strick aus dem Stall hinter sich her, der Schlachter zieht einen weißen Kittel über und krempelt die Ärmel hoch. An diesem Tag will er eine schmerzfreie, angenehmere Methode anwenden, sagt er. Es ist allerdings nicht ganz klar, für wen die Methode angenehmer ist, für ihn oder das Tier.

Mein Großvater und meine Großmutter helfen beide mit.

Friedrich hält das Schwein fest, der Schlachter zielt mit einer Waffe, die wie ein überdimensionierter Kugelschreiber aussieht, auf den Kopf. Es handelt sich um ein so genanntes Bolzenschussgerät, das ein Doktor aus Straubing vor dem Krieg erfunden hat, angeblich um dem Schwein unnötige Schmerzen zu ersparen. Der Fleischer Frieselang setzt die Waffe zwei Fingerbreit über den Augen auf der Stirn an und drückt ab.

Anna steht bereits mit einer Schüssel bereit, um das Blut aufzufangen. Sie schaut weg, als der Fleischer auf das Tier zielt. So gern sie Kotelett und Schinken isst, so ungern sieht sie beim Schlachten zu. Sie kann kein Blut sehen, doch sie traut sich nicht, das jemandem zu sagen. Wie würde das denn aussehen: ein Bauernmädchen, das kein Blut sehen kann. Deshalb schaut sie leicht zur Seite, sie atmet durch den Mund, um den metallischen Geruch nicht zu schmecken.

Vielleicht erinnert sie sich, wie klein und zart es aussah, als es vor einem Jahr geboren wurde. Als das Tier größer wurde, hat sie es oft gefüttert, mit Kartoffeln, Rüben, Luzerne und Essensresten, im Winter blieben die Tiere im Stall, aber im Sommer durften sie hinaus, ihre Tröge standen unter freiem Himmel, und sie tobten den ganzen Tag herum, so dass sich der Boden unter ihnen in Schlamm verwandelte.

Das Schwein, das gleich zerlegt werden würde, hat nie gehungert, es war nicht gequält worden. Es hat ein gutes Leben gehabt, sagt sich Anna, so versucht sie sich zu beruhigen.

Im nächsten Moment ist der Schlachter dabei, die Halsschlagader mit dem Messer zu öffnen, Blut spritzt heraus, Anna zögert kurz, schließlich spürt sie einen Schubs von hinten.

»Nun mal nicht so schüchtern«, sagt Friedrich und schubst sie ein wenig, so dass ihr das Blut ins Gesicht spritzt. Anna unterdrückt einen Würgereiz und fängt kräftig an zu husten. Sie wischt sich mit dem Pulloverärmel das Blut aus dem Gesicht, wieder spürt sie den Blick von Friedrich, aber sie erwidert ihn nicht. Der Fleischer nimmt ihr die Kanne aus der Hand und hält sie unter das sprudelnde Schwein.

Es geht in diesem Moment darum, dass das Blut so schnell wie möglich vom Schwein in die Kanne kommt und durch ständiges Rühren vor dem Verklumpen bewahrt wird. Mittags wird es frische Wurstsuppe für alle Gäste geben, gewürzt mit Zwiebeln und Speck.

Während meine Großmutter würgt, bekommt mein Großvater Appetit, wenn er sieht, wie das Blut in die Kanne fließt. Er versteht nicht, wie man sich vor Schweineblut ekeln kann. Das ist, als wenn man sich vor Kuhmilch ekeln würde.

Er sieht in dem Schwein nichts Totes, sondern etwas Lebendiges. Er stellt sich vor, was man allein aus einem Schweinskopf alles zubereiten kann. Schweinebacke und Schweinszunge, gekocht und gebraten, Schweineohren und Schweineschnauze, Schweinskopfbrühe und Schweinskopfpastete, geschmort und eingeweckt.

Dann macht sich der Fleischer an die eigentliche Arbeit, er säubert das Schwein, entfernt die Borsten, öffnet die Bauchdecke, nimmt die Eingeweide heraus. Er wartet mit dem Zerlegen, bis das Schwein ausgekühlt ist. Obwohl er recht häufig zur Kornflasche greift, zittern seine Hände kein bisschen. Nach einer Weile ist sein Kittel nicht mehr weiß, sondern voller hellroter Flecken.

Er teilt das Fleisch ein, in hochwertiges und weniger hochwertiges. Aus dem weniger hochwertigen wird die Grützwurst gekocht. Auf Amalies Herd steht ein riesiger Kessel, der nun stundenlang vor sich hinköcheln wird.

Anna rennt unterdessen zwischen Küche und Waschküche hin und her, sie schleppt Wasserkübel und Wannen voller Fleisch.

In der Küche hantiert Amalie mit den riesigen Wannen voller Abwasch, Annas Brüder sind damit beschäftigt, Wannen voller Kochfleisch zu salzen, während Tante Ise mit dem feinen Hut Fleisch für Cervelatwurst durch den Wolf dreht. In der Waschküche hat der Fleischer angefangen, die Därme auszuspülen, bevor sie mit Wurst gefüllt werden.

Danach müssen die Würstchen eine Woche lang getrocknet werden. Würstchen werden bei Wendlers nicht wie die Wäsche auf dem Dachboden aufgehängt, sondern in der guten Stube. Auf dem Boden wäre es zu kalt zum Trocknen.

Anna geht in das Zimmer, sie räumt die gepolsterten Lederstühle hintereinander, so dass zwischen ihnen ein Abstand von einem Fingerbreit bleibt. Sie stellte zwei Stühle im Abstand von etwa einem Meter mit den Lehnen zueinander auf und legte drei Holzstangen darauf. An die Holzstangen hängte sie die Wurst zum Abtrocknen. Dann schlägt die Uhr achtmal. Sie hält kurz inne. Seit vierzehn Stunden ist sie auf den Beinen.

Sie hängt vier Würstchen-Girlanden auf, ohne dass sich die Wanne zu leeren scheint. Sie ruft Amalie in der Küche zu, wohin sie die restlichen Würstchen hängen soll.

»Bring sie zu Friedrich«, ruft Amalie zurück. Obwohl der Knecht ihr unheimlich ist, denkt Anna nicht daran, dass es gefährlich sein könnte, in sein Haus zu gehen. Sie hört Stimmen aus der Küche, das Radio läuft und verkündet die Gründung eines neuen Staates mit einem Namen, den Anna so schnell nicht verstanden hat, er ist auch nicht besonders eingängig. Und die Männer sitzen mit dem Fleischer bei einer neuen Flasche Korn zusammen und diskutieren über Politik.

Sie läuft über den dunklen Pfad an der Scheune und an dem Plumpsklo vorbei, bis zum Gartentor, das Wendlers und Steins Grundstück voneinander trennt. Es ist ganz dunkel, eine mondlose Nacht, aber sie kennt den Weg so gut, dass sie mit einer Hand problemlos das Gartentor öffnet.

Die Tür von Steins Haus steht leicht angelehnt, sie geht durchs Dunkle, erst im hinteren Zimmer schaltet sie das Licht an.

Das Haus ist grau, klein und gedrungen, es gibt viel weniger Platz als bei Wendlers. Schon von außen strahlt alles Nüchternheit und Schlichtheit aus, als würde es sich am liebsten verstecken.

Es gibt drei Zimmer, die sich Friedrich Stein mit einer anderen Mietpartei teilt. Wie im Gasthaus Rünzel sind auch bei ihm Flüchtlinge aus dem Osten einquartiert worden. Anna fällt die Leere des Hauses auf, im hinteren Zimmer, das als Wohnzimmer genutzt wird, gibt es kaum Möbel. Das Licht kommt von einer Glühbirne an der Decke. Um den eckigen Tisch herum stehen ein paar zusammengewürfelte Stühle, es gibt einen ausgetretenen Teppich und einen Schrank. Als Friedrich Stein aus der Sowjetunion zurückkam, hatte Amalie Wendler seine Möbel bereits weggegeben, weil sie nicht damit rechnete, dass er wiederkehren würde. Die Stube ist fast so karg eingerichtet wie die Kammer, in der Annas Stiefmutter und ihre Brüder leben. Auf einmal tut ihr Friedrich Stein leid. Sie wärmt ihren Rücken für einen Moment an dem knisternden Ofen, der in einer Ecke steht.

Sie stellt die Stühle hintereinander auf, dann legt sie die Würstchen über die Lehnen. Am Ende begutachtet sie ihr Werk, wie die Würste da so hängen, erinnert sie an Kirschen, aus denen sie sich als Kind Ohrringe gebastelt hat. Sie atmet tief ein: Wie die Würste duften! Nach frischem Majoran und Thymian und gebratenen Zwiebeln.

Erst später wird sie den Duft von frischen Würsten nicht mehr ertragen können, wenn er in ihre Nase steigt, wird ihr übel werden, aber in dem Moment, in dem sie ihre Arbeit beendet hat, wird sie erschöpft, aber zufrieden gewesen sein. Ich stelle mir vor, wie sie in Steins Wohnzimmer steht, mit der Wärme im Rücken und dem Geruch der Würstchen, und wie sie sich auf einmal entspannt, lockert und ihre Müdigkeit spürt, aber auf eine gute Weise, wie nach einem erfolgreichen Tag. Sie weiß, sie sollte zurück zu Wendlers, um zu schauen, ob Amalie noch Hilfe braucht, doch sie bleibt ein wenig sitzen. Nur zwei Minuten noch.

Vielleicht denkt sie an Weihnachten. Sie wird mit ihren Brüdern bei Wendlers feiern, das haben sie ihr versprochen. Zum ersten Mal seit dem Kriegsende wird es einen echten Baum geben.

Sie muss sich zurückhalten, nicht in eine der Würste hineinzubeißen und zu kosten, die Majoranwürste riechen besonders gut. Bis Weihnachten würden sie fertig sein.

Vielleicht ist es die Wärme, vielleicht sind es die Würstchen, die Anna übermütig gemacht haben. Sie weiß, dass sich auf Steins Dachboden eine Räucherkammer befindet, die die Wendlers an Schlachttagen mitnutzen. Hier werden Schinken, Speck und Würste zum Räuchern aufgehängt. Sie liebt den Geruch von frisch geräucherten Koteletts. Zu Hause kümmerte sich ihr Vater ums Räuchern, sie hatten selbst keine Räucherkammer, sondern nutzten die eines Nachbarn. Doch es war jedes Mal ein Fest, wenn der Vater vom Nachbarn kam und die frisch geräucherten Koteletts mitbrachte.

Anna steigt die Stufen hinauf, das Holz unter ihren Füßen knarrt. An der Seite entdeckt sie einen Lichtschalter, sie legt ihn um, doch nichts passiert. Sie überlegt, ob sie eine Kerze holen soll. Doch sie weiß nicht, wo Stein seine Kerzen lagert, und sie will nicht dabei erwischt werden, wie sie in seinen Schubladen herumwühlt. Sie geht vorsichtig weiter, eine Stufe nach der anderen. Sie hält sich mit beiden Händen am Geländer fest. Als sie oben angekommen ist, haben sich ihre Augen etwas an die Dunkelheit gewöhnt, sie erkennt Umrisse.

Auf dem Dachboden ist es ganz still, es riecht nach Staub, links liegt ein Zimmer, in dem die Kinder der Flüchtlingsfamilie schlafen.

Wenn man nach rechts geht, betritt man einen größeren, offenen Raum. Anna erschrickt erst, als würde dort jemand im Dunkeln auf sie lauern. Sie hat auf der Flucht gelernt, dass es besser ist, sich in solchen Situationen zurückzuziehen und ganz still zu bleiben. Nicht schreien, sagt sie sich selbst.

Dieser Jemand im Dunkeln trägt einen hellen Umhang, der in der Dunkelheit besonders auffällt. Wie ein Zauberer oder eine Gestalt aus dem Mittelalter. Im ersten Moment will sie sich sofort umdrehen und die Treppe hinunterlaufen. Doch dann bleibt sie stehen. Ihr Atem wird ruhiger, sie fixiert die Gestalt für ein paar Sekunden. Die Gestalt bewegt sich, sie kommt etwas näher an sie heran. Doch dann geht sie wieder zurück. Anna friert, sie will diesen Dachboden verlassen, sie spürt, sie gehört hier nicht her, doch etwas hält sie auf.

Sie hat entdeckt, dass sich quer durch den Raum drei Leinen ziehen, auf denen im Herbst und im Winter die Wäsche aufgehängt wird. Auf einer Leine hängen Laken und weiße Unterhemden. Ein Fenster steht offen, der Wind weht leise über die Laken.

Sie hat in der Dunkelheit ein feuchtes Laken, das sich

im Wind bewegt, für einen Menschen gehalten. Anna kommt sich sehr dumm vor. Sie lächelt still über sich selbst. Sie ist so gefangen in ihren Gedanken über die Gestalt, die sie im Dunkeln vermeintlich zu sehen glaubte, dass sie das Knarren der Bodentreppen überhört.

Sie merkt nicht, dass jemand ihr gefolgt ist.

Ich stelle mir vor, er trägt ein Messer bei sich, das er unten in der Küche aus einer der Schubladen genommen hat. Er versperrt ihr den Weg nach unten.

Anna reißt das Fenster auf, sie schaut nach unten, drei, vier Meter bestimmt, sie sieht Erich Wendler vor dem Nachbarhaus stehen, er hält eine Zigarre in der Hand, es ist später Nachmittag, noch nicht ganz dunkel, er muss sie auch gesehen haben, sie schreit um Hilfe, so laut sie kann, sie sieht, wie er den Kopf zu ihr wendet, wie er hochblickt, ihre Augen treffen sich, und Anna schreit seinen Namen, doch dann sieht sie, wie er den Kopf wegdreht. Er drückt seine Zigarre aus und dreht sich um. Später wird der Nachbar Erich sagen, dass er an jenem Abend einen Schrei gehört habe. Er habe aber in der Dunkelheit nichts erkennen können.

Anna weiß danach nicht mehr, wie lange es gedauert hat. Sie ist überzeugt, es muss ein böser Traum gewesen sein, so böse und düster, wie man eigentlich nur als Kind träumt, mit einem Ungeheuer mit purpurfarbenen brennenden Augen, mit Pranken, deren Krallen scharf wie Messerklingen glänzen. Sie sieht sich daliegen, unter dem weißen Laken, das sie für ein Gespenst hielt, während das eigentliche Ungeheuer hinter ihr lauert. In ihrem Traum bewegten sich seine Krallen in unendlicher Langsamkeit auf sie zu – und sie sieht sich daliegen, wie so oft im Traum hat sie keine Kontrolle über ihre Arme und Beine, sie kann sich nicht rühren, so sehr sie sich auch anstrengte. Alles um sie herum scheint sehr hell und sehr still, nicht einmal das Fenster knarrt. Sie sieht sich daliegen, regungslos, betäubt, tot wie die Augen eines Schweins, in dessen Gehirn ein Metallbolzen steckt. Sie spürte einen leisen Luftzug über sich.

Es muss ein Traum gewesen sein, denn um sie herum tanzten prall aufgeblasene, hohläugige Schweinsköpfe.

Es muss ein Traum gewesen sein, ihr Kopf wiederholt den Satz wieder und wieder.

Sie stellt fest, dass sie auf dem Holzboden liegt, ihre Beine sind nackt, sie liegen in etwas Feuchtem. Sie reißt das Laken von der Leine und wischt ihre Beine ab.

Es ist nicht das Blut des Schweines.

11

Eine Zeitlang habe ich diese Szene in meinen Träumen immer wieder durchgespielt. Mal liegt meine Großmutter auf dem schlichten Holzboden, mal hat er einen Kartoffelsack ausgebreitet, bevor er sie zu Boden drückt, mal liegt sie auf einem Bett. Meine Träume und das Bild von Tizian mischen sich. Ich stelle mir vor, dass sie die Arme schützend vors Gesicht hält wie die Lucretia auf Tizians Gemälde, vielleicht fleht sie ihn an, von ihr zu lassen, doch wie Tarquinius Lucretia überlegen ist, ist mein Großvater körperlich viel kräftiger als sie. Tarquinius ignoriert Lucretias angstvollen Blick, vielleicht macht dieser Blick ihn sogar noch entschlossener. Ihre weiße, perfekte Haut provoziert ihn, sie ist die Schwäche, die er in sich selbst abtöten will. Er will beweisen, dass er diese Frau brechen kann, will seinen Konkurrenten, Lucretias Ehemann, demütigen.

In einem Traum schreit meine Großmutter, und ich höre ihre Schreie, ich stehe nur wenige Meter entfernt hinter dem weißen Laken, ihr Gesicht sehe ich nicht, meinen Großvater sehe ich nur von der Seite, er wirkt nicht wütend, nicht gierig, sondern fast unbeteiligt, mechanisch, wenn er meine Großmutter mit bloßen Händen festhält, doch auch ich bin regungslos, ich kann ihr nicht helfen, ich kann sie nicht retten. Und so werde ich zur Komplizin, zur Voyeurin. Ich bin der Junge hinter dem grünen Vorhang.

Als ich erfahren habe, was vor sechzig Jahren passiert war, nach jenem Anruf meiner Mutter, habe ich mich als Erstes gefragt, warum meine Großmutter nicht sofort zur Polizei gegangen ist. Vergewaltigung galt auch damals als Straftat, als Verstoß gegen die Sittenordnung. Im gleichen Moment habe ich mich dafür geschämt, weil das eine Frage war, die so besserwisserisch klang. Warum bist du nicht zur Polizei gegangen? Das fragt sich leichter in einer Zeit, in der sexuelle Selbstbestimmung im Gesetz festgeschrieben ist.

Aber warum hat sie sich sonst niemandem anvertraut? Aus Scham? Misstrauen? Angst?

Einem Flüchtlingsmädchen hätte damals niemand geglaubt, sagt ihr Bruder Fredi sechzig Jahre später. Er sagt heute, er habe nicht geahnt, was seine Schwester durchgemacht hat.

Die Mutter meiner Mutter geht also nicht zur Polizei, sondern ist eines Tages einfach verschwunden. Es ist ein Mittwoch im April, einer jener milden Tage, an denen der Boden nachts nicht mehr gefriert und die Hausfrauen die Bleche mit dem Kuchen zum Kühlen auf die Treppen stellen, so dass es im Dorf nach frisch gebackenem Hefekuchen riecht.

Meine Großmutter verschwindet nicht, ohne ihre Pflicht als Magd erfüllt zu haben, sie hat den Tisch bei den Wendlers gedeckt, einen Eimer Kohlen nach oben geholt und nebenher eine Suppe aus Mehl und Wasser angesetzt, die damals gern gegessen wird, weil sie billig und nahrhaft ist.

Die Wendlers wachen vom Klappern der Kohleeimer auf. Sie machen sich keine Sorgen, als sie am Morgen meine Großmutter Anna nicht in der Küche antreffen. Früher hat sie oft verschlafen, aber in letzter Zeit steht Anna vor dem Sonnenaufgang auf. Woher dieser plötzliche Arbeitseifer kommt, fragen die Wendlers sich nicht.

Mittwochs ist Waschtag, und Amalie will das Haus herrichten, bevor zu Ostern die Verwandten kommen. Die Türen müssen gescheuert, die Fenster geputzt, die Gardinen gewaschen, die Küchenschränke geleert, feucht ausgewischt und das Silber poliert werden. Selbst die Holzsitze auf dem Plumpsklo sollen geschrubbt werden.

Amalie ist kein Typ, der zu Nervosität neigt, sie wartet auf ihre Magd. Solange Anna nicht auftaucht, wird sie nicht mit dem Putzen anfangen.

Auf dem gusseisernen Herd stehen drei schwere dunkelblaue Töpfe, in denen die Weißwäsche kocht, gefüllt mit Hemden, Laken, Bettbezügen. Die Küche ist in einen weißen Nebel gehüllt, die Töpfe dampfen. Gelegentlich rührt sie mit einem großen Holzlöffel in der Wäschesuppe.

Sie wäscht alles mit der Hand, dreht die Wäsche danach durch die Mangel, es ist eine schwere, zeitraubende Arbeit, die ich selbst als Kind noch erlebt habe. Die Waserwannen, mit denen sie hantiert, werden Amalie eines Tages ihren Rücken ruinieren.

Später wird ihr Mann Erich ihr eine elektrische Schleuder anschaffen, die so laut klappert, als würde sie in die Luft abheben, doch eine Waschmaschine wird Amalie nie besitzen.

Noch später, wenn ich sie als Tante Amalie kennenlernen werde, wird sie nur noch auf den Knien hocken können, ohne Schmerzen zu empfinden. Klagen wird sie nie, denn das gehört sich nicht. So ist sie von ihrem Vater erzogen worden, dem sie die Hand gab und den sie mit »Herr Vater« anredete.

Auf dem Hof fehlt jede Spur von Anna. Erich Wendlers Mutter, Oma Bertha, die mit ihr die Kammer teilt, ist schwerhörig und hat nichts bemerkt. Im Hühnerstall liegen am frühen Nachmittag noch die Eier, eigentlich war es Annas Aufgabe, morgens die Eier aus den warmen Nestern zu holen. Sie macht das gern, sie nennt die Hühner »meine Freunde«, gibt ihnen Namen und streichelt sie. Ihre Augen leuchten jedes Mal, als hätte sie einen Schatz gehoben, wenn sie Amalies Küche mit der Schürze voller frischer Eier betritt.

Ich stelle mir vor, wie der Tag vergeht, in einer stummen Angespanntheit, wie vor einem Gewitter.

Beim Mittagessen in der Küche erwähnt keiner Annas Abwesenheit. Es gibt Salzkartoffeln mit Grützwurst, von dem Geschlachteten im Herbst. Alle leeren schweigend ihre Teller, jeder mit seinen eigenen Gedanken beschäftigt.

Annas Bruder Günther kommt wie jeden Tag nach der Schule zu Wendlers zum Essen. Er ist groß und schlank, nicht ganz so breit wie sein älterer Bruder Fredi. Fredi lernt in der Stadt Autoschlosser, während Günther später Philosophie studieren will. Er ist 14 und liest Bücher, die in dem neuen kleinen Land modern sind, über Karl Marx und Friedrich Engels, die als Vordenker gefeiert werden. Fredi und Günther gehen sich seit einiger Zeit aus dem Weg. Schlosser und Akademiker verstehen sich nicht. Ihre Mutter beobachtet Günthers Entwicklung skeptisch, ihr wäre es lieber, ihr Sohn würde einen praktischen handwerklichen Beruf erlernen. Einen Beruf, der in jedem Gesellschaftssystem funktioniert.

Amalie beobachtet den Jungen, der sich den Teller füllt. Er trägt die Haare kurz geschnitten, dazu das blaue Hemd der neuen Jugendorganisation. Er hat die Ärmel hochgekrempelt. Sie denkt daran, wie Anna ihr zum ersten Mal davon erzählt hat, dass ihr Vater verschollen ist.

Verschollen, das war das Wort, das sie benutzte. Nicht tot.

Einmal wird Amalie sie fragen, nur ein einziges Mal, als sie gemeinsam auf der Treppe sitzen, in dicke Strickjacken gehüllt, mit einer Tasse Malzkaffee in der Hand. Es wird ein besonders schöner Abend sein, an dem man die Sonne in den Kiefernwald abtauchen sieht. Erich ist schon ins Bett gegangen, die beiden Frauen, die ältere und die jüngere, sind allein.

Vom Wald her kommt Musik, der Gesang der sowjetischen Soldaten. Es ist ein Klischee, vielleicht, aber sie singen wirklich viel. An manchen Tagen trägt der Wind den Gesang hinüber nach Kosakenberg. Westwind, der nicht nur die Lieder, sondern auch klares Wetter bringt. An solchen Tagen brauchen die Kosakenberger keinen Wetterbericht.

»Denkst du manchmal an deinen Vater?«, fragt Amalie in einem Ton, der beiläufig klingen soll.

Anna schließt die Augen und antwortet nicht.

Amalie bekommt Angst, dass sie anfangen würde zu weinen. Sie hat Anna noch nie weinen sehen. Sie bereut, die Frage ausgesprochen zu haben. Ihre verdammte Neugier.

Doch dann öffnet Anna ihre Augen wieder, sie sind klar, ruhig, keine Spur einer Rührung.

»Nein, nie«, sagt sie leise. Sie schaut auf ihren Kaffee, trinkt aber nicht davon. Amalie steht auf, sie berührt sie beim Gehen leicht an der Schulter, so dass es wie zufällig wirkt.

Am Tag, als Anna verschwindet, fällt Amalie das Gespräch ein. Hätte sie etwas sagen sollen, etwas Tröstendes? Anna wirkte immer so schweigsam, so gefasst, so kontrolliert, dass sie nie auf die Idee gekommen war, dass sie unter dem Verlust des Vaters leiden könnte. Sie war ja nicht die Einzige, die einen geliebten Menschen verloren hatte.

Aber es passierte manchmal, dass Totgeglaubte wiederkamen. Friedrich zum Beispiel. Amalie erinnert sich, wie sie sich erschrocken hatte, als er plötzlich vor der Tür stand. Wie der verlorene Sohn. Sie hatte sich geschämt, dass sie nicht an seine Rückkehr geglaubt hat. Er wirkte magerer, aber ansonsten unverändert, fleißig, hilfsbereit und zuverlässig. Auch diese etwas wilde Seite, die er wahrscheinlich vom geheimnisvollen Vater hat, die hatten ihm die Russen nicht abgewöhnt.

Ganz anders als Herbert, der andere Nachbar, der überraschenderweise überlebt hatte. Er war ungefähr im gleichen Alter wie Friedrich, sah aber aus wie sechzig. Seine Hände zitterten. Seine Familie hatte ein großes Fest veranstaltet, um seine Rückkehr zu feiern, sie hatten ein Schwein geschlachtet und das ganze Dorf eingeladen. Am Abend sollte es Herbert zu Ehren ein Freudenfeuer geben.

Doch der Gefeierte kam erst gar nicht zu dem Fest, er verließ seine Stube nicht mehr. Er las stundenlang in der Zeitung. Vielleicht saß er auch nur da und starrte auf die Buchstaben, das konnte niemand genau sagen.

Er ging seit seiner Rückkehr kaum noch aus. Er war leicht reizbar geworden, die kleinsten Veränderungen machten ihn wütend. Wenn die Nachbarskinder am Sonntagnachmittag Fußball spielten, durfte sein Sohn Karl nicht mit ihnen spielen, sondern musste das Vieh füttern. Karl war der beste Freund von Günther, Annas Bruder. Einmal hatte der Vater ihm vor Wut einen brennenden Strohballen an den Kopf geworfen, so dass sein Gesicht schwer verletzt wurde. Die Narben heilten, doch seitdem trug der Junge ein Glasauge.

Es ist nach zwei Uhr nachmittags, und Anna bleibt verschwunden. Ein kurzes Gespräch mit Günther wird Amalie auch nicht weiterbringen.

Amalie fragt, ob er in letzter Zeit Anna gesehen habe? Hat sie vielleicht eine Reise erwähnt?

Er blickt vom Teller hoch, mit einem ungehaltenen, hungrigen Blick. Er lässt sich nicht gerne beim Essen unterbrechen.

»Nein, wieso?«, fragt er.

Amalie sagt, seine Schwester sei verschwunden.

»Mach dir keine Sorgen, Tante Amalie, sie wird schon wieder auftauchen«, antwortet er in einem optimistischen Ton und lächelt. Kurz bevor er die Küche verlässt, bleibt er stehen, als sei ihm noch etwas Wichtiges eingefallen. Er wirkt auf einmal nervös.

»Sie ist komisch gewesen, in der letzten Zeit.«

»Wie, komisch?«, Amalie fixiert den Jungen. Sie würde gern in seinen Kopf hineinschauen.

»Ach, ich weiß nicht«, sagt er schließlich und schlüpft durch die Tür. Sie sieht ihm aus dem Küchenfenster nach. Er geht mit einem festen, unbeirrbaren Schritt über den Hof und verschwindet im Pferdestall. Fünf Jahre ist es her, dass er ins Dorf gekommen ist. Nichts an ihm schien an die früheren Strapazen zu erinnern, an den schmächtigen, kränklichen Jungen, der an der Oderbrücke beinahe gestorben war.

Amalie räumt den Tisch ab, sie stapelt die schmutzigen Teller in eine Emaillewanne, abwaschen wird sie später, ihr fehlt Anna. Die nasse Wäsche liegt auch bereit und müsste aufgehängt werden. Doch zunächst will sie zu Hedwig, Annas Stiefmutter. Sie geht die Straße ins Dorf hinein mit einem flinken Gang, bis sie vor dem Gasthaus steht. Es ist noch geschlossen, aber die Tür ist nur angelehnt.

Sie steigt die Treppe hinauf, vorbei an dem Gastraum, aus dem es nach abgestandenem Bier und Rauch riecht. Bevor sie an die Tür klopft, schließt sie kurz die Augen und atmet durch, um sich besser zu konzentrieren.

Amalie wendet sich nur ungern an Hedwig, etwas an dieser Frau gefällt ihr nicht. Sie kann nicht sagen, woran es liegt. Vielleicht an dem herrischen Zug, den sie um den Mund hat, als wäre es unter ihrer Würde, mit den Dorfmenschen in Kosakenberg zu verkehren.

Annas Stiefmutter öffnet die Tür, sie trägt ein Kopftuch über ihrem weißen Haar, in ihrem Blick liegt Misstrauen.

Nein, sie habe Anna seit Tagen nicht gesehen, sagt sie, an der Tür lehnend.

Amalie sieht Hedwig für einen Moment direkt in die Augen, doch sie enthüllen nichts, ihr Blick prallt sofort ab.

Als Amalie die Treppe hinuntersteigt, ruft Hedwig ihr noch etwas hinterher. »Es würde mich nicht wundern, wenn die Probleme hat, die ist schon als Kind rotzfrech gewesen«, ruft Hedwig.

Amalie fragt sich, warum Hedwig ihre Stieftochter so sehr hasst. Ohne Anna wären sie doch nach dem Krieg verhungert.

Amalie fällt das Wort ein, das Günther benutzt hat. Seltsam sei Anna gewesen. Auch ihr ist das nicht entgangen, das Distanzierte, Abwesende.

Es war, als ob etwas Unverständliches in ihr vorginge, etwas Schweres, über das sie mit niemandem reden konnte. Sie klagte über Migräne, wollte sich aber auch nicht von Amalie helfen lassen. Sie hätte ihr die Hände aufgelegt, den Atem auf die betroffene Körperstelle geblasen. Das half meistens.

Das Mädel arbeitet zu viel, sagt Erich, als sie beim Abendbrot wieder alle zusammensitzen. Er meint, sie wird in die Kreisstadt gefahren sein, um etwas zu erleben, sie sei jung, und was habe sie in ihrem Leben schon für Vergnügungen gehabt.

Das klingt beruhigend, nachvollziehbar. Gleichzeitig passt es überhaupt nicht zu Anna.

Hätte sie eine solche Fahrt nicht vorher erwähnt? Was gebe es für einen Grund, darüber zu schweigen? Mit wem soll sie gefahren sein? Sie hat doch keine Freundinnen. Es gab mal ein Mädchen, mit dem sie sich gut verstand, aber sie ist mit ihrer Familie weiter in den Westen Deutschlands gezogen.

Ich stelle mir vor, wie es für meinen Großvater gewesen ist, an diesem Tisch zu sitzen. Ahnt er was? Hat er ein schlechtes Gewissen? Spielt er vielleicht sogar die Möglichkeit durch, dass Anna sich doch noch an die neue Polizei wendet?

Vielleicht hat er gar nichts gesagt, weil er den Vorfall am Schlachttag längst vergessen hat.

Vielleicht versucht er aber auch, die Wendlers auf eine andere Spur zu bringen.

»Vielleicht ist sie mit einem Russen zusammen?«, sagt er am Tisch. Als alle ihn erstaunt anschauen, fügt er fast entschuldigend hin: »Wie heißt es so schön, stille Wasser sind tief.«

Nach einer Pause, die ein wenig zu lange dauert, um zufällig zu sein, erwidert Amalie: »Ein Russe? Blödsinn.« Sie steht auf und beginnt den Tisch abzuräumen.

Erich schaut Friedrich verwundert an, der Gedanke an einen Mann ist ihm auch schon gekommen. Er sucht Friedrichs Gesicht nach einem Zeichen ab. Irgendetwas ist anders an ihm, seitdem er aus der Kriegsgefangenschaft zurück ist. Als hätte er von dort etwas Düsteres, Fremdes mitgebracht. Mit Amalie hat er auch schon drüber gesprochen, sie will es nicht sehen, sagt, dass er unverändert auf sie wirkt.

Er erinnert sich an die Nacht, in der er die Schreie gehört hat. Katzenschreie sind es gewesen. Er hat den Eindruck, als gebe es eine Verbindung zwischen den Schreien und dem Verschwinden von Anna, doch er kommt nicht darauf, was für eine Verbindung das sein sollte.

Nach dem Schlachttag war Anna nach Hause gekommen, barfuß, mit einer zerrissenen Schürze und einer Schramme am Kinn. Sie sei auf der Treppe unglücklich gestürzt, hatte sie behauptet, dabei wären die Schürze und die Strümpfe kaputtgegangen. Erich war nach dem langen Tag mit dem Fleischer Frieselang wie alle ein bisschen betrunken gewesen, er hatte gelacht über die Tapsigkeit seiner Magd.

Er streicht nun über die Wachstuchdecke auf dem Tisch,

er weiß nicht, warum er ausgerechnet an die Schreie von vor einem halben Jahr denken muss.

Erich Wendler macht sich Sorgen, dass Anna etwas zugestoßen sein könnte.

Es sind gefährliche Zeiten für Frauen. In alten Polizeiakten kann man nachlesen, dass damals wieder und wieder Frauenleichen in den Wäldern im Umkreis der großen Stadt gefunden werden, mit zerrissenen Kleidern, ohne Schmuck oder Geld. Die meisten Täter bleiben unentdeckt. Die Polizei funktioniert noch nicht, es fehlt den Behörden am Nötigsten. In der Kreisstadt teilen sich zwei Beamte abwechselnd einen Schreibtisch, es gibt nicht einmal genügend Fahrräder, um Kriminelle zu verfolgen.

In einem streng geheimen Behördenpapier an das Innenministerium taucht eine weitere Erklärung auf, warum Morde und Tötungsdelikte an Frauen so selten aufgeklärt werden. Die Ermittlungen würden von den Besatzern blockiert, klagt ein Beamter in dem Schreiben. Darin heißt es weiter, sobald ein Verdächtiger der Roten Armee angehöre, müsse man der Polizei den Fall übergeben. Wenn man sich später nach dem Fortgang der Ermittlungen erkundige, bekomme die örtliche Polizei meistens keine Antwort.

Doch es gibt Hinweise, dass auch die einheimischen Behörden bei weiblichen Opfern eine eher nachlässige Haltung pflegen. In dem neuen Staat, der sich fortschrittlich gibt und für die Gleichberechtigung zwischen den Geschlechtern wirbt, ist die Meinung weit verbreitet, dass Frauen, die einem Gewaltverbrechen zum Opfer fallen, irgendwie auch selbst schuld an ihrem Schicksal sind.

In der Zeit vor dem Verschwinden von Anna erregt ein großer Mordfall die Aufmerksamkeit des Landkreises, jeden Tag stand etwas Neues in der Zeitung, die Anna morgens durchblätterte. Sie verfolgte den Fall mit großem Interesse. Noch an dem Morgen, an dem sie verschwindet, hat sie die neueste Meldung gelesen. In einem noch aus der Kriegszeit stammenden Schützenloch wurde in der Nähe eines Sees eine weibliche Leiche gefunden, ihr Körper war mit einer zwanzig Zentimeter dicken Sandschicht bedeckt, das stand so nicht in der Zeitung, aber das wird später im Bericht des Kreispolizeiamtes stehen. Ihre Kleider waren bis zum Kopf hochgeschlagen. Sie war tagelang verschwunden gewesen. Ihr Vater wird mit den Worten zitiert, dass er schon seit längerem nicht mehr wusste, was seine 21-jährige Tochter triebe. Er habe sie nicht mehr kontrollieren können, heißt es. Zeugen hätten sie zuletzt in der Nähe der Kaserne gesehen.

Den Bericht zu den Ermittlungen schließt ein Beamter mit den Worten: »Zur allgemeinen Orientierung sei noch erwähnt, dass die J. einen ganz unsauberen Lebenswandel führte, der sich in der Hauptsache auf einen häufig wechselnden Geschlechtsverkehr mit Angehörigen der Roten Armee erstreckte… Aufgrund der Ermittlungen sowie verschiedener Zeugenaussagen können wir sagen, dass es sich bei der J. um ein ganz verkommenes Subjekt handelte.« Die Ermittlungen werden an die Rote Armee übergeben. Ihr Mörder wird nie gefunden.

Ihr Leichnam wird später in der Kreisstadt beerdigt, es wird eine stille, angemessene Zeremonie. Nur über einen einzigen Satz, den der Pastor als Abschluss seiner Predigt ausgesucht hatte, wird noch lange diskutiert werden. Gott bestrafe jede Sünde, hatte er gesagt. Der ganze Landkreis redet darüber, die Meinungen sind gespalten, ob es richtig gewesen sei, diesen Satz einzufügen. Amalie wird den Pastor verteidigen, während Erich auf ihn und das bigotte Kirchenpack schimpft. Amalie redet danach zwei Wochen lang nicht mehr mit ihm.

Als die Dämmerung einsetzt, wird Anna immer noch vermisst. Erich Wendler weiß sich keinen anderen Rat mehr, als zu einer drastischen Maßnahme zu greifen. Er stellt im Dorf einen Suchtrupp aus erwachsenen Männern zusammen. Mit Hunden, Fackeln und Taschenlampen wollen sie den Wald durchkämmen. Er packt ein großes Küchenmesser ein.

Das Hirschluch liegt ein wenig außerhalb. Wenn man das Dorf durchquert, an unserem Haus vorbeigeht bis ans Ende der Straße, wenn der Asphalt zu einem Feldweg wird und dann statt nach rechts in das Waldstück nach links biegt, auf einen anderen, schmaleren Feldweg, dann stößt man auf das Wasser. Das Hirschluch ist von Trauerweiden, Eiben und Büschen umwachsen. Wenn sich die Dorfkinder im Winter ihre Schlittschuhe aufschnallen und ihre Runden drehen, sieht es aus wie auf einem Bild eines holländischen Renaissancemalers. Anfang April, als Anna gesucht wird, sind die Bäume noch kahl, die Luft riecht modrig.

Ich stelle mir vor, wie meine Großmutter am Hirschluch steht. Sie erinnert mich an Lucretia, die schöne Römerin, wie sie da steht, eine traurige, verängstigte Gestalt in einer schlichten Schürze, mit einem Kopftuch, einem blassen Gesicht. Lucretia ertrug die Scham nicht und stach sich ein Messer ins Herz. Meine Großmutter will auch nicht weiterleben, doch nur in alten Märchen stoßen sich Frauen Messer in die Herzen.

In den ersten Tagen nach der Tat war sie Friedrich aus dem Weg gegangen, es war kurz vor Weihnachten, es fiel niemandem auf, weil alle mit den Festvorbereitungen und später mit dem Fest selbst beschäftigt waren. Anna spürte oft eine Müdigkeit, die sich wie eine Krankheit anfühlte, die sie von innen auffraß. Dann kam der Winter, ein eisiger Winter, mit Dauerfrost und Schnee, und Anna hatte den Eindruck, dass Friedrich Stein Wendlers Haus mied. Kurz nach Weihnachten hatte er seine Verlobung mit Fräulein Kurt, der Kellnerin, verkündet. Zu Silvester zog sie mit ihrem Vater in sein Haus ein. Wendlers schenkten dem Paar ein neues Geschirrservice aus Kahla, das Erich extra aus der Kreisstadt besorgte. Die Nachbarn kamen vorbei, um Friedrich Stein und seiner Verlobten zu gratulieren.

Anna machte weiter ihre Arbeit. Aber sie verstand nichts. Für ihn würde das Leben so weitergehen, als wäre das, was er ihr angetan hatte, nie passiert?

Sie wachte oft nachts auf, bekam keine Luft mehr. Wenn sie in den Stall ging, hatte sie Angst, dass er im

Dämmerlicht auf sie lauern würde. Jeder Tropfen Wasser im Gesicht schmerzte, deshalb hörte sie auf, sich zu waschen. Als sie sich nicht mehr wusch, hatte sie weniger Schmerzen, sie begann zu riechen, so dass sie sich vor sich selbst ekelte.

Einmal waren beim Essen bei Wendlers alle Stühle rund um den Tisch besetzt, nur neben Friedrich war noch Platz. Alle warteten darauf, dass sie sich neben ihn setzte und dass sie anfangen könnten. Aber sie bewegte sich nicht, sie stand ganz still, sie hatte den verrückten Gedanken, alles zu sagen.

Er schaute ihr direkt in die Augen, als könnte er ihre Gedanken lesen. Es war ein leerer, nicht unfreundlicher Blick, ohne Respekt, aber auch ohne eine Drohung. Sie versuchte dem Blick standzuhalten, doch es gelang ihr nicht, sie spürte den Blick in ihrem ganzen Körper, in ihrem Magen, in ihrem Unterleib. Dann sagte sie schnell: »Danke, keinen Hunger« und rannte mit kleinen, hektischen Schritten aus der Küche. In der Kammer legte sie sich aufs Bett und kühlte sich die Stirn an der Wand.

Anna steht am Hirschluch, sie lehnt an einem Baum, es ist noch frisch, aber sie spürt die Temperatur nicht. Sie starrt auf das Wasser und versucht, ihre Gedanken zu ordnen.

Bald würde sich ihr Bauch nicht mehr verbergen lassen. Sie hat ihren Rock bereits weitermachen müssen, weil er zu eng geworden war.

Sie will das Kind nicht, das in ihr wächst, sich in ihr ausdehnt, ohne dass sie eine Möglichkeit hat, dagegen etwas zu tun, es fühlt sich wie ein Eindringling an, etwas Fremdes, eine tickende Zeitbombe.

Das Kind, die tickende Zeitbombe, wird später einmal meine Mutter werden.

Meine Großmutter steht am Wasser und denkt nach. Sie fühlt sich in der Falle, sie ist von Wendlers komplett abhängig, sie hat keine Eltern, keine Verbindungen, kein Geld.

Anna lehnt sich zurück und schaut in die Ferne, der Mond scheint auf das Wasser, er ist platt wie eine Zitronenscheibe auf einem Glasteller. Sie sieht von Weitem, wie in einem Haus, das am nächsten am Hirschluch steht, ein Licht angeht. Ein warmes, freundliches Licht. Wahrscheinlich das Küchenlicht. Sie sieht die Küche vor sich, blank geputzt, kein Haar im Ausguss, kein Krümel auf dem Boden, sie geht weiter ins Schlafzimmer, im Schrank liegen die Hemden und Taschentücher auf Ecke gefaltet. Wahrscheinlich macht die Hausfrau gerade ein Abendbrot, etwas Einfaches, aber Schmackhaftes, der Mann kommt vom Füttern des Viehs oder aus dem Büro, er gibt seiner Frau einen Kuss, er streicht den Kindern über den Kopf. Die Kinder sind alle blond, blauäugig und brav. Sie sitzen und essen, danach würden sie ins Wohnzimmer gehen, in dem ein Ofen für behagliche Wärme sorgt. Er würde einen Apfel für die Kinder schälen und von seinem Tag erzählen, während sie an einem Pullover strickt. Anna kann nicht wegschauen. Sie hasst diese Familie.

Meine Großmutter, die am Ufer steht, ist nicht die erste

Frau in Kosakenberg, die ihrem Leben im Hirschluch ein Ende machen will.

Es heißt, dass es nach dem Krieg ein Dutzend Frauen gab, die sich im Wasser ertränkt haben.

So wird es später der Dorfchronist festhalten, wenn er beschreibt, wie Kosakenberg in jenen Tagen im Frühjahr 1945 von der Roten Armee geplündert wurde. »Am 16. April kamen die ersten Russen, zu Fuß, sie fragten nach Soldaten und zogen weiter, als das verneint wurde. Kurze Zeit später, am gleichen Tag, kamen andere Russen, die den Deutschen Uhren und Schmuck wegnahmen. Wochen danach kamen sie nachts und auch am Tag in die Häuser, die nicht verschlossen werden durften, da sonst die Türen eingeschlagen wurden. Sie durchsuchten alles und nahmen sich, was ihnen gefiel. Mädchen und Frauen wurden immer wieder vergewaltigt. Wegen Kleinigkeiten drohten sie den Leuten mit Erschießung.«

Mit keinem Wort wird der Dorfchronist erwähnen, was die Deutschen in den zwölf Jahren zuvor und in der Heimat der Soldaten angerichtet hatten. Die Deportation der Juden aus der Kreisstadt, die Ausbeutung der Zwangsarbeiter. Kein Wort davon, nur von dem Leiden, das die sowjetischen Soldaten nach Kosakenberg brachten.

Annas Gedanken drehen sich im Kreis. Sie versucht eine Antwort zu finden. Warum hat er sie ausgewählt? Er hat doch alles, eine Frau, ein Haus, eine Heimat, eine Zukunft. Warum hat er ihr die Zukunft genommen?

Sie geht einen Schritt auf das Wasser zu, das glatt

wie ein Spiegel vor ihr liegt. Vielleicht zögert sie einen Moment, um sich umzuschauen: das Wasser, die Weiden, der Mond darüber. Wenn sie ein romantisch veranlagter Maler sehen könnte, würde er daraus ein Bild machen.

Sie streift ihre Schuhe ab, der Boden fühlt sich überraschend weich an, sie setzt langsam einen Fuß vor den anderen. Der erste Schritt schmerzt, das kalte Wasser schneidet in die Haut, als würde sie auf Scherben treten.

Ihr Rock saugt sich sofort voll und wird schwer. Sie hebt ihn etwas an, sie geht vorsichtig weiter durch den Schlamm, manchmal tritt sie auf einen Stein oder einen Ast, das Wasser ist so eisig, dass sie ihre Füße kaum noch spürt. Ihr Brustkorb verkrampft sich, sie hat einmal gelesen, dass die meisten Menschen, die ins Wasser gehen, nicht ertrinken, sondern an einem Herzschlag sterben. Ich stelle mir vor, dass sie an ihre Mutter denkt, wie sie in dem Garten steht, in dem langen einfachen Kleid, mit dem goldenen Armreif.

Anna muss sich zwingen, einen Schritt vor den anderen zu machen. Das Wasser steht ihr bis zur Brust, ihr Herz pocht, als würde es aus der Brust herausspringen, doch sie schreitet einsam voran.

Als sie der Suchtrupp um Erich Wendler weit nach Mitternacht an der Weide entdeckt, ist sie durchnässt, schmutzig und halb erfroren. Als sie bei Wendlers in der Küche sitzt und sich am gusseisernen Herd aufwärmt, erzählt sie ihnen alles. Amalie und Erich hören stumm zu. Erich erinnert sich an die Schreie, die er gehört hat.

Ich weiß nicht, warum meine Großmutter nicht weitergegangen ist. Ob sie leben wollte. Ob sie keine Kraft zum Sterben hatte. Ich weiß nur, dass es meine Mutter nicht gegeben hätte, wenn sie weitergegangen wäre – und damit auch mich nicht. Ich bin aus selbstsüchtigen Gründen dankbar, dass meine Großmutter damals ans Ufer des Hirschluchs umgekehrt ist, auch wenn sie nicht geahnt hat, was sie erwartet.

Falls die Wendlers den Versuch unternommen haben, die Schwangerschaft ihrer Magd geheim zu halten, ist dieser Versuch schiefgegangen. Bald redet das Dorf über nichts anderes mehr. Was an Fakten fehlt, wird mit Fantasie ergänzt. Es kursieren die wildesten Gerüchte, mal soll Anna vom Bauer Wendler verführt worden sein, mal soll sie zu einem Kreis Frauen gehören, die mit den sowjetischen Soldaten verkehren, dann wieder heißt es, das Flüchtlingsmädchen habe sich an einen der verheirateten Bauern herangemacht.

Wird Friedrich zur Verantwortung gezogen? Was wird aus seinen Plänen, das Fräulein Kurt zu heiraten? Plötzlich geht alles sehr schnell.

Akteure sind nicht mehr die Betroffenen, mein Großvater und meine Großmutter, sondern die Menschen um sie herum. Die Wendlers entscheiden, dass nur eine schnelle Hochzeit einen weiteren Skandal abwenden kann. Friedrich soll Anna heiraten. Eine Zwangsehe, so würde man wohl heute sagen. Damals ist es wohl vor allem eine praktische Entscheidung, die erst im Rückblick grausam erscheint. Wahrscheinlich glauben die Wendlers sogar, sie würden meiner Großmutter helfen.

Sie denken wie die meisten in Kosakenberg: Eine Ehe hat nichts mit Herzflattern und Liebe zu tun, sondern soll vor allem die Versorgung von Frau und Kindern gewährleisten.

Doch ein Hindernis gibt es noch.

Eines Abends sucht Erich das Gespräch mit Friedrich. Er wartet auf der Treppe vor dem Haus auf ihn, es kommt zu einem heftigen Streit, der die Freundschaft der Männer für immer vergiften wird.

Friedrich sitzt in seiner Küche auf einem Hocker am Fenster und schneidet seine Fingernägel. Als Erich hereinkommt, legt er die kleine Schere vor sich hin, er lächelt Erich an, er freut sich über den Besuch. Er ahnt nichts, obwohl ihm das Gerede im Dorf nicht entgangen sein dürfte.

Erich zieht einen weiteren Hocker heran und setzt sich hin. Er macht ein ernstes Gesicht, dann sagt er, weshalb er gekommen ist.

Ich stelle mir vor, dass Friedrich zunächst alles an sich abperlen lässt. Wahrscheinlich sagt er, dass er sich nicht an den Schlachttag erinnern könne.

»Anna? Die Magd aus Polen? Die mit den traurigen, scheuen Augen? Ist nicht mein Typ«, sagt er. »Komm, Erich, lass uns einen trinken.«

Doch Erich ist gut vorbereitet, er will sich nicht so schnell abschütteln lassen.

Erich konfrontiert ihn damit, dass er sie schon einmal belästigt habe, doch Friedrich streitet weiter alles ab. Er sagt, er kann sich nicht erinnern. Beide Männer werden lauter, Friedrich bekommt rote Flecken am Hals, Erichs Stimme klingt schrill.

Vielleicht ändert Friedrich nach einer Weile seine Taktik. Er gibt zu, dass sich etwas zwischen ihm und der Magd zugetragen hat. Er sei womöglich etwas grob gewesen. Aber er sei inzwischen verlobt und habe vor, Fräulein Kurt zu heiraten.

Erich schaut ihn an, fassungslos. Ist das der kleine Junge, den er seit seiner Geburt kennt? Der für ihn wie ein kleiner Bruder ist? Woher kommt diese Niedertracht?

»Du vögelst dich um Haus und Hof«, sagt Erich kalt.

Er hat eine letzte Drohung in der Hand. Er kann Friedrich hinauswerfen, denn das Land, auf dem sein Haus steht, gehört den Wendlers.

Als Erich Wendler gegangen ist, bleibt Friedrich Stein in seiner Küche sitzen und starrt auf seine Hände. Sein Magen schmerzt, er muss seine Medizin nehmen. Er hört, wie die Tür aufgeht und seine Verlobte hereinkommt. Er schaut sie an und erkennt sofort, dass sie alles weiß. Sie hat mitgehört. »Du wirst diese Frau heiraten«, sagt sie.

Es dauert keinen Tag, da redet ganz Kosakenberg über nichts anderes mehr als die ungeheuerliche Geschichte vom Kriegsheimkehrer Friedrich und den zwei Frauen. Eine Dreiecksgeschichte wie aus einem Roman.

Wann immer sich zwei Personen treffen, im Laden, auf dem Friedhof, in der Kirche, auf der Parteiversammlung, geht es nur um den Skandal. Die Empörung ist groß, wo die Sympathien liegen, wird schnell klar. Die Mutter meiner Mutter hat nie darüber gesprochen, doch Tante Hildchen, die Nachbarin mit den grellen roten Haaren, erinnert sich an den Aufruhr. »Kosakenberg stand Kopf«, sagt sie sechzig Jahre später.

Dieser Skandal, der später vertuscht werden wird, ist der wahre Grund, warum meine Großmutter sich ihr Leben lang in ihren vier Wänden verschanzt, Begegnungen mit den Dorfbewohnern vermeidet.

»Sie hat sich so geschämt«, sagt Tante Hildchen.

Annas Versuch, sich zu ertränken, wird allgemein als ein Schuldeingeständnis gewertet. Ihre Stiefmutter ist die Erste, die Anna verstößt: »Du hast mich um meine Ehre gebracht«, sagt Hedwig und behandelt sie fortan wie eine Fremde.

Als Anna sich an einem lauen Sommerabend auf die Treppe bei den Wendlers setzt, spricht sich das sofort herum, und innerhalb kürzester Zeit drängt sich das ganze Dorf, um sie zu sehen. Es muss eine Szene wie aus einem anderen Jahrhundert gewesen sein: Greise, Kinder, Frauen, Männer kommen, eine gierige, ungeduldige Menge, sie drängen sich um sie, alle starren sie an, als sei sie eine Spinne, eine Ratte.

Die Alten verdammen und beschimpfen sie, die Frauen beschimpfen und verdammen sie, die Jungen lachen.

Sie hält ihre Ohren zu und kriecht auf allen vieren zurück in Wendlers Haus.

Von da an wird Anna die Straßen von Kosakenberg meiden.

12

Im August 1950, noch vor dem ersten Geburtstag des Staates, der groß gefeiert werden soll, bringt Anna Stein ein kleines Mädchen zur Welt. Meine Mutter. Sie nennen sie Monika. Ihre Mutter, Anna, ist unverheiratet. Deshalb wird zunächst in die Geburtsurkunde der Nachname der Mutter eingetragen. Dieser Name wird zehn Jahre später meine Mutter verwirren, als sie in den Schubladen ihrer Eltern wühlt und ihre Geburtsurkunde entdeckt, in der ein fremder Name steht.

Meine Großmutter wird später behaupten, dass die Geburt des Kindes sie gerettet hat. Andere werden sagen, dass es ihr danach schlechter ging.

Die Hochzeit, die später verschwiegen wurde, wird vier Monate nach der Geburt des Kindes stattfinden.

Weil das Paar ein uneheliches Kind hat, darf die Trauung nicht in der Dorfkirche stattfinden, deshalb wird der Pfarrer in Friedrich Steins Haus kommen. Sie werden in dem Wohnzimmer getraut, in dem Anna am Schlachttag die Majoranwürste zum Trocknen aufgehängt hat.

Die Trauung ist eine kurze, nüchterne Angelegenheit, bei der nebenher die Taufe des kleinen Mädchens erledigt wird.

Anna trägt ein schlichtes Kleid, das ihr Amalie besorgt hat, und Schuhe mit kleinem Pfennigabsatz. Die Schuhe wird sie sofort nach der Trauung ausziehen und wegwerfen. Friedrich trägt einen dunkelgrauen Anzug und an der Hand seinen Siegelring.

Wie viel fröhlicher die erste Hochzeit meines Großvaters war. Er war jung, sie war die Ältere, Erfahrenere, diesmal ist es umgekehrt. Damals spürte er ein Kribbeln im Bauch, wenn seine Braut ihn anschaute. Jetzt schafft er es nicht mal, die Frau neben ihm beim Namen zu nennen. Sie hat den Blick auf den Boden gerichtet, redet nicht.

Nur der engste Familienkreis ist bei der Trauung dabei, Annas Brüder, Annas Stiefmutter, die Wendlers.

Als Letztes bleibt zu sagen, dass die Verlobte meines Großvaters, Fräulein Kurt, schon vor der Hochzeit das Dorf verlassen hat. Sie wird in Kosakenberg nie wieder gesehen und kurz darauf in einer Nervenklinik sterben. Es heißt, sie sei an gebrochenem Herzen gestorben, aber das sind nur Gerüchte. Die Umstände ihres Todes werden nie geklärt. Wie muss mein Großvater sich gefühlt haben, als er von ihrem Tod erfuhr? Hat er sich schuldig gefühlt?

Alle werden in den Jahren danach schweigen oder so tun, als hätten sie nichts davon gewusst, wie die Ehe zustande gekommen ist.

Vielleicht stimmt es, vielleicht haben sie nichts gewusst.

Einmal hat sich die Mutter meiner Mutter aber doch jemandem anvertraut. Tante Hildchen, der Nachbarin mit den roten Haaren, hat sie von dem Schlachttag erzählt.

Davon hört meine Mutter aber erst viele Jahre später, durch Zufall. Es klingelt, Tante Hildchen ist am Telefon. Sie bittet meine Mutter, ihr einen Kuchen für ihren Mann Winfred zum Geburtstag zu backen. Frankfurter Kranz mit Kirschfüllung, den wünsche sich Winfred.

»Gern, Tante Hildchen«, sagt meine Mutter.

Bevor sie auflegt, hält sie den Atem an. Sie hat etwas, was sie mit Tante Hildchen besprechen will. Vor Kurzem hat ihr Marion von der Familienaufstellung erzählt. Es war das erste Mal seit langer Zeit, dass ihre Schwester sie angerufen hat. Sie erinnert sich daran, wie aufgewühlt Marion gewesen ist. Ihr geht nicht aus dem Kopf, was die Therapeutin zu ihrer Schwester gesagt hat. Dass über dem Vater etwas Dunkles stehen soll. Ihr graust es, wenn sie daran denkt.

»Du warst doch damals dabei, Tante Hildchen, warum hat Vater Mutter geheiratet?«

Im Hintergrund ist Onkel Winfreds Stimme zu hören. Onkel Winfred hat Alzheimer, die fünfundachtzigjährige Hildegard Perlbach füttert, windelt und wäscht ihren siebenundachtzig Jahre alten Mann täglich.

»Mein Liebling, Winfred, Lieber, warte doch, ich komm ja gleich.« Tante Hildchens Pantoffeln klappern durchs Telefon, sie keucht bei jedem Schritt. Dann platzt es aus ihr heraus: »Hat sich Anna nie geäußert? Das war doch eine Vergewaltigung«, sagt sie beiläufig.

Meine Mutter spürt, wie sich ihr Magen zusammenkrampft, der Boden unter ihr schwankt, sie hält sich am Hörer fest. Tante Hildchen ist auf einmal ganz still geworden.

»Oh, Winfred, was habe ich da nur gesagt«, sagt sie.

Sie klagt und wimmert, wie von Schmerzen gequält, doch schließlich fasst sie sich wieder.

»Monika«, Tante Hildchens Stimme klingt nun wieder normal, »Winfred wünscht sich einen Frankfurter Kranz, nicht wahr, Winfred.«

Dann legt sie ohne ein Abschiedswort auf.

Meine Mutter legt vorsichtig den Hörer auf, als sei er aus Glas. Sie wankt ins Schlafzimmer, am Bett vorbei, sie greift zum Regal, wo sie die Kuchenrezepte aufbewahrt. Sie zieht das blaue Schulheft heraus, in dem das Rezept für den Frankfurter Kranz steht, das Heft ist vergilbt, einige Seiten sind lose und fallen zu Boden. Meine Mutter kniet auf den Teppich und packt das Heft und legt die losen Seiten hinein. Sie fühlt das Papier in ihrer Hand, immer noch auf dem Boden kniend, aber sie kann das Rezept nicht auf Anhieb finden. Sie blättert von vorne nach hinten und wieder zurück, sie wird ungeduldig, sie blättert schneller und reißt dabei aus Versehen eine Seite heraus. Als ihr das Heft wieder aus der Hand fällt, lässt sie es liegen. Sie schaut auf ihre zitternden, bläulich schimmernden Hände.

Es wundert sie, wie sehr es sie bedrückt, dass sie das Rezept für den Frankfurter Kranz nicht finden kann.

Sie denkt daran, was Tante Hildchen über ihren Vater gesagt hat. Kurz erwägt sie, sich ein Glas Wein einzuschenken. Sie stellt sich vor, wie die Wärme des Alkohols pochend durch ihre Adern kriechen würde. Nachdem sie auf die Uhr geguckt hat, erhebt sie sich, holt ihre Jacke und geht nach draußen. Die Luft ist kühl, die Sonne hängt tief am Winterhimmel.

Die Mutter meiner Mutter steht am Tisch in der Küche, vor sich die Zeitung ausgebreitet, aber es sieht nicht aus, als würde sie darin lesen. Sie steht unheimlich und starr wie ein Steinbild. Sie trägt Kopftuch und eine alte Kittelschürze aus Polyester, die noch aus der DDR stammen muss, in der Ecke brummt ein elektrischer Ofen. Auf dem Tisch liegt ein aufgeschnittener Apfel auf dem Teller, das Fleisch ist an einigen Stellen faulig.

Als Monika die Küche betritt, schaut ihre Mutter kurz von der Zeitung hoch, dann wird sie wieder zu Stein.

Vor einiger Zeit noch überragte die Mutter sie, inzwischen reicht sie ihr nur noch ans Kinn. Sie hat die Statur einer Zehnjährigen. Monika fällt der Geruch auf, wahrscheinlich trägt die Mutter die Schürze schon einen Tag zu lang. Bis aufs Gerippe ist sie abgemagert, der buntbedruckte Stoff flattert um die Knochen. Kaum zu glauben, dass dieses schmale Becken drei Kinder geboren hat. Neben ihrer Mutter kommt Monika sich groß und schwer vor.

Obwohl ihre Schwestern behaupten, ihre Mutter habe sie als Kind vorgezogen, hat sie das nie so empfunden. Sie erinnert sich, wie ihre Mutter unbeweglich in ihrem Lehnstuhl saß und nach ihren Schulnoten fragte, nach diesem und jenem Lehrer. Sie sagte ihrer Ältesten eine große Zukunft voraus, sie sah sie bei den »höheren Leuten«. Sie wollte, dass sie es besser habe. Dann brach die Tochter ihr Studium ab und landete am Herd des Kindergartens. Schließlich musste sie auch noch Dirk Kahlbaum heiraten. Aus der Kahlbaum-Sippe. Die Mutter meiner Mutter hasste die Kahlbaums, seitdem einer von ihnen auf die vor Hunger halbtoten Flüchtlingsfrauen mit dem Gewehr geschossen hatte.

Am Abend vor der Hochzeit war Anna zu ihrer Tochter gegangen, sie hatte sie mit Gewalt an sich gedrückt und geflüstert: Mach's nicht. Die Mutter gönnt mir mein Glück nicht, dachte Monika und sagte am nächsten Tag ja.

Trotzdem hat sie die meiste Zeit ihres Lebens an der Seite ihrer Mutter verbracht. Sie sehen sich mehrmals täglich, mittags bringt sie ihrer Mutter warmes Essen, spricht über Nachbarn und Bekannte. Wenn sie abends die Nachrichten zusammen schauen, darf niemand Mutter und Tochter stören. Über Gefühle sprachen sie nie, das hatten sie nicht nötig. Das gab es nur in amerikanischen Filmen.

Monika war früher überzeugt davon, dass sie sich nahestanden, aber nach dem Gespräch mit Hildchen ist sie sich nicht mehr so sicher.

Sie schaut das Gesicht ihrer Mutter an, die Falten, das spitze Kinn, die nach unten gezogenen Mundwinkel. Sie denkt an den Vater. Den Mann, der das Leben ihrer Mutter vergiftet haben soll. Wenn sie versucht, beides zusammenzudenken, Täter und Vater, wird ihr heiß und kalt.

Es verfolgt sie das Bild des brutalen Mannes, das Tante Hildchen gezeichnet hat. Aber ihr Vater gleicht dem Bild nicht. Er hat seine Töchter nie geschlagen, sie haben ihn geliebt. Und noch ein Gedanke kommt ihr, ein Gedanke, der sie frösteln lässt. Ohne das, was damals passiert ist, wäre sie nicht auf der Welt. Ein schrecklicher Gedanke schießt durch ihren Kopf: Sie ist die Frucht des Verbrechens – verdorben wie der Apfel vor ihr auf dem Teller. Es sollte sie erschrecken, entsetzen, sie traurig machen, aber sie spürt nichts. Es ist, als habe sie schon immer gewusst, dass sie anders ist.

»Ich muss mit dir reden, Mutter«, sagt Monika, es soll beiläufig klingen, aber ihr Herz pocht.

Ihre Mutter guckt starr, ihre Augen wirken trübe. »Willst du Kaffee«, sagt sie. Es klingt nicht wie eine Frage.

Monika schüttelt den Kopf, dann nimmt sie all ihren Mut zusammen.

»Ich habe etwas über meinen Vater herausgefunden«, sagt sie mit bebender Stimme.

Seit ihrer Kindheit hat sie diesen wiederkehrenden Albtraum. In diesem Traum steht sie im Wasser, es herrscht ein starker Wind, der das Wasser aufpeitscht, die Wellen tosen und brausen, das Wasser wird zu etwas Lebendigem, das an ihr zerrt und zieht. Sie flucht und schreit, Tränen vermischen sich mit Wasser, doch am Ende des Traumes, jedes Mal, verschlingen die Wellen sie mit Haut und Haar.

Es ist das gleiche Gefühl, das sie in der Küche ihrer Mutter erfasst. Wieder zerrt etwas Lebendiges an ihr, das sie in den Abgrund reißen will. Sie hält sich an der Tischkante fest.

Ihre Mutter sieht sie forschend an, sie wirkt plötzlich wach, ihre Augen sind klar.

Ja, sagt sie und zieht sich einen Stuhl heran, und dann nickt sie und sagt mit leiser Stimme wie zu sich selbst: »Hildchen, Hildchen«, und dann wird sie lauter und fängt an zu reden.

Sie spricht vom Schlachttag, von der dunklen Nacht und bösen Engeln, Schweineköpfen, dem Teufel und wie er lebt, wie er in dem Mann tobt, zwischen Schmerz und Gier und einem See aus Blut. Die Worte klingen gewählt, fast künstlich, als habe sie sie sich im Stillen zurechtgelegt, als sei sie sie immer wieder im Kopf durchgegangen. Ihre Stimme schwillt an, wird lauter, ihr Körper bebt, als koste es ihn physische Anstrengung, das Geheimnis, das er so lange festgehalten hat, herauszulassen.

Meine Mutter hört schweigend zu, sie presst den Rücken an die Stuhllehne, so dass sie am Abend im Spiegel eine rote Linie auf der Haut entdecken wird, und traut sich kaum zu atmen, aus Angst, ihre Mutter könnte dann aufhören zu reden. Ihr fällt auf, dass ihre Mutter keine Namen nennt, sie sagt nur »er«, sie beschreibt keine Details, sie sagt nur »es«.

»Ich habe mich gewehrt«, ruft sie schließlich und ihre Stimme kippt. Die Mutter meiner Mutter ringt die Hände, sie sinkt zusammen, starrt auf den Boden. Die Frauen sind still, nur der Kühlschrank summt. Durch

Monikas Kopf schießen wild die Gedanken, Fragen. Warum hat sie sich zur Ehe zwingen lassen? Warum ist sie nicht gegangen? Hat er sich bei ihr entschuldigt? Hat es eine Aussprache gegeben? Hat sich über die Jahre doch etwas zwischen ihnen entwickelt? Doch sie spricht sie nicht aus.

Nach einer Weile spürt sie den Blick ihrer Mutter auf sich ruhen, ihre Augen glänzen, und um ihre Lippen zieht sich ein Lächeln. Monika sieht, dass das Gift entwichen ist.

Sie möchte den eckigen Leib ihrer Mutter umarmen, an sich pressen, sie möchte ihn spüren und halten, sie sieht auf einmal ihr ganzes Leben an sich vorbeiziehen, die Mutter, die immer etwas anders war als andere Mütter, launisch, schwierig, abwesend, mit ihrem Kopftuch im Bett schlafend, nie an der Seite des Vaters, alles macht auf einmal Sinn, doch sie bleibt sitzen und lässt die Tränen über die Wangen laufen. Die Mutter steht auf und reibt ihrer Tochter den Rücken, ohne ein weiteres Wort zu sprechen.

Nach einer Weile geht sie in die Speisekammer, holt eine Schachtel Nusskonfekt. Sie reisst das Zellophanpapier der Schachtel auf, öffnet den Deckel und beginnt, Wasser für Kaffee heiß zu machen. Meine Mutter nimmt zwei Tassen aus dem Schrank. Dann sitzen sie zusammen, Mutter und Tochter, sie trinken den heißen Kaffee und essen Nusskonfekt, als sei nichts gewesen.

Konnte die Mutter meiner Mutter in den Augen meines Großvaters jemals Reue lesen?

Meine Mutter wird sich daran erinnern, wie scharf, fast wütend ihre Mutter ihren Mann in Schutz nahm. Allen hat sie gesagt, wie schwach und krank er war, schon zu Lebzeiten, bis sie es endlich selbst glaubte. Ihre Wut verpackte sie in Mitleid, vielleicht, weil sie sie nur so ertrug. Sie deckte den Täter, um die Töchter zu schützen.

Ich habe etwas über deinen Großvater herausgefunden. Der dunkle Satz hallt in meinem Kopf nach, als ich bei Hildegard Perlbach im Lehnstuhl sitze.

Eine blendend aussehende ältere Frau öffnet mir die Tür. Trotz ihrer fünfundachtzig Jahre legt Tante Hildchen jeden Morgen noch Schminke und Lippenstift auf, die roten Haare sind frisch gefärbt. Zum dunklen, eleganten Rock trägt sie einen weißen Rollkragenpullover. Der Wohnzimmertisch ist gedeckt. Sie hat Streuselkuchen gebacken und Kaffee gemacht. Onkel Winfred sitzt bereits am Tisch im Rollstuhl, um seinen Hals baumelt ein Lätzchen. Wer ich bin, weiß er nicht, aber er lächelt, als er seine Frau erkennt.

»Wie war meine Oma als junges Mädchen, Tante Hildchen?«

Tante Hildchen lächelt.

»Sie war ganz bescheiden, deine Oma. Sie hat davon geträumt, Lehrerin zu werden«, sagt sie.

Es ist vielleicht kein Zufall, dass meine Oma sich ausgerechnet Tante Hildchen ausgesucht hat, um ihr Geheimnis zu teilen. Sie hat Ähnliches erlebt, sie ist sechzehn, als die sowjetischen Soldaten im Frühjahr 1945 ihren Vater abholen. Er wird in einer Kohlegrube in Sibirien sterben, aber das wird sie erst viele Jahre später herausfinden.

Als die Russen ins Dorf kommen, verkriecht sie sich im Hühnerhaus und deckt sich mit dem Stroh zu. Doch die Soldaten finden sie trotzdem und fallen über sie her. Sie fährt danach jahrelang zum Arzt, um sich kurieren zu lassen. Sie fährt in die Großstadt, aus Angst, der Name der Krankheit, die sie seit dem Frühjahr 1945 mit sich herumträgt, könnte sich im Dorf herumsprechen.

»Wie war mein Opa?«

Tante Hildchen schaut kurz weg, als müsste sie überlegen, was sie sagen darf. Ich spüre, wie es in ihr schwankt, einerseits will sie nicht schlecht über die Toten sprechen, sie hat schon zu viel verraten. Andererseits müssen alle ihre Schulden bezahlen. Sie rettet sich in einen Vers.

»Der Teufel ist nicht hässlich und nicht lahm, er ist ein liebenswerter, charmanter Mann.« Sie lächelt rätselhaft.

»Dein Opa war kein feiner Mann«, fügt sie mit einem Seufzer hinzu. Sie erklärt nicht genau, was das heißen soll.

Ich nicke, mir ist elend zumute.

»Warum ist meine Oma nicht zur Polizei gegangen?«, frage ich.

Hildchen erbleicht unter der Schminke und lacht bitter.

»Krank vor Scham war sie, das arme, unglückliche Kind.«

Die Umstände seien nicht günstig gewesen, fügt sie trotzig hinzu, aber immerhin wurde die Mutter meiner Mutter nicht verstoßen. »Sie bekam ein Dach über dem Kopf.«

Ihre Stimme wird kühl, Tante Hildchen zeigt kein Mitleid, keine Solidarität. Sie schiebt mir ein Stück Streuselkuchen auf den Teller.

Obwohl ich merke, dass sie ungeduldig wird, stelle ich ihr noch eine Frage, die mir nicht aus dem Kopf will.

»Warum hat meine Oma das Dorf nicht verlassen?«

Tante Hildchen schaut mich mit ihren blau umschminkten Augen verwundert an, sie schüttelt dabei geräuschlos und lange den Kopf.

Dann legt sie ein Stück Kuchen auf ihren Teller und schneidet ihn in kleine Stückchen, dann schiebt sie ein kleines Stück in den Mund ihres Mannes. Er kaut zufrieden.

Tante Hildchen sagt: »Kind, hab ich dir eigentlich jemals erzählt, wie ich Onkel Winfred kennengelernt habe?«

Sie wartet nicht ab, sondern redet, bevor ich antworten kann, sofort weiter.

Sie haben sich beim Tanz zum ersten Mal gesehen. Ihm gefiel ihr liebenswürdiges Gesicht, er sprach sie an, er hielt ihre Hand. Als er sie nach Hause ans Tor brachte, wusste sie bereits, dass sie ihn heiraten würde, aber den Abschiedskuss verweigerte sie ihm trotzdem.

Sie lächelt versonnen ihren abwesend blickenden Mann im Stuhl neben sich an. Zum Abschied flüstert sie: »Deine Oma, Kind, kam nicht mehr von der Stelle.«

13

Ein Traum:

Meine Mutter und ich in Kosakenberg. Die Sonne hängt hoch am Himmel, sie brennt auf unsere Gesichter. Wir sitzen auf der Bordsteinkante mitten im Dorf, zuletzt habe ich so als Kind gesessen, als es mehr Fahrräder als Autos in Kosakenberg gab. Das ist gar nicht so lange her wie es klingt. Jetzt fahren nur noch Kinder und die richtig Armen mit dem Fahrrad, von beiden gibt es in Kosakenberg nur sehr wenige.

Hauptsächlich rasen Autos an uns vorbei, manche Fahrer hupen, weil sie wegen uns bremsen müssen.

Mit einem Mal steht in meinem Traum ein Mann vor uns, ich weiß nicht, woher er gekommen ist, er hat weder ein Fahrrad noch ein Auto dabei. Er trägt eine Schiebermütze, einen zerrupften Bart und eine graue Jacke. Er hat die Rede bei der Beerdigung meines Großvaters gehalten. Danach nahm ich bei ihm mit meiner Freundin Kati Gitarrenstunden. Zwanzig Jahre ist es her, dass ich den Pastor nicht gesehen habe. Ich fühle mich in seiner Nähe sofort unwohl. Ich weiß nicht, ob es eine Berufskrankheit ist, aber er grinste dauernd, ob es angemessen war oder nicht. Ich habe es damals nicht gesagt, weil es mir nicht wichtig schien, aber im Traum fällt es mir wieder ein. Dass er auch bei der Beerdigung von meinem Großvater dauernd gegrinst hat. Nach jedem Satz gingen seine Mundwinkel hoch, als würden sie mit einer Seilwinde hochgezogen.

Was Gitarrenunterricht angeht: Kati und ich sind nicht mehr hingegangen, als er anfing, ihr auf die Brust zu starren.

Er schaut auf uns herab, und er sieht aus, als würde er das richtig genießen.

»Dein Großvater ist unschuldig«, sagt er.

»Was?«, sage ich.

»Er ist unschuldig, er hat es mir kurz vor seinem Tod gesagt, ich habe ihn im Krankenhaus besucht«, sagt er.

»Was?«, frage ich.

Meine Mutter, die sonst jedes Gespräch unterbricht und es auf sich zieht, sitzt daneben, als würde sie das alles nichts angehen.

Der Pastor redet.

»Er hat deiner Großmutter nichts getan, was sie nicht auch wollte. Und sie hat diese Geschichte daraus gemacht«, sagt er.

Ich sitze auf der Bordsteinkante und schaue nach oben. Ich fühle mich auf einmal wie ein Kind.

»Wovon reden Sie?«, sage ich.

Meine Mutter mischt sich nun doch ein. Ich wusste es.

»Vielleicht hat er recht«, meint sie.

»Aber du hast doch mit ihr geredet, du hast sie doch

befragt?«, sage ich. Ich werde langsam ungeduldig in dem Traum.

»Ja«, sagt meine Mutter und zieht das a merkwürdig lang, so lang, bis es wie ein Nein klingt.

»Was bedeutet das«, frage ich, nun ratloser werdend.

»Du zerstörst den Ruf eines unschuldigen Mannes«, sagt der Pastor, plötzlich hallt seine Stimme, als stünde er in einer Kathedrale.

»Was ist mit dem Ruf meiner Großmutter?«, frage ich.

»Eine hysterische Frau, die sich wichtig machen wollte«, sagt er, »Hysterie, das ist griechisch und bedeutet Gebärmutter. Weißt du, was Platon über die Gebärmutter geschrieben hat?«

Es ärgert mich, dass der Pastor mich duzt, deshalb kann ich seinen Ausführungen über Platon und die Gebärmutter nicht folgen. Soweit ich es verstehe, geht es darum, dass Frauen so früh wie möglich verheiratet werden sollen, weil sie sonst aufmüpfig werden.

Ich starre den Pastor an und versuche in seinem Gesicht ein Zeichen zu entdecken, dass er einen Witz gemacht hat. Ich finde keins.

»Er hat recht, du machst alles kaputt«, sagt nun meine Mutter. Sie erhebt sich, nun schauen beide auf mich herab. Meine Mutter hat einen Gesichtsausdruck, den ich nicht mag, distanziert und kühl.

»Wie kannst du das sagen, er hat sie doch angegriffen, mit einem Messer?«, erwidere ich.

Meine Mutter sieht mich mit einem abschätzigen, überlegenen Blick an.

»Von einem Messer habe ich nie etwas gesagt«, sagt sie.

Dann wache ich auf.

Ich begreife etwas, was ich vorher nicht gesehen habe: Anna war ein Flüchtlingsmädchen, sie ging umher mit scheuem, gesenktem Blick, sie schämte sich für ihre Armut, ihre Herkunft. Friedrich brauchte gar kein Messer, um sie zu überwältigen.

Das Messer ist eine Fiktion.

14

Ich liege auf dem Sofa im Wohnzimmer meiner Mutter zwischen den alten Eichenmöbeln. Jedes Mal, wenn ich wegdöse, reißt mich die Uhr mit ihren Schlägen wieder aus dem Schlaf. Ich könnte sie anhalten, die Zeit anhalten.

Ich schüttele den Traum weg, der mich ein wenig verstört hat. Vielleicht hat der Pastor recht, vielleicht ist das falsch, was ich mache. Woher kommt denn mein Drang, das alles nach draußen zu zerren? Was bilde ich mir ein, dass ich über das Leben meiner Großeltern Bescheid wissen will?

Doch aufhören kann ich auch nicht.

In meinem Kopf ist noch die Frage, ob meine Großmutter meinem Großvater vergeben hat.

Während ich überlege, fällt mir jene Reise ein. Meine Großmutter ist eigentlich nie irgendwohin gefahren. Nach dem Tod ihres Mannes zog sie sich noch mehr in das kleine Haus am Ende der Straße in Kosakenberg zurück. Die Einkäufe erledigten ihre Töchter. Einmal im Monat ging sie zum Arzt am anderen Ende des Dorfes. Sie brauchte mehrere Tage, um sich darauf vorzubereiten. Sie probierte vor dem Spiegel passende Kleidungsstücke an, den schwarzen Mantel oder doch lieber den beigefarbenen? Sie machte sich Sorgen um ihren Hund, den sie ungern allein ließ, auch wenn es sich nur um ein, zwei Stunden handelte. Sie schmierte ihm für die Zeit, die sie im Wartezimmer verbringen würde, Brote und schnitt sie in daumennagelgroße Würfel, damit er sie besser kauen konnte.

Einmal fuhr sie mit meiner Familie in den Westteil der Großstadt, der für uns vorher gesperrt war. Wir waren zu fünft, sie saß auf dem Rücksitz im Auto und hustete den ganzen Weg. Sie machte sich Sorgen, ob sie uns wieder zurücklassen würden. Sie fuhr danach nie wieder in die Stadt. Es interessiere sie nicht, sagte sie. Sie verstand nicht, wozu sie fünfzig statt zwei Sorten Zahnpasta brauchen sollte.

Eines Tages ist meine Großmutter aber in ihr Heimatdorf zurückgefahren. Das erste Mal nach sechzig Jahren. Auf dieser Reise muss etwas in Gang gesetzt worden sein.

Es fing damit an, dass meine Tante Marion kurz vor ihrem fünfzigsten Geburtstag den Drang bekam, in das Dorf im Osten zu fahren. Sie ahnte damals nichts von dem Geheimnis ihrer Mutter. Meine Tante Marion hatte als Kind an Gott geglaubt, dann an den Sozialismus und danach an Engel, Wiedergeburt und heilende Steine. Nach dem Untergang des kleinen Landes, in dem sie aufgewachsen war, hatte sie eine Schamanin besucht. Es ging ihr nicht gut, sie träumte nun fast jede Nacht von den Ratten. Die Schamanin hatte ihr gesagt, dass sie einen Schutzengel besäße. Einen Schutzengel namens Clara. Wie die Mutter ihrer Mutter. Was die Wahrsagerin gesagt hat, wird meine Tante Marion beruhigen, aber sie will nun zu Clara, um sich persönlich bei ihr zu bedanken.

Meine Tante weiß, dass es nicht leicht wird, meine Großmutter zu überreden. Ihr Heimatdorf hat sich in den vergangenen Jahrzehnten zu einem magischen Ort entwickelt. In ihren Erzählungen klingt es so, als käme sie von sehr weit weg, als läge ihr Dorf kurz vor Sibirien oder vielleicht sogar in einem anderen Universum.

Der Himmel dort ist weiter, die Häuser sind Paläste, und in den Bächen baden die Forellen in Karamellmilch. Von sich aus würde meine Oma nie wieder nach Sorge fahren.

»Was willst du dort?«, fragte sie ihre Tochter feindselig. »Du hast doch deine eigene Familie.«

Es ist, als ob sie ihre Erinnerungen nicht verlieren wollte.

Aber meine Tante Marion kann sehr hartnäckig sein. Und so fahren wir an einem sonnigen Tag im Frühjahr los, meine Großmutter, meine Tante Marion und ich. Am Steuer sitzt meine Cousine, Marions Tochter Madita. Sie hat polnisch studiert und soll auch übersetzen. Zu viert zwängen wir uns in das kleine rote Auto meiner Cousine. Vier Frauen auf der Suche nach der Vergangenheit.

Wir fahren auf die Autobahn gen Osten, links und rechts Wald, Wiesen, Felder. Die ersten grünen Blätter kommen heraus. Die Sonne glänzt am Himmel, als sei sie frisch geputzt. Alles wirkt lebendig, und meine Oma fährt zu den Toten.

Die Reise ist komfortabler als der Weg, den meine Oma vor sechzig Jahren zurücklegte. Wir müssen uns nicht verstecken oder über Zäune klettern, vor uns liegt eine schnurgerade Autobahn, die frisch geglättet und verbreitert worden ist. Es gibt kaum Touristen, dafür kommen uns unzählige ausländische Trucks entgegen. Sie tragen gelbe, blaue und gelb-blaue Kennzeichen und Aufschriften in mehreren Sprachen. Je näher man der Grenze kommt, desto mehr Lastwagen reihen sich hintereinander.

Meine Großmutter weiß aus dem Radio, dass es keine Grenzposten mehr zwischen den beiden Ländern gibt, trotzdem holt sie sicherheitshalber ihren Personalausweis hervor, als wir die Grenze passieren. Niemand will ihn sehen.

Als wir die Oderbrücke überqueren, kommen die Erinnerungen zurück. Hier ist der kleine Karl gestorben, flüstert sie und deutet hinaus. Ich schaue aus dem Fenster und sehe nur ein Einkaufszentrum, Freiflächen drum herum. Madita fragt, ob sie anhalten soll, aber sie will nicht. Sie kann sich nicht mehr erinnern, wo sie ihn begraben hatten.

Entlang der zweispurigen Straße hinter der Grenze haben die geschäftstüchtigen Polen Läden eingerichtet, Motels, Restaurants und Bordelle bieten ihre Dienste an. Auf dem Dach des Nachtklubs »Alibi« spreizt eine großbusige, aufblasbare Dame ihre Beine. Ein Lokal wirbt auf Deutsch mit *Oma's Preußischer Leberkloßsuppe* um durchfahrende Gäste.

Meine Oma kann sich nicht an den Weg erinnern. Sie

waren bei Nacht gegangen, die Dörfer hatten im Dunkeln gelegen.

Die Dörfer, durch die wir mit dem roten Kleinwagen mit deutschem Nummernschild fahren, wirken seltsam verlassen. Graue Einfamilienhäuser mit verwitterten Fassaden, an denen die Farbe abblättert, drum herum ein schwerer Zaun aus Eisen, oft reich verziert mit Ornamenten und Schmuck, wie im russischen Märchen. Gelegentlich entdecken wir einen Marienschrein am Straßenrand, vor dem frische Blumen liegen. Er erinnert uns daran, dass sie in einem anderen Land sind.

Es sieht so aus, als ob die Bewohner der grauen verwitterten Häuser sich nicht sicher sind, ob es sich lohnen würde, ihr Haus zu streichen, ihre Fenster auszutauschen. Als würden sie dem Frieden und der Grenzlinie misstrauen. Als könnten sie jederzeit die Häuser verlieren. Als ob die neue Grenzlinie, die vor sechzig Jahren gezogen wurde, jederzeit wieder verschoben werden kann.

Nach einer Stunde verlassen meine Großmutter, meine Tante, meine Cousine und ich die Hauptstraße mit den Bordellen und den Restaurants und biegen auf eine ruhigere Nebenstraße ab. Der Wald wird dichter, die Häuser spärlicher. Meine Tante studiert die Landkarte und sucht die Abzweigung, die sie genommen haben, von hinten ruft meine Großmutter, also hier seien sie falsch, ganz falsch. Nur meine Cousine bleibt ruhig und fährt weiter. Aus dem Wald kommt ihnen am Straßenrand ein Mann entgegen, er trägt eine Mütze und einen langen Bart, der fast sein Gesicht bedeckt und nur seine Augen frei lässt, stechende Augen sind das. Auf dem Rücken trägt er etwas, das wie ein Bündel Reisig aussieht. Er hält dieses Bündel mit großem Stolz, als handele es sich um einen Schatz. Er wirkt wie ein Geist, ein Waldschrat, wie aus der Zeit gefallen.

Madita entdeckt den alten Mann und weiß auf einmal, dass wir richtig sind. Als sie an ihm vorbeifährt, meint sie ein kleines Nicken zu erkennen. Er erinnert sie an einen polnischen Maler namens Witkacy, von dem sie im Studium gehört hatte. Er malte bunte, verstörende Bilder und signierte seine Werke nicht mit seinem Namen, sondern schrieb nur den Namen der Droge darauf, die er während des Malens konsumiert hatte. Am besten gefiel meiner Cousine seine Idee, eine Pille zu entwerfen, die eine Weltanschauung in kondensierter Form enthielt. Wer die Pille nahm, würde sich sofort heiter und gelassen fühlen und frei werden von existenziellen Zweifeln. Madita hört nicht auf meine Oma und fährt weiter.

Wir passieren einen Tunnel, der unter einer Eisenbahnbrücke hindurchführt. Auf der Brücke liegen die Gleise, auf denen nun wieder die Züge nach Paris und Moskau fahren. Meine Großmutter beharrt darauf, dass wir hier völlig falsch seien.

Auf dem Beton steht etwas auf Polnisch, Madita übersetzt: »Ich liebe Anna so sehr. Ich liebe Anna jeden Tag mehr.« Darunter wird die Aussage in grüner Farbe korrigiert: »Aber jetzt nicht.«

Anna, wie meine Großmutter. Ein weiteres Zeichen.

Wir überqueren einen Fluss und gelangen schließlich in ein von Wald umgebenes Dorf, in dem die befestigte Straße endet. Toporów steht auf dem Schild. In der Mitte steht eine schlichte Backsteinkirche, gegenüber ein Schloss mit Zwiebeltürmen, drum herum Backsteinhäuser. Madita parkt das Auto an der Kirche, ihre Mutter und ich steigen aus.

Es stellt sich heraus, dass das Dorf meiner Großmutter weder in Sibirien noch in einem anderen Universum liegt, sondern nur knappe zwei Autostunden hinter der deutsch-polnischen Grenze.

Nur meine Großmutter bleibt im Auto sitzen. Wir sind hier völlig falsch, behauptet sie. Dabei sieht Toporów so aus wie in ihren Erzählungen: der Fluss, der das Dorf auf der einen Seite begrenzt. Die Kirche. Das Schloss mit den Zwiebeltürmen. Meine Tante, meine Cousine und ich spazieren über den Kirchhof. Ich stelle mir vor, dass das die Kirche sein muss, in der meine Oma vor über achtzig Jahren getauft wurde. Ein Aushang gibt bekannt, dass am Sonntag um neun Uhr die katholische Messe gelesen wird. Ein Schild an einer Eiche informiert darüber, dass an dieser Stelle sowohl der französische Feldherr Napoleon als auch der russische Zar Peter I. bei ihrer Durchreise Rast gemacht haben. Es klingt, als sei das Dorf eine bedeutende Station.

Meine Oma sitzt immer noch im Auto, sie dreht der Kirche den Rücken zu und starrt auf das Schloss. Die weiße Farbe ist an vielen Stellen abgeblättert, sie wird später sagen, dass es kleiner wirkte und schlichter als in ihren Erinnerungen.

Seit dem Mittelalter hat das Gut den Tempelrittern gehört, nachdem der Orden aufgelöst worden war, wechselten die Besitzer. Der berühmteste war ein gewisser Rochus Edwin von Manteuffel, Königlich Preußischer General und Feldmarschall, Adjutant Seiner Majestät des Königs und deutschen Kaisers, Statthalter in Elsass-Lothringen, Domherr zu Merseburg. Als Belohnung dafür, dass er im deutsch-französischen Krieg 1871 viele Franzosen getötet hatte, bekam er zusätzlich zu seinem Titel das Rittergut geschenkt. Doch er hatte nicht viel Freude daran, sondern starb kurz nach dem Krieg. An ihn erinnert heute noch eine Straße in Berlin.

Die Frau, die meine Oma später unter dem Namen »die Gnädige« kennenlernen wird und die sie für ihre weiße Haut und ihre blonden Locken bewundert, muss eine Tochter oder Nichte des Herrn von Manteuffel gewesen sein.

Der Rosengarten, in dem die Gnädige und ihre Gäste einst ihre Tage im Liegestuhl verbrachten, ist verschwunden, es ist, als wäre er nie da gewesen. Auf dem Hof stehen ein Klettergerüst, ein Sandkasten und eine Wippe, aber kein Kind ist zu sehen. Alles wirkt abweisend, man kann das Gelände nur durch einen Sicherheitszaun betreten, der mit einem Code geschützt ist. Ein Schild informiert, dass es sich bei dem Schloss um ein staatlich betriebenes Kinderheim handelt.

Meine Oma hat inzwischen die Autotür geöffnet und

steigt langsam aus. Sie geht am Straßenrand auf das Schloss zu, sie stützt sich an den Stangen des Sicherheitszaunes ab und atmet hörbar ein und aus. Meine Tante hat Angst, sie könnte einen Alarm auslösen mit ihren Händen.

Wir passieren das Sägewerk, das es zu den Zeiten meiner Oma nicht gegeben hat oder an das sie sich nicht erinnern kann. Dann taucht der Bahnhof vor uns auf, weiß, mit einem Spitzdach und kleinen Kuppeln, er wirkt besser erhalten als das Schloss. Meine Oma zeigt mit keiner Gesichtsregung, ob sie den Ort, an dem ihr Vater gearbeitet hat, an dem sie ihn oft besuchte, ob sie diesen Ort erkennt.

Davor ein riesiger Parkplatz, der aussieht, als könnte er mehrere Busladungen aufnehmen. Im Moment steht er aber leer. Der Bahnhof ist längst stillgelegt, die Züge Richtung Warschau halten nicht mehr. Der Haupteingang ist verschlossen, aber an der Tür hängt ein Schild mit der Aufschrift: *Frijzer + Solarium*. Meine Oma steht vor dem Schild und studiert es, als sich in dem gegenüberliegenden Haus ein Fenster öffnet und ein alter Mann seinen Kopf zeigt. Er sagt etwas auf Polnisch und macht ein Zeichen mit den Händen, das wie eine Schere aussieht, dann bedeutet er, dass sie um das Bahnhofsgebäude herumgehen sollen. Der Mann wirkt sehr alt, weit über siebzig, wie lange er wohl das Dorf schon kennt? Hat er die Vertreibung der Deutschen vielleicht als Kind miterlebt?

Vor 1945 war Toporów ein deutsches Dorf, die einzigen Polen, die hier lebten, waren als Zwangsarbeiter gekommen. Vielleicht ist der alte Mann ein Sohn eines Zwangsarbeiters? Vielleicht ist er auch selbst erst als Junge in das Dorf gekommen, nach 1945, aus einem anderen Ort weiter im Osten? Der Mann klappt das Fenster zu, es ist zu spät für Fragen.

Meine Großmutter folgt seiner Geste und geht um das Gebäude herum. Langsam fängt sie an, sich zu erinnern. In dem alten Büro ihres Vaters sitzt nun ein Friseur. In dem Raum, in dem früher Weichenstellungen studiert, aber auch die Fahrpläne für die Todeszüge bearbeitet wurden, werden nun Haare gefärbt und Locken gedreht. Vielleicht ist das etwas, was man Fortschritt nennen kann. Ein Herrenschnitt kostet fünf Euro, eine Dauerwelle für Frauen fünfundzwanzig Euro.

Meine Großmutter schweigt weiter, sie schaut auf die Gleise, die vor ihr liegen. Ein kühler Wind ist aufgekommen, ihr wird kalt. Vielleicht denkt sie an den Zug auf dem äußersten Gleis, in dem das Mädchen mit den schwarzen Zöpfen gesessen hatte. Sie hat einen Zettel auf den Boden geworfen, und meine Großmutter hat ihn nicht aufgehoben. Sie würde nie erfahren, was auf ihm stand.

Während meine Großmutter allein auf dem Bahnhof steht und auf die Gleise starrt, schauen sich meine Tante und meine Cousine um und suchen nach dem Geburtshaus meiner Großmutter.

Sie gehen auf einem Pfad, der die Gleise rechts hinter

sich liegen lässt und bleiben vor einem Grundstück stehen. Ich folge ihnen. Sie haben ein Haus mit grün gestrichenen Fensterbänken entdeckt. Eine kleine, von einem Dach geschützte Treppe führt in das Haus hinein. Im Vorgarten blüht eine Forsythie, eine Birke treibt aus. Ihre Blätter haben die gleiche Farbe wie die Fensterbänke. Vor dem Haus parkt ein Mittelklassewagen mit britischem Kennzeichen. Nebenan bellt ein Schäferhund.

Meine Tante und meine Cousine sind beide überzeugt, dass dies das Haus ist, nach dem sie gesucht haben.

»Hier isses«, sagt Madita und ruft nach ihrer Oma.

Meine Großmutter geht zögernd mit einem leicht hin und her wippenden Gang auf sie zu.

Sie guckt auf das Haus, sie guckt auf Madita, wieder zurück auf das Haus, dann schüttelt sie traurig den Kopf.

Doch meine Tante Marion hat das nicht gesehen oder will es nicht sehen. Sie macht die Gartentür auf und stürmt auf das Grundstück. Sie wird später sagen, dass sie das Gefühl hatte, in einem früheren Leben schon einmal auf dem Grundstück gewesen zu sein. Kaum hat sie den Rasen betreten, fängt sie an zu weinen. Meine Oma ist skeptischer, sie bleibt am Gartenzaun stehen und zögert und starrt auf das kleine Backsteinhaus.

Ist das wirklich das Haus, das ihr Vater mit seinen Händen gebaut hat? Die Backsteine, die kleinen Fenster, die Treppe, das alles kommt ihr bekannt vor. Ich stehe neben der Mutter meiner Mutter und lasse den Anblick auf mich wirken.

Meine Oma öffnet vorsichtig die Gartentür, dann geht

sie hindurch, Schritt für Schritt. Sie geht auf die Birke zu, kniet nieder und streicht über den Rasen. Ein paar Zentimeter darunter müssen die Überreste von Polly, der Hündin, liegen.

Auf einmal geht die Haustür auf, eine Frau tritt heraus, sie trägt kurzes, blondiertes Haar und einen cremefarbenen Jogginganzug, ihre Füße stecken in Pantoffeln. Ihr Alter ist schwer zu schätzen, sie könnte Mitte dreißig sein oder auch zehn Jahre älter, sie wirkt müde um die Augen herum. Weniger misstrauisch als verwundert mustert sie die fremden Frauen, die sich in ihrem Vorgarten zu schaffen machen.

Meine Cousine stellt sich schnell auf Polnisch vor und erklärt die Situation. Ihr Polnisch klingt flüssig, und während sie redet, entspannt sich das Gesicht der Frau. Madita hat ihr erklärt, dass sie nicht gekommen sind, um Ansprüche auf das Grundstück zu stellen. Die blonde Polin beginnt zu lächeln und bittet die Gäste ins Haus. Im Türrahmen hinter ihr erscheint ein Mann im Arbeitsanzug, er ist etwa im gleichen Alter wie die Frau. Sie flüstert ihm etwas zu, er nickt und rudert mit den Armen. Sie sollen ins Haus kommen. Madita wird später sagen, dass sie meine Oma die »alte Besitzerin« nennen. Als sei sie eine gute Bekannte, als sei es selbstverständlich, dass die ehemalige deutsche Bewohnerin zu Besuch kommt. Ihnen gehört das Haus noch nicht so lange, sie freuen sich, etwas über seine Geschichte zu lernen.

Es stellt sich heraus, dass die Frau auch eine Flüchtlingsgeschichte hat. Ihre Großmutter wurde wie unsere

Großmutter als Kind vertrieben, sie stammte aus dem östlichen Teil Polens, der heute zur Ukraine gehört. Ihre Enkelin wuchs in Toporów auf, doch sie verließ das Dorf wegen der hohen Arbeitslosigkeit und lebt seit einiger Zeit mit ihrem Mann in England, deshalb das Auto mit dem britischen Kennzeichen. Das Grundstück haben sie erst kürzlich gekauft, um sich in Toporów eines Tages zur Ruhe zu setzen.

Meine Großmutter macht einen kleinen Schritt über die Schwelle, sie betritt das Haus, das sie vor sechzig Jahren hatte verlassen müssen. Während sie draußen noch zögert, wird sie sich drinnen sofort zurechtfinden. Sie geht zielstrebig durch den Flur, nach rechts in die Küche.

Meine Oma ist nie besonders religiös gewesen, doch als sie die Küche betritt, fällt sie plötzlich auf den Boden, fängt leise an zu beten und sich zu bekreuzigen. Sie weint. Meine Tante hat ihre Mutter noch nie weinen sehen und ist für einen Moment geschockt, dann kniet sie sich auch nieder und weint mit ihr. Die neuen Besitzer sind nun auch gerührt und bekreuzigen sich. Ich bleibe mit meiner Cousine etwas abseits stehen.

Meine Oma erkennt alles wieder, obwohl sich Einiges verändert hat. Früher hingen die Wände mit Aluminiumtöpfen und großen Messern voll, heute steckt alles in Schränken aus Birkenholzfurnier. Sie entdeckt den gusseisernen Herd, an dem ihre Stiefmutter gestanden und Erbsensuppe gekocht hat.

Meine Tante läuft durch das Haus, später wird sie sagen, dass ihr dabei sehr feierlich zumute gewesen sei.

Als habe sie eine berühmte Sehenswürdigkeit besucht. Sie berührt die Türklinken und streicht mit den Fingern über den Rahmen. Sie stellt sich dabei vor, dass es dieselbe Türklinke war, die ihre Großmutter Clara berührt hatte. Sie muss die ganze Zeit dabei weinen.

Zum Abschied umarmt die neue Besitzerin die alte Besitzerin. Obwohl meine Oma es nicht mag, umarmt zu werden, weicht sie diesmal nicht aus, sondern legt ihre Arme fest um die Schultern der blondierten Frau. Man verspricht, miteinander in Kontakt zu bleiben, macht Fotos.

Ich werde später Fotos der Häuser vergleichen. Das Foto, das im Heim meiner Oma hängt, passt nicht zu dem Haus, das wir im Osten besucht haben. Das eine hat ein spitzes rotes Dach und glatten Betonputz, das andere ist aus Backstein mit einem Feldsteinsockel. Auf dem einen Grundstück steht die Scheune links vom Haus, auf dem anderen rechts.

Meine Großmutter, meine Tante und meine Cousine werden sich trotzdem nicht davon abbringen lassen, dass sie das richtige Haus besucht haben.

Aber was weiß ich schon. Sechzig Jahre sind seit der Flucht meiner Großmutter vergangen. Vielleicht ist es auch gar nicht wichtig, ob es sich wirklich um das Haus handelte.

Nach der Polenreise, so wird mir später berichtet, lebt meine Oma auf, als habe sich etwas gelöst, was sie lange festgehalten hat.

Als Nächstes will sie auf den Friedhof, auf dem ihre Mutter begraben wurde. Es ist der Friedhof, auf dem sie ihre Rituale gelernt hat, die sie später an ihre Töchter weitergeben wird, das meditative Harken, das Pflanzen, regelmäßige Besuche an Sonn- und Feiertagen.

Den Friedhof finden wir sofort, obwohl er etwas versteckt mitten im Wald liegt, an dem Schulweg, den meine Oma früher jeden Tag zurücklegen musste. Wir parken an einem schweren, schmiedeeisernen Tor, dahinter liegen die Gräber. Der Friedhof spiegelt die Geschichte des Ortes wider, ein Teil ist deutsch, der andere polnisch.

Meine Tante Marion fühlt sich sofort zu dem polnischen Teil hingezogen. Jeder Grabstein hat eine andere Form, dazwischen wächst Unkraut und Gras, ohne dass sich jemand daran zu stören scheint, ganz anders, als sie das von Kosakenberg kennt. Ihr gefällt, wie liebevoll die Gräber dekoriert sind. Auf den Grabplatten stehen Porträts der Verstorbenen, um das Grab herum stehen Kerzen, Lampen und Blumen, echte und unechte, davor eine kleine Sitzbank zum Ausruhen. Meine Tante fühlt sich so wohl im katholischen Teil, dass sie den Friedhof später mit einem Wohnzimmer vergleichen wird.

Von dem deutschen Teil des Friedhofs ist nicht mehr viel zu sehen. Die Reihen sind verwildert und zugewachsen, die meisten Grabsteine liegen herum, als hätte sie jemand vom Lastwagen geworfen, halb kaputt, halb zugemoost. Wahrscheinlich wurde der deutsche Teil nach dem Krieg verwüstet. So liegen die Steine viele Jahre später immer noch da, wie ein Mahnmal.

Meine Oma steigt über die liegenden Grabsteine und sucht nach dem Namen ihrer Mutter. Auf manchen kann man unter Moos noch die Buchstaben entziffern: Müller, Feldberg, Baumann, steht auf ihnen. Sie liest die Namen laut vor, doch der Name ihrer Mutter ist nicht dabei. Sie geht zwischen den Steinruinen hin und her, und schließlich bleibt sie in der Mitte des Friedhofs stehen. Zwischen Polen und Deutschland. Auf der Grenzlinie. Hier, sagt sie, muss das Grab von Mutter gewesen sein.

Meine Tante hat kleine Steine mitgebracht, die meine Großmutter am Grab ihrer Mutter, meiner Urgroßmutter, ablegen soll. Das mit den Steinen ist eine alte jüdische Sitte. Die Mutter meiner Großmutter war keine Jüdin, aber das stört meine Tante nicht. Sie hat die Steine in Kosakenberg aufgelesen und von ihrer Wahrsagerin segnen lassen. Das erzählt sie aber ihrer Mutter nicht.

Ich bin, wenn ich diese Geschichte erzähle, immer noch überrascht, dass sich meine Oma auf diese Sache eingelassen hat. Das passt eigentlich nicht zu ihr. Ich kenne sie nicht so weich und offen.

Sie legt die Steine ab, und offenbar muss diese jüdische Zeremonie etwas in ihr verändert haben. Noch ist sie nicht so weit, dass sie ihr Geheimnis lüften und ihrer Tochter alles von meinem Großvater erzählen kann. Nein, das kam erst später. Aber an diesem sonnigen Apriltag, als sie auf ihr Leben zurückblickt, hat sie etwas verstanden, und dieses Verstehen wird alles ändern.

Sie legt die Steine ab und dann fängt sie an, mit ihrer Mutter zu reden. Sie zählt die Namen ihrer Töchter auf, dann die der Enkel, dann die der Urenkel. Die Namen der Lebenden, nicht der Toten.

Sie nennt die Namen der Kinder und Kindeskinder, die nach dem Tod ihres Mannes geboren wurden. Sie weint. Meine Großmutter weint sonst nicht. Jetzt weint sie schon zum zweiten Mal an einem Tag.

Wenn ich an die Reise denke, dann stelle ich mir vor, dass das, was meine Oma am Grab sagt, nicht einfach nur eine Aufzählung ist, es ist wie ein Gebet. Ein Gebet um Vergebung, um Erlösung, um Versöhnung.

Vielleicht waren es die Steine, wie meine Tante Marion glaubt, die etwas in ihr gelöst haben. Ihren Mann erwähnt sie mit keinem Wort, und doch scheint es, als sei die Rede auch an ihn gerichtet, wo auch immer er sich befindet.

Vielleicht versteht meine Großmutter am Grab ihrer Mutter, die nur zweiunddreißig Jahre alt wurde, zum ersten Mal, dass sie gewonnen hat. Sie hat überlebt, sie hat ihre Kinder und Enkel aufwachsen sehen. Er nicht.

15

In einem Roman würde das nicht funktionieren, weil es wie ausgedacht klingt, aber ich erzähle es trotzdem: Nachdem meine Mutter das Geheimnis ihrer Mutter herausgefunden hat, bekommt die Mutter meiner Mutter einen schweren Schlaganfall. Als wolle ihr Gehirn mitteilen: Ich will nicht mehr, keine Fragen, Schluss, aus, ich schalte mich selbst ab. Genauer gesagt funktioniert ihre linke Gehirnhälfte, dort wo Logik, Erinnerung und analytisches Denken sitzen, nicht mehr. Ihr rechter Arm ist taub.

Ich würde meine Großmutter gerne befragen, doch ich komme zu spät.

Ihre Verfassung wechselt von Tag zu Tag. An guten Tagen kann sie selbst einen Löffel halten und sich nach dem Mittagessen noch daran erinnern, was sie kurz zuvor gegessen hat. In ihrem Zimmer steht noch das Radio, aber sie versteht keine Nachrichten mehr.

Sind wir in Polen oder Deutschland, fragt sie ungefähr achthundertmal am Tag.

Es ist nicht der erste Schlaganfall gewesen und ist auch nicht der letzte, aber es war der stärkste.

Den ersten Schlaganfall hatte sie nach der Polen-Reise vor drei Jahren erlitten. Es passierte plötzlich, eigentlich hatte ihr die Reise gut getan. Danach zog sie ins Heim. Ihre Tochter Marion, die durch ihre Arbeit als Sekretärin beim Rat des Kreises gute Kontakte besaß, besorgte ihr einen Platz im »Senioren-Idyll« in der Kreisstadt. Meine Mutter und meine Tante Astrid waren erleichtert, weil die Pflege ihrer Mutter sie überforderte. Trotzdem sorgten sie sich, wie ihre Mutter den Umzug verkraften würde, nachdem sie das Dorf in den vergangenen sechs Jahrzehnten nur ein einziges Mal verlassen hatte, aber es stellte sich heraus, dass ihr die neue Umgebung gefiel. Sie wirkte wie befreit.

Ich erinnere mich an einen der ersten Besuche bei ihr, es muss kurz nach dem Umzug gewesen sein.

Das Heim lag mitten in der Kreisstadt, gegenüber vom Gymnasium, und es entsprach nicht den Horrorszenarien, die man aus den Nachrichten von Altenheimen kennt. Es war ein freundlicher, weiß gestrichener Neubau, mit großen Fenstern, die bis auf den Boden reichten. Drum herum war ein kleiner Park angelegt worden, mit Beeten und Apfelbäumen und Bänken, auf denen sich die Bewohner ausruhen konnten.

Ich traf vor der Tür eine Pflegerin, eine kräftige, weiß gekleidete junge Frau mit Kurzhaarschnitt, die an einer Zigarette zog.

Ich wollte sie nach meiner Großmutter fragen, doch schon als ich meinen Namen gesagt hatte, erwiderte sie: »Ah, die Enkelin von Frau Stein.«

Dann erfuhr ich, dass meine Großmutter etwas erschöpft sei, weil sie am Vormittag mit einer Frauengruppe Eis essen in der Stadt war.

Ich stutzte einen Moment und dachte an eine Verwechslung. Meine Oma, die nie ihr Haus verlassen hatte, die ich als menschenscheu kannte, unternahm auf einmal etwas mit lauter fremden Frauen? Abgesehen davon hatte ich sie noch nie ein Eis essen sehen. Ihr Leben hatte sich offenbar sehr verändert.

Die Pflegerin wies sie mich zum Fahrstuhl, dritter Stock am Ende des Flurs.

Ich fuhr in den dritten Stock und fand schnell das richtige Türschild: Frau Anna Stein. Von draußen hörte ich eine Stimme, Inforadio Berlin. Damals konnte meine Oma den Nachrichten noch folgen. Ich klopfte, es dauerte ein Weilchen, dann hörte ich ein »Herein«. Sie bewohnte ein Zimmer, mit Bad, Küchenzeile und Flur. Das Zimmer wirkte penibel aufgeräumt und roch ein wenig nach Essig. Tante Marion muss kurz vorher dagewesen sein. Neben der Spüle stand eine Flasche Kombucha, ein Gebräu, von dem sie glaubt, dass es Oma gut tut.

Sie erkannte mich sofort. Es war ganz deutlich, dass sie sich über meinen Besuch freute, was mir sofort ein schlechtes Gewissen machte, weil ich sie nicht häufiger besuchte. Diesmal ging sie meiner Umarmung nicht aus dem Weg, sie drückte mich an sich und ließ mich für einige Sekunden nicht los. Ich fragte mich, ob es an der Reise nach Polen lag oder an dem Schlaganfall, dass sie keine Angst mehr vor körperlicher Nähe hatte. Es kam mir so vor, als ob der Teil des Gehirns, der früher Gefühlsäußerungen gehemmt hatte, plötzlich deaktiviert worden war.

Meine Großmutter sah verändert aus, und es dauerte einen Moment, bis ich verstand, was fehlte. Sie trug kein Kopftuch mehr, sondern einen Kurzhaarschnitt, der ihre weißen, aber immer noch kräftigen Haare zur Geltung brachte. Ihre Füße steckten in neuen Sandalen. Einmal im Monat kamen eine Fußpflegerin und ein Friseur ins Heim, erfuhr ich. Meine Großmutter sah noch nie in ihrem Leben so gepflegt aus.

Sie hatte gute Laune an jenem Tag.

In der Mitte des Raumes stand ein kleiner Tisch mit einem Blumenstrauß, drum herum zwei Stühle, sie setzte sich auf einen von beiden und rief: »Setz dich, setz dich, iss, iss.« Sie schob mir die Schale voller Schokoladentäfelchen herüber.

Dann schaute sie mich an, als versuchte sie sich zu erinnern. Sie hatte mich erkannt, aber sie wusste nichts mehr von mir.

»Wo lebst du, in Polen, in Russland oder in Deutschland?«, fragte sie.

Ich sagte ihr, wo ich wohnte.

»Ah«, sagte sie, als höre sie das zum ersten Mal.

»Ich komme aus Polen«, sagte sie.

Ich erklärte ihr, dass sie vor über sechzig Jahren aus einem Teil Deutschlands fliehen musste, der nun zu Polen gehört, aber für solche Feinheiten interessierte sie sich zu dem Zeitpunkt schon nicht mehr.

»Ich bin nicht von hier«, beharrte sie.

Ich fragte sie, wo das Leben besser wäre, in Deutschland oder in Polen. »In Polen natürlich«, sagte sie, fast empört.

Dann erzählte sie ein wenig von ihrer Kindheit, ihrem Vater, der ihr einen roten Mantel und ein grünes Käppi gekauft hat, so dass sie darin aussah wie Rotkäppchen. Sie sprach nur über ihre Kindheit, sie wurde in dem Stuhl im »Senioren-Idyll« wieder zum kleinen Mädchen. Es war schon damals so, als ob sie sich in ihrem eigenen Film befände, aus dem sie nur für kurze Zeit wieder auftauchte, aber sie konnte damals noch ganze Sätze formulieren und auf Fragen antworten.

Auf der Anrichte standen gerahmte Fotos, sie zeigten Tante Marion, ihre Kinder, ihren Enkel. Es war kein Bild von Monika, meiner Mutter, und uns, ihren Kindern, zu sehen. Ich zog die Schublade auf. Dort lagen die Bilder, die Motive nach unten. Ich drehte das oberste um, es war ein Foto von mir und meiner Schwester, sie sitzt auf der Schaukel, ich stehe dahinter. Da lagen wir also, versteckt in den Schubladen, mit den Gesichtern nach unten.Tante Marion hatte wieder aufgeräumt. Ich überlegte, ob ich die Fotos zurück auf die Anrichte stellen sollte, aber dann schloss ich die Schublade wieder.

Drei Jahre später, an einem Montag im November stehe ich mit meiner Mutter vor dem Krankenhaus in der Kreisstadt. Über ein halbes Jahr ist seit dem Anruf vergangen, der damit begann, dass sie etwas über meinen Großvater herausgefunden hatte. Ich habe meine Großmutter seitdem nicht gesehen. Ich hätte sie besuchen können, und ich habe es auch erwogen. Ich habe mir auf einem Zettel Fragen aufgeschrieben, die ich ihr stellen wollte. Doch am Ende warf ich den Zettel weg. Es war sinnlos. Sie würde die Fragen hören, sie aber nicht mehr begreifen. Doch das war nicht der Grund, warum ich sie nicht besuchte. Ich hatte Angst davor, ihren Körper zu sehen, der so misshandelt wurde.

Nun stehen wir vor dem Krankenhaus, meine Mutter trägt einen blauen Pelzmantel, in dem sie aussieht, als wäre sie dem Film *Doktor Schiwago* entstiegen, anders als ihre Mutter lässt sie sich keine Gelegenheit entgehen, sich fein zu machen, auch zu den unmöglichsten Anlässen. Ich mag das an ihr. Am Tag zuvor ist Oma eingeliefert worden, Verdacht auf schwere Lungenentzündung oder Schlaganfall, vielleicht beides. Es sei nicht klar, ob sie das Ende der Woche erleben würde, hatte der diensthabende Arzt zu meiner Mutter gesagt.

Inzwischen liegt sie im Krankenhaus, aber meine Mutter ist immer noch wütend. Sie steht vor dem Krankenhaus, in der Hand eine riesige Tasche, und schimpft schon den ganzen Weg. Sie schimpft über den Notarzt, der ihre Mutter am Wochenende untersuchte, weil sie hohes Fieber hatte und nichts aß, sie aber nicht mitnahm. Sie schimpft auf die Pflegerinnen, die nicht darauf bestanden, dass ihre Mutter eingeliefert wurde.

Sie sagt, sie werde den Namen des Notarztes herausfinden, und wenn sich herausstellt, dass er etwas übersehen hat, werde das ein Nachspiel haben. Das Pflegeheim müsse man auch verklagen. Ich nicke, weil ich weiß, dass meine Mutter weder den Notarzt noch das Pflegeheim verklagen wird. Sie gehört zu den Menschen, denen es leichter fällt, ihre Angst in Wut zu kleiden. Ich kenne das von mir.

Am Himmel hängt eine graue Wolkendecke, vor dem Eingang des Krankenhauses stehen die Schwestern und Patienten und rauchen zusammen. Manche Patienten halten in der einen Hand den Tropf und in der anderen die Zigarette.

Es gibt im Foyer einen Blumenladen, einen Kiosk, in dem Computer mit Internet-Zugang stehen und der Bierdosen zum Preis von einem Euro verkauft. Die Wände sind dekoriert mit Landschaftsbildern. In der Mitte des Foyers sprudelt ein Springbrunnen, daneben stehen ein paar Grünpflanzen, die aussehen, als wären sie aus Plastik. Aus den Lautsprechern dudelt klassische Musik, eine Atmosphäre wie auf einem Flughafen. Nichts soll hier an Krankheit erinnern.

Meine Mutter und ich gehen die Treppe hinauf in den ersten Stock, vorbei an gelb gestrichenen Wänden, Kinderzeichnungen und freundlich nickenden Schwestern.

Wir betreten das Zimmer, hier riecht es nun doch nach Krankenhaus. Zwei Betten, viele Menschen und verbrauchte Luft. »Kann jemand mal ein Fenster aufmachen?«, fragt meine Mutter.

»Aber nur kurz«, sagt eine Frauenstimme aus dem Bett, das näher am Fenster steht. Zu der Stimme gehört ein Kopf mit Dauerwelle und zwei neugierigen Augen, die den Menschenauflauf um das andere Bett herum aufmerksam betrachten.

Alle sind gekommen, Töchter und Enkelinnen. Meine Mutter umarmt Astrid, die Jüngste der Schwestern. Sie fassen sich kaum dabei an, sie tasten sich aneinander vorbei, misstrauisch, vorsichtig, als könnte eine falsche Berührung alles kaputtmachen. Sie reden normalerweise nicht miteinander, schicken sich nicht einmal mehr Karten zu Weihnachten und zum Geburtstag. Wenn sie sich im Supermarkt in der Kreisstadt sehen, dann schauen sie demonstrativ aneinander vorbei. Nur ihre Mutter bringt sie noch einmal zusammen. Meine Mutter umarmt auch eine Frau in einem langen Gewand mit einem orangefarbenen Kopftuch, die ich erst auf den zweiten Blick als meine Tante Marion erkenne.

Es liegt eine merkwürdige Stimmung in der Luft, als käme man nach dem Streit eines Paares dazu, wenn beide sich angeschrien und Dinge gesagt haben, die sie nicht sagen wollten. Nun sind beide erschöpft, sie wissen noch nicht, wie es weitergeht, aber sie ahnen bereits, dass es weitergehen wird, irgendwie, vielleicht nur etwas schlechter.

In dem linken Bett, das näher an der Tür steht, liegt ein verhutzeltes Männchen, seine Haut ist eingefallen, das Kinn spitz, aus seinem Körper kommen sieben Schläuche, es gluckert und brodelt. Neben seinem Bett steht eine Schnabeltasse, wie sie Kinder benutzen; sie riecht nach Kaffee. Daneben Mitbringsel der Besucher. Blumen, Kuchen, eine Buddhafigur.

Das Männchen trägt ein Blümchennachthemd, es ist der einzige Hinweis, dass es sich um eine Frau handelt. Meine Oma.

Meine Mutter wird sofort aktiv, sie kramt in ihrer Tasche und holt das mitgebrachte Kuchenpaket heraus und fängt an, Befehle zu erteilen, Stühle bitte dorthin, Kaffee da drüben, Teller brauchen wir auch. Der Kuchen ist ihr Sicherheitsnetz. Bevor sie sich um ihre Mutter kümmert, muss der Kuchen verteilt werden. Ihre jüngste Schwester, die sich seit Jahren darüber beschwert, dass meine Mutter ihr Befehle erteilt, mach das und mach jenes, läuft sofort los.

Meine Mutter reicht die Teller herum, meine Cousine Madita nimmt den Teller.

Tante Marion lehnt ab, sie hat aufgehört Süßes zu essen. Sie nimmt nicht mal mehr eine Kopfschmerztablette. Die Schmerzen im Knie und im Rücken sind seitdem verschwunden.

Meine Oma hat ihre Augen geschlossen und atmet flach. Plötzlich schlägt sie aber doch die Augen auf, sie sind blau und erstaunlich klar. Sie sieht sich um und entdeckt ihre Töchter. Sie sieht meine Mutter, ihre Älteste, die ihr am meisten ähnelt. Ihre Mittlere, die eher ihrem Vater nahestand. Und die Jüngste, die noch heute schweigt, wenn ihre Schwestern reden. Alle wissen, was damals am Schlachttag passiert ist, alle drei haben etwas über ihren Vater herausgefunden, und keine redet drüber, zumindest nicht miteinander. Sie wollen sich ihren Vater nicht wegnehmen lassen. Sie wollen ihn schützen.

Meine Tante Astrid will bis heute nicht wahrhaben, dass ihr Vater nicht perfekt war. Ihre Mutter hat gelogen, davon ist sie überzeugt. Sie hat sich die Geschichte ausgedacht, um den Vater schlechtzumachen. Die vermeintliche Zeugin, Tante Hildchen, habe Friedrich Stein, ihren Vater, noch nie leiden können.

Meine Tante Marion hat meiner Mutter aus einem buddhistischen Zentrum einen Brief geschrieben. Er war mit gelben Sonnen bedruckt und mit Bleistift geschrieben.

Ihr Leben lang habe sie darunter gelitten, dass ihre Mutter sie ungleich behandelt habe, fing der Brief an. »Mutter hat immer dir zugehört, mir nie. Ich kann mich nicht erinnern, dass Mutter mich je in den Arm genommen hat.« Nun habe sie endlich verstanden, schrieb Marion, dass die Mutter sie, Monika, aus schlechtem Gewissen vorgezogen habe. Sie bat in dem Brief um Verständnis, dass sie das Thema nicht weiter vertiefen wolle. Sie solle das bitte nicht persönlich nehmen, aber ihre Lehrer sagen auch, dass man sich von negativen Gedanken und Personen lösen solle, sonst richten sie Übel im Körper an. Sie schloss mit der Formel, die Düsternis gehöre zum Licht und das Licht zur Düsternis, das sei das Mysterium des Lebens.

Meine Mutter hob den Brief auf. Sie wusste nicht, wie sie darauf antworten sollte. Sie wusste nicht einmal, was ihre Schwester in einem buddhistischen Zentrum machte.

Ich beobachte sie, wie sie mit ihren traurigen Augen am Bett sitzt und die Hand ihrer Mutter streichelt. Ahnt meine Oma, wie ihre Konflikte in den Körpern ihrer Töchter wüten? Sie hat nie verstanden, warum ihre Töchter nacheinander krank wurden. Ihr habt doch alles, ihr musstet nie hungern, sagte sie immer. Als die erste Tochter eine Therapie begann, machte ihr das Angst. Sie kannte diese Krankheitsbezeichnungen nicht, die den Töchtern plötzlich über die Lippen gingen. Sie verstand nicht, was es bringen sollte, mit fremden Leuten über seine Schmerzen zu reden. Sie hat nur gelernt, dass man Schmerzen unterdrücken muss, hart sein muss gegen sich selbst, Opfer bringen. Sie hat nie Zeit gehabt zum Nachdenken, für Zwischentöne, Reflexion.

Sie liegt im Krankenhausbett und atmet gleichmäßig.

Meine Oma blickt sich um, dann sagt sie einen Satz, der fast schon wieder so klar klingt, als sei ihr Gehirn wieder in Ordnung. »So viele Gedanken, mit denen man allein fertig werden muss«, lautet der Satz. Meine Mutter wirft mir einen Blick zu, den ich nicht deuten kann. Erwartete sie eine Enthüllung? Ein Geständnis? Eine Erklärung?

Meine Oma schließt wieder die Augen, ihre Augenlider zucken, und ich frage mich, was wohl dahinter vorgeht. Welche Gedanken meint sie? Vielleicht funktioniert ihr Gehirn noch, vielleicht denkt sie glasklare Gedanken und kann sie uns nur nicht mehr mitteilen? Vielleicht hat der Schlaganfall nicht für Verwirrung gesorgt, sondern für größere Klarheit? Vielleicht sieht sie Dinge, die wir nicht erkennen?

Ich sage laut: »Was sie wohl denkt? Ob sie manchmal an Opa denkt?«

Die Erwähnung des Großvaters lässt die Stimmung im Raum gefrieren.

Meine Tante Marion räuspert sich und sagt dann, ich solle bitte aufhören, der Vergangenheit nachzulaufen. Die Vergangenheit sei die Vergangenheit, sie würde nichts erklären. Seitdem sie aufgehört habe, der Vergangenheit nachzulaufen, gehe es ihr so gut wie nie.

Plötzlich öffnet meine Oma wieder die Augen. Sie sind eisblau und klar, als würde sie alles verstehen.

Sie sagt meinen Namen und zieht mich zu sich heran, sie umarmt mich und hält mich lange fest. Sie krallt sich in meinen Händen fest, so dass ich fast erschrocken bin, wie viel Kraft sie besitzt, wie viel Zähigkeit in diesem Körper steckt.

Sie zieht mich herunter an ihren Mund: »Hast du gesehen, hier sind überall alte Leute.«

Sie klingt empört, als sei sie einer großen Verschwörung auf der Spur. »Das sind Leute, die sind nicht ganz richtig im Kopf, die können sich nur noch mit Rollator bewegen.« Sie zieht mich tiefer heran, so dass mein Ohr ihre Lippen fast berührt: »Ich muss hier raus, hilfst du mir?«

Die Alten, von denen meine Oma spricht, sind mindestens zwanzig Jahre jünger.

Dank

Ich danke meiner Mutter und ihren Schwestern für das Vertrauen und die Langmut, mit der sie meine Fragen ertragen und beantwortet haben; Søren für die Polen-Reise; allen anderen, die mit mir Gespräche geführt haben; Matthias Landwehr für die Begleitung, Georg Reuchlein für die Begeisterung, Susanne Krones für ihre klugen Kommentare, Wiebke Hollersen fürs frühe Lesen der ersten Kapitel, Hanna Krall für die Inspiration, Brenda Strohmaier und natürlich Ivan.